내 생의 마지막 다이어트

내 생의 마지막 다이어트

지은이 권여름
펴낸이 임상진
펴낸곳 (주)넥서스

초판1쇄 발행 2021년 8월 20일
초판5쇄 발행 2024년 10월 25일

출판신고 1992년 4월 3일 제311-2002-2호
10880 경기도 파주시 지목로 5
Tel (02)330-5500 Fax (02)330-5555

ISBN 979-11-6683-127-0 03810

www.nexusbook.com
&(앤드)는 (주)넥서스의 문학 브랜드입니다.

내 생의 마지막 다이어트

권여름 장편소설

&

이 책은 단식원에 들어가서까지 살을 빼야 하는 사람들의 절박한 이야기다. 하지만 단순히 살을 빼야 하는 상황만을 그리지 않고 단식원을 중심으로 얽히고설킨 뭇 인간들의 욕망까지 그렸다. 마지막 장을 덮을 때까지 눈길을 거둘 수 없게 한 욕망들! _박상률(소설가)

고백하건대, 나는 권여름 소설의 오랜 애독자이다. 그를 가르치던 한 시절, 나는 그의 새 글이 나오기를 애면글면 기다렸다. 소설가인 나는 습작생인 그의 작품에 늘 갈급하고 환호했다. 이 작품은 권여름의 첫 장편소설이다. _해이수(소설가)

그 어느 때보다 페미니즘이 뜨거운 화두가 된 시대이지만, 지금도 여성의 몸은 여전히 계급이 된다. 《내 생의 마지막 다이어트》는 몸 때문에 좌절하고 실패한 여성들을 소비하는 다이어트 산업의 이면을 치밀하게 묘사했다는 점에서 이미 문제적이지만, 그 몸의 권리를 빼앗긴 여성들의 자각과 연대로 나아가는 서사이기에 더 큰 의미로 가닿는다.

_조해진(소설가)

뚱뚱한 몸은 곧 낮은 계급이라는 인식과 다이어트 산업의 융흥 현상에 대한 비판이 깔려 있고, 다양한 인물의 모습이 입체적인 것이 매력적으로 다가왔다. 특히 주인공이 변화되는 과정이 우리 시대의 역상(逆像)으로 충분한 호소력을 보여준다. **_유성호**(문학평론가)

소설과 만난 여름입니다

영화 「찬실이는 복도 많지」는 제목과 달리 지지리 복도 없는 찬실이 앞에 장국영이라고 하는 요정이 나타나면서 시작된다. (귀신에 가깝지만 일단 요정이라고 해둔다. 귀여우니까.) 찬실이는 장국영에게 짝사랑하는 남자와 자신이 잘될 수 있는지 묻는다. 그리고 긍정적인 답을 들은 찬실이는 용기 내어 남자에게 고백을 하지만 끝내 퇴짜를 맞는다.

실망한 찬실이가 장국영에게 쏘아붙인다.

"잘된다면서요?"

장국영이 말한다.

"내가 언제 잘된다고 했어요? 잘 지낸다고 했지."

"그 말이 그 말 아니에요?"

"어떻게 그 말이 그 말이에요?"

이 장면에서 나는 마치 짝사랑 남자가 소설 같아서 그만 눈물을 찔끔 흘리고 말았다. 소설과 잘되고 싶을 때, 그러니까 소설로 잘되고 싶을 때가 있었다. 몇 해 조급했고, 좌절했다. 마치 오래된 연인을 억지로 떼어놓기 위한 사람처럼 베이징으로 도망쳤다. 낯선 땅에서 글은 써지지 않았고, 쓰고 싶지도 않았다. 2년이 넘게 글을 쓰지 않은 적은 처음이었고, 기어이 소설과는 끝이 났다고 생각했다.

하지만 귀국을 반년 남긴 여름날 새벽, 다시 소설을 쓰기 시작하면서 내가 이 일을 참 좋아한다는 걸 새삼스레 깨달았다. 무언가 되기 위해서가 아니라, 그냥 계속 쓰는 사람이 되어야겠다고. 그거면 충분하겠다는 마음이 들었다. 그 새벽에 시작된 소설이 《내 생의 마지막 다이어트》이다.

장편소설을 쓸 때 꼭 쓰고 싶은 소재가 몇 가지 있었다. 그중에 살면서 가장 많이 고민하고 생각한 것을 첫 소설에 쓰기로 마음먹었다. 그것이 바로 다름 아닌 '몸'이었다. 언제나 몸에서 자유롭고 싶었지만 나는 늘 실패했다. '과연 몸에서 자유로워지는 것은 가능할까? 그것은 왜 이렇게도 힘들까?' 이런 질문을 던지는 소설을 쓰고 싶었다. 그런 마음으로 써나간 이 작품이 다양한 독자를 만나서 몸에 대한 또 다른 새로운 질문들이 던져지는 소설이 되기를 감히 희망해본다.

습작을 하면서 무서울 때는 쓸거리가 없을 때보다 쓰고 싶지 않을 때였다. 소설과 오래 잘 지내고 싶다. '지금, 여기'를 꾸준히 이야기하고, 어느 장면에서는 독자를 멈추게 할 수 있다면 얼마나 좋을까. 그런 욕망이 사라지지 않으면 좋겠다.

여러 공간을 떠돌며 살았다. 하지만 혼자가 되고 싶어서 떠난 곳에도 늘 사람이 있었고, 결국 사람에게 기대어 살았고, 지금도 그렇게 살고 있다. 남원에서 만난 모든 인연에 감사하다. 특히 하늘색 스쿠터를 타고 아주 먼 곳을 여행 중인 조소현 선생님께 사랑한다는 말을 전하고 싶다. 베이징의 인연들, 특히 어깨가 하나같이 넓고 안경을 쓰지 않았던 사람들과 청주, 전주, 군산에서 온기를 나눈 이들에게도 감사의 인사를 전한다. 이 작품의 첫 독자이신 남상순 선생님께도 깊은 감사의 인사를 드린다.

'나쁜 일이 나쁜 결말을 의미하진 않아요. 좀 더 가봅시다.' 이 문자 메시지 덕분에 다시 일어난 겨울이 있었다. 토요일마다 신촌에 모이던 한겨레문화센터 문우들에게 당신들과 함께하는 내내 행복했다고 전하고 싶다. 소설 하나로 풍요로운 시간이었다. 나는 언제나 그들과 소설이라는 끈으로 연결되어 있음을 느낀다. 마법 같은 그 시절을 함께해주신 해이수 선생님께 진심으로 감사드린다. 선생님께 배운 것이 참 많다.

군산 헤븐 식구들 그리고 가족들에게 사랑한다고 말하고 싶다. 특히 나의 어머니 아버지, 또 나를 복덩이라고 부르시곤 하는 올해 101세가 되신 할머니께 깊은 감사의 인사를 올린다. 내가 태어나던 해, 어머니의 배가 영락없이 아들 낳을 배였다고 한다. 하지만 첫째에 이어 둘째인 나도 딸이었다. 이 소식을 들은 할아버지는 자갈밭에 주저앉아 통곡하셨다. (그 뒤로 동생이 둘이나 태어났는데, 역시 모두 딸이었다.) 그런데 내가 태어난 날부터 동네의 가장 어린 선주였던 아버지는 며칠 동안 삼치 만선을 하셨고, 큰돈을 벌었다고 한다. 그 덕분에 내가 아들이 아닌 데 대한 서운함은 상쇄되었고 나는 그날부터 복덩이라 불렸다.

이번에는 이 소설이 누군가의 복덩이가 되었으면 좋겠다. '어떤 식으로든 당신에게 복된 작품이 될 수 있다면, 그럴 수 있다면.' 이런 기원을 하며 두 손을 모아본다.

한 권의 책이 나오는 과정을 처음 경험했다. 말 그대로 협업이었다. 넥서스의 애정 어리고 성실한 손길들에 진심으로 감사하다. 마지막으로 넥서스 경장편 공모전을 통해 부족한 작품을 세상 밖으로 꺼내어 주신 심사위원님들께 깊은 감사를 드린다.
앞으로 계속 성실하게 쓰는 일로 보답하고 싶다.

2021년 초여름

권여름

차례

작가의 말 **6**

1. 사라지는 마술

새벽 세 시, 개운하게 눈이 떠졌다. 종을 들어 올리듯 눈꺼풀을 들어 올릴 때의 무게감도 사라졌다. 잘되어간다는 몸의 신호였다. 봉희는 누운 채로 오목하게 늘어간 배를 쓰다듬었다. 음식을 끊은 지 일주일째였다. 짧아진 수면 시간이 그 증거다. 어젯밤 운남의 소란을 겪고 늦게 잠들었는데도 알람이 울리기 전에 눈이 번쩍 떠진 건 당연했다. 단식 일주일째는 되어야 알게 되는 기분이 있다. 어떤 흐름의 끝에 안착했을 때의 평안함. 새끼손톱만 한 구멍에 물음표 모양의 쇠고리가 탁, 하고 걸린다. 아무리 바깥에서 요란하게 흔들어도 풀리지 않는, 당기면 당길수록 견고해지는 그런 상태. 모든 게 잘되어가고 있다. 그러나 방심은 금물이다. 봉희는 손바닥을 빠르게 움직여 배를 난타했다. 몸은 단식 초반의 사나운 저항을 지나 온순해졌다. 이럴 때는 더 못살게 구는 게 맞다. 연료가 고갈된 몸이 곳곳의 지방을 가져와 부지런히 태울 수 있도록 해야 한다. 얼얼해진 손으로 주먹을 꽉 쥐고 허벅지 바깥을 쾅쾅 때렸다. 그런 뒤 깍지를 껴 온몸을 쭉 늘어 빼고, 다시 쉬기를 반복했다. 여남은 번 만에 몸에 열이 돌았다. 손바닥으로 배를 쓰다듬었다. 몸을 달래려는 듯 배꼽과 가슴팍 사이를 손바닥으로 둥글게 쓸며 천천히 돌아다녔다. 배에서 늑골로 이어지는 곡선을 손바닥으로 쓸어 올리며, 봉희는 오래 바람을 맞은 사구의 단면을 떠올렸다.

누운 그대로 몸만 돌려 벽에 다리를 올렸다. 침대 매트리스와 벽이 만나는 지점에 엉덩이를 끝까지 밀어 넣고 몸을 완벽한 'ㄴ'으로 만들었다. 벽의 차가운 기운이 허벅지와 장딴지, 발목과 뒤꿈치에 차례로 번졌다. 어둠에 묻힌 두 다리가 서서히 눈에 들어왔다. 봉희는 두 팔을 앞으로 나란히 하듯 뻗은 뒤 호들갑스럽게 흔들었다. 천장에 운남이 보였다. 운남의 웅크린 뒷모습이 천장을 둥둥 떠다녔다.

두 팔이 툭, 침대로 떨어졌다. 다리를 벽에 올려붙인 채 발끝 위 시계를 올려다보았다. 3시 35분, 디지털시계의 숫자만 어두운 방 안에서 붉게 빛났다. 당장이라도 운남의 방으로 달려가고 싶었다. 운남이 변기 앞에 주저앉아 적갈색 토사물을 쏟은 게 어젯밤이었다. 다른 사람도 아니고 운남이라니. 더욱이 내일은 중요한 날이었다. 그런 날을 앞두고 밤에 무언가를 삼킬 그런 물색없는 애가 아니었다. 하지만 변기에 쏟아진 토사물을, 손등으로 입을 닦으며 주저앉는 운남을 어젯밤 똑똑히 봤다.

먹은 게 없는 몸은 특별히 배출할 것도 없다. 피부로 빠져나오는 자잘한 노폐물들, 그게 아니면 지방이 녹아든 소변이 전부였다. 토사물이 나왔다는 것은 무언가를 먹었다는 것이고, 단식원에서 뭔가를 먹었다는 건 사고나 다름없었다. 어떻게 된 것인지, 운남을 흔들어 깨워서 대화하고 싶었다. 하지만 시간은 단식 첫날의 속도처럼 더디게 흘렀다.

스트레칭을 멈추고 침대에서 일어났다. 아무것도 보이지 않던 사위가 서서히 윤곽을 드러냈다. 침대 끝에 허리를 꼿꼿이 세우고 앉는 순간, 침대 아래에 둔 생수병이 발에 채였다. 그걸 집어 들어 미지근해진 물을 한 모금 삼켰다.

일주일째 음식이 끊긴 위장에 물이 닿자 웅크린 감각들이 날을 세웠다. 다시 한 모금, 봉희는 눈을 감았다. 목구멍을 조여 물을 가두고 천천히 돌려가며 씹었다. 물을 최대한 잘게 쪼개어 위장으로 흘려보내라던 원장의 말을 수련생 시절부터 코치가 된 지금까지 잊은 적이 없다. '물을 마실 땐 스무 번 이상 씹고 넘기기.' 단식원 매뉴얼 중 비교적 쉬운 일에 속했지만, 봉희

외엔 지키는 사람이 없었다. 코치가 되고 발견한 단 한 명, 그게 운남이었다. 봉희가 스무 번 씹었다면, 운남은 서른 번이었다. 수련생들이 코치의 눈을 피해 대여섯 번 씹고 대충 삼킬 때도 운남은 항상 서른 번 이상 씹었다. 그렇게나 믿음직스러운 수련생이었다.

지금 운남이도 나처럼 일찍 일어나 침대에 앉아 있는 건 아닐까. 봉희는 눈을 떴다. 물을 씹으며 책상 옆에 세워둔 거울을 똑바로 응시했다. 목구멍으로 도망가는 물을 혀로 잡아 돌려 씹는 자신의 얼굴이 되새김질하는 소처럼 보이다가, 먹잇감을 잘게 부수는 맹수 같기도 했다. 운남에게 어제 일을 자세히 물어야 했다. 그런 다음 말해야 한다. 걱정이 되어서 그랬다고 말이다. 너무 걱정돼서 그런 거라고, 기분이 상하지 않았으면 좋겠다고 달래고 싶었다. "괜찮아요. 신경 안 써요, 전." 운남이라면 응당 그렇게 짧게 대답하고, 하루의 일정을 향해 자리를 털고 일어날 터였다. 단식원 전체가 술렁이는 촬영 날이지만, 운남은 여느 때와 다름없이 아침 산책을 위해 봉고차에 오르겠지. 무덤덤한 표정으로 긴 시간을 통과해낸 운남. 그 모습은 떠올리기만 해도 묘한 감동을 자아냈다.

"완전 터졌어요."

대중들이 그걸 알아봤다는 게 봉희는 몹시 신기했다. 파일럿

프로그램이라고 했다. 조회 수가 저조하면 그저 특집 방송으로 끝날 운명이었다. 영상 업로드 일주일 후 전화를 걸어온 공진 표의 목소리가 원장의 휴대폰을 뚫고 나와 봉희의 귀에도 꽂혔 다. 원장의 목소리가 높아지고, 회의실에 새로운 공기가 흘렀 다. 저 멀리서 분명한 호의로 가득 찬 어떤 것이 봉희를 향해 손 을 흔들었다.

피치 못할 사정이 있었던 게 틀림없었다. 하지만 무언가를 먹었다는 게 너무 확실했다. 코치로서의 자긍심을 선물한 건 운 남이었다. 그걸 다시 한번에 회수당한 기분이었다.

"방심했던 건 아닌가요."

구유리의 한마디가 날카롭게 꽂히는 착각이 들어 고개를 흔 들었다. 다시는 그러지 잃겠다고 운님은 약속할 것이고, 그길 위반하지는 않을 것이다. 원인을 찾고 해결하면 된다. 조급해 진 봉희가 다시 시계를 올려다보았다.

6시에 단식원 입소생들의 하루가 시작되었다. 코치는 5시 40분부터 담당 수련생들의 방문을 열었다. 복도 초입의 6인실 부터 4인실, 2인실, 1인실까지 차례로 인기척을 내며 수련생을 깨웠다. 아직 6시가 되려면 한참이었다. 답답한 마음에 앉은 자 리를 털고 일어나 좁은 방을 서성이다가 창문을 열어젖혀 밖을 보았다.

노란빛의 가로등 대열 덕분인지 바깥이 더 환했다. 단식원 바로 뒤는 편의점이었다. 그곳에서 새어 나오는 빛이 주변을 밝혔다. 비틀거리며 길을 걷던 남자가 핀 조명 같은 편의점 불빛 안으로 들어와 선명했다. 남자는 몇 걸음 더 걸어 여자의 노점상을 지나갔다. 성단비를 한 손으로 휘감아 들고 왔던 그 여자의 바퀴 달린 작은 상점. 주황색 천막으로 덮어놓은 모양새가 바윗덩어리 같았다.

며칠 전 봉희 팀의 수련생 성단비가 요가복 구입을 위해 외출했다가 단식원 뒤 노점상에서 빈속에 떡볶이를 사 먹은 사건이 터졌다. 성단비는 다섯 걸음도 채 못 떼고 길바닥을 뒹굴었다. 노점상 주인 여자는 성단비가 건넨 지폐를 앞치마 주머니에 넣기도 전에 그 꼴을 보았다. 하얗게 실린 성단비가 주인 여자의 팔에 대롱대롱 매달려 단식원에 들어왔다. 그때 성단비를 부축한 여자의 목소리가 어찌나 컸던지, 이 일을 몰래 수습할 새도 없었다. 소란스런 소리에 요가를 끝낸 수련생들뿐 아니라 코치 몇 명도 내려왔다. 오세라 코치가 봉희의 얼굴을 살피는 게 보였다. 애써 담담하게 여자에게서 성단비를 넘겨받았다. 여자의 머리카락에 밴 기름 냄새와 달큰한 양념 향에 단식 3일째인 봉희의 위장이 꿀렁이며 축축한 소리를 냈다.

하얗게 질린 성단비를 보건 코치에게 인계하는 사이, 요가실에서 내려온 무리를 보고 여자는 눈을 둥그렇게 떴다. 낯선 세계를 한 바퀴 훑어내는 시선에 의구심이 가득했다. 얼마 안 가 이제는 알겠다는 듯 반말을 내뱉었다.

"찜질방이 세련됐네?"

데스크 똑똑이 정미향은 모욕을 당한 표정이었다. 무심하게 뱉은 반말 때문인지, 찜질방 때문인지는 알 수 없었다. 여자는 정미향 앞에 있던 '구유리 건강힐링센터' 팸플릿을 잡아채 슬쩍 앞뒤를 돌려보더니 던지듯 내려놨다.

"뭐 하는 데래, 대체?"

성단비가 보건실로 들어가자 수련생들도 슬슬 다시 계단을 올라가기 시작했다.

"2천 원어치니까, 이만큼?"

여자는 두꺼운 손을 둥글게 말며 양을 가늠해 보였다. 보건 코치의 부탁에 따라 성단비가 삼켜버린 음식의 종류와 양을 정미향에게 불러주는 중이었다. 정미향이 쌀쌀맞은 얼굴로 자판을 두들겼다. 볼일을 다 본 여자는 등으로 기대듯 문을 열면서 마지막까지 단식원을 훑었다.

정미향은 메신저 프로그램으로 보건 코치에게 성단비 섭취 목록을 넘겼다. 봉희가 코치 확인서에 사인을 하자마자 정미향은 손톱에 큐빅까지 얹은 화려한 네일아트를 한 손가락으로 마우스를 쥐더니 능숙하게 클릭을 했다. 봉희의 시선이 정미향의 화려한 손톱에서 모니터로 향했다. 단식 경과와 랭킹이 기록되는 프로그램이었다. 정미향이 성단비의 점수 칸에 '무' 자를 입력하자 '무단섭취'라는 단어가 자동으로 완성되었다. 엔터키를 누르자 성단비의 개인 점수가 자동으로 내려갔고, 동시에 팀 점수와 코치 점수가 차례로 내려갔다. 정미향은 황급히 코치별 랭킹 창을 열어 봉희에게 보여줬다.

"아, 어떡해. 코치님."

정미향은 봉희를 올려다보며 안색을 살폈다. 오전까지 단단히 자리를 지키던 1위 칸의 봉희를 다른 이름이 밀어냈다. 다시, 오세라였다. 봉희는 그새 눈을 질끈 감았던가. 하지만 금세 마음을 다잡았다. 내겐 운남이 있어.

성단비야 언제고 한번은 이런 일을 낼 줄 알았다. 그동안 버틴 게 용했다. 하지만 여자의 팔에 감겨온 사람이 운남이라면, 그건 더 끔찍한 일이었다. 다른 팀에서 채우지 못한 기여도 부문에서 점수를 내면, 다시 1위로 올라가는 게 충분했다. 오늘 촬영을 통해 얻을 수 있는 가장 명확한 소득이 아니던가.

이런 시기에 운남은 대체 뭘 집어삼킨 것인가. 어제 운남의 동선을 차근차근 복기해보았다. 촬영 때문에 여러 차례 구유리 원장과 면담을 했고, 필라테스 강사가 운남을 위한 추가 수업까지 했다. 외출을 해서 무언가를 먹을 시간이 나지 않았을 터였다. 더욱이 운남은 정해진 아침 산책 외에 개인 외출을 신청한 적이 없는 수련생이었다.

시간은 겨우 새벽 4시에서 5시로 넘어가는 중이었다. 평소 준비하던 때보다 이른 시각이었지만 더는 방 안에서 기다릴 수 없었다. 간단히 세수만 하고 천연 화장수를 얼굴에 발랐다. 운동복을 입고 머리는 최대한 높게 잡아 올렸다. 얼굴이 너무 순하다고, 낮게 묶지 말라는 게 구유리 원장의 조언이었다. 봉희는 활처럼 몸을 최대한 젖히고 발끝에 힘을 주어 걸었다. 높게 묶은 머리가 좌우로 명랑하게 흔들렸다. 저지 옷감의 운동복이 상쾌하게 몸에 밀착되었다. 단식 일주일째였다. 선을 방해한 군살들이 사라졌고, 허리에서 골반으로 이어지는 곡선이 더 돋보였다. 구유리 원장은 코치들은 앞자리를 무조건 '4'로 만들라고 했다.

"상징인 거죠, 상징."

원장의 이런 요구에는 언제나 그럴 만한 이유가 있었다. 그간 앞자리를 갱신할 때마다 새로운 삶이 한 발짝씩 봉희 앞으로 다가왔다. 몸은 거짓말하지 않았다. '모든 게 잘되어가고 있어.' 봉희는 계단이 시작되는 벽의 스위치를 손바닥으로 세게 눌렀다. 그러곤 계단참으로 내려와 수련생 숙소 층인 4층을 바라보았다. 마치 어둠에 잠긴 음울한 도시 같았다. 딸각, 스위치를 누르자 4층 복도의 형광등이 하얗게 빛났다. 원래대로라면 복도 초입의 6인실부터 문을 열었지만 봉희는 깊숙이 들어가 운남의 1인실 문고리부터 쥐었다.

운남은 늘 차렷 자세로 이불을 머리끝까지 올려 덮고 잤다. 어둠 속에서 그렇게 누운 운남의 모습은 매일 보는데도 익숙해지지 않았다. 문을 열자마자 정면으로 보이는 침대를 바라보았다. 관에 누운 것처럼 꿈쩍하지 않고 잠들었을 운남을 찾았다. 그러나 어쩐지 침대 위에 부피감이 느껴지지 않았다. 침대로 더 가까이 갔다. 그 섬뜩한 모습이 보이지 않았다. 방 안의 스위치를 눌렀다. 조명이 기침하듯 덜덜거리다가 빛을 쏟아냈다.

어둠이 걷히고 텅 빈 방이 눈에 들어왔다. 운남은 보이지 않았다. 없어진 건 운남만이 아니었다. 문제는 그것이었다. 창문 아래 벽, 운남이 수호신처럼 늘 그 자리에 세워두던 흠 하나 없던 은백색 캐리어, 그게 보이지 않았다. 봉희는 캐리어가 있던 자리에 서서 창문으로 시선을 옮겼다. 열려 있다. 봉희는 창틀 아래를 꽉 잡았다. 눈을 가늘게 뜨고, 얼굴을 드러낼 기세를 보이지 않는 어두운 도시를 내려다보았다. 내려앉은 가슴이 미세하게 떨리기 시작했다. 운남은 사라진 걸까. 말도 안 되는 상황 때문에 순간적으로 멍해졌다. 봉희가 머리를 한 번 털었다. 그리고 곧장 계단을 향해 뛰었다. 운남은 대체 어디로 간 것일까.

"양 코치, 천천히."

'천천히'라는 말에 주눅이 들었다. 말의 속도를 말하는 게 아니란 걸 봉희도 알았다. 운남이 사라진 이야기를 어수선하게 전달한다는 소리였다. 마음이 급해지면, 해야 할 말들 중 쓸모없고 가벼운 말만 둥둥 떠올라 입 밖으로 튀어나왔다. 상황이 종료되고 뒤돌아 나갈 때야 비로소 저 아래에서 잠복하던, 적합한 단어와 문장들이 순서를 지켜가며 스멀스멀 올라오는 식이었다. 봉희는 서둘러 본론만 말했다.

"운남이 사라졌어요."

"응?"

구유리가 찻잔을 입에 대려다 다시 내려놓았다. 투명 전기 포트에서 물이 끓어오르는 소리만 가득했다. 오세라가 원장실 문을 열고 들어왔다. 봉희가 나가기를 기다리는 눈치였다. 봉희의 얼굴이 더 붉어졌다.

"누구?"

구유리가 자세를 고쳐 앉았다.

"운남이 안 보여요."

"센터 안에 없다는 거예요? 다 찾아본 거 맞아요?"

찾다마다요. 봉희는 새벽에 4층부터 1층까지 내달린 순간이 떠올라 눈을 질끈 감았다. 운남이 없는 방, 열린 창문이 만든 무서운 상상에 창틀을 꽉 잡고 아래를 확인했다. 날이 밝지 않아 뭐가 뭔지 구분이 어려웠고, 불을 켤 생각도 못 하고 어두운 계단을 내달렸다. 운남이 있을지도 모르는 곳을 가늠하며 걷다가 주먹이 꽉 쥐어졌다. 가슴이 그토록 세차게 뛴 적은 근래에 없었다.

다행히 그곳에 운남의 흔적은 없었다. 음료가 반쯤 남은 테이크아웃 컵, 샌드위치 봉투 따위만 발에 채였다. 아직 날이 밝지 않아 어두운 단식원 주변만 헤매고 다녔다. 진짜 사라진 걸까. 설마. 새벽의 정적 속에서 답답한 마음에 큰 소리로 운남을 불렀다.

"운남 씨!"

봉희의 목소리는 요란하게 새벽 공기를 흔들다가 이내 사라졌다.

다시 단식원 문을 열고 1층부터 천천히 운남을 찾았다. 2층 보건실부터 매트를 보관해두는 작은 창고 문까지 열었다. 하지만 3층을 걸쳐 5층까지 올라왔는데도 운남은 보이지 않았다. 다시 4층 수련생 숙소 앞에 도착했을 때는 수련생들을 깨워야 하는 시간이었다. 6인실부터 차례로 방문을 열어젖히면서도 시선은 복도 끝 운남의 방에 꽂혔다. 2인실에 노크를 한 뒤, 다시 운남의 1인실 문고리를 쥐었다. 힘을 주자 차가운 금속의 기운에 손가락이 저렸다.

'사과를 먼저 하자.' 이상한 상상에 계단을 내달리며 든 생각이었다. 방문을 여는 그 짧은 순간에 봉희는 간절히 바랐다. 운남이 침대 끝에 앉아 양말을 신으며 무심하게 자신을 바라봐주기를. 하지만 문의 안쪽 손잡이가 벽에 부딪힐 때까지 운남은 보이지 않았다.

"1층부터 샅샅이 살폈는데, 보이지 않아서요."

오세라가 끼어들었다.

"새벽에 가끔 옥상에서 스트레칭 하잖아요."

옥상. 왜 옥상을 떠올리지 못했을까. 봉희는 자기 머리를 그대로 쥐어박고 싶었다. 구유리가 식지 않은 찻물을 다반에 부어버렸다.

"다녀와봐요."

벌서는 기분으로 문을 열고 나갔다. 5층 동측 문을 열면 옥상으로 가는 실외 계단이 있었다. 계단을 올라 회색 문 앞에 섰다. 글자가 바랜 옥상 이용 수칙을 노려보았다. 그동안 이곳에서 운남이가 스트레칭을 했다고? 왜 오세라만 그 사실을 아는 것인가. 운남 때문에 고개를 숙였는데, 그 숙인 뒤통수를 오세라가 한 대 제대로 갈겼다. 손잡이를 세게 돌려 회색 철문을 열었다.

유리 단식원에서 유일하게 먹을거리가 있는 곳이었다. 채소가 자라는 화분들이 늘어서 있고, 작은 비닐하우스도 모양이 그럴싸했다. 보식용 식사를 만들 때 샐러드에 사용하는 푸성귀 따위를 키우는 곳이었다. 방울토마토 화분도 있었는데, 누군가 떼어 먹어 늘 열매가 성글게 달려 있곤 했다. 몸과 마음이 물기 없이 바싹 말라 있을 때, 수분을 가득 품고 싱그럽게 자라는 식물을 보면 위안이 되었다.

통통하게 살이 오른 연둣빛 상추를 엄지손톱만 하게 떼어 입에 물고 누워 하늘을 바라보던 시절이 떠올랐다. 입에 문 걸 앞니로 잘근잘근 씹으며 눈을 감으면 상추밭에 묻힌 듯 향이 더 강렬해지곤 했다. 쓴맛, 짠맛, 단맛, 신맛이 입속을 돌았다. 그럴 때면 상춧잎이 거대한 한 세계를 품고 있는 것 같다는 감상에 빠지곤 했다. 운남이 캐리어를 베개 삼아 누워 하늘을 바라보고 있을지도 모르겠다. 그러면 망설이지 않고 손을 내밀어야지. 내민 손을 잡고 일어난다면 얼마나 좋을까. 하지만 캐리어를 끌고 왜 여기에 온단 말인가.

운동복을 갖춰 입은 한 수련생이 온실로 꾸며놓은 구조물 구

석에 앉아 있다가 황급히 자리를 털고 일어났다. 건성으로 목
례를 하고 지나치는 순간 담배 냄새가 훅 끼쳤다. 예전부터 연
둣빛 상추를 꽉 붙들고 있는 흙 속에서 담배꽁초가 종종 발견됐
다. 구유리 원장의 단식 매뉴얼에서 절대적으로 삼갈 것이 담배
였지만, 담배는 쉽게 단속되지 않는 것 중에 하나였다. 담배를
뻑뻑 빨고 있어도 되니까, 운남아 제발 여기에 있어. 하지만 있
을 리가 없었다. 운남이 있다면 응당 함께 있어야 할 것이 없지
않은가.

"방에 캐리어가 없었어요."

"양 코치."

봉희가 대답하기도 전에 구유리가 다음 말을 이었다.

"그걸 알고도 올라간 거야, 옥상에? 그걸 먼저 말했어야죠."

구유리가 휴대폰을 들면서 한마디 더 쏘아붙였다.

"한 템포 느려, 왜?"

그러더니 1번을 꾹 눌렀다. 액정 화면에 대표님이라는 글자
가 떴다.

"대표님, 시시티브이 확인이요."

구유리가 봉희를 올려다보았다.

"몇 시?"

봉희가 벽걸이 시계 쪽으로 고개를 돌리자, 휴대폰을 귀에서 떼며 미간을 찌푸렸다.

"아후, 자기야."

세상에, '자기야'라니. 운남이 사라진 시각을 묻는 말이었다.

"제가 운남이 방에 들어간 건 다섯 시였어요."

"대표님, 세 시부터 보세요."

"네, 알겠어요."

나긋한 남자 목소리가 들렸다. 고상연의 목소리였다. 모두 대표님이라고 불렀지만, 대표님이라고 생각하는 사람은 누구도 없었다. 구유리 원장의 남편이었고, 단식원 아침 산책 때 코치와 수련생을 시간대별로 실어 나르는 게 주 업무였다.

유리 단식원이 5층짜리 '구유리 건강힐링센터'로 눈부시게 변모하는 동안 고상연 혼자만 그대로였다. 그는 매일 아침, 자판기에 기대어 믹스 커피를 홀짝거리며 수련생들을 기다렸다. 봉희는 고상연을 볼 때마다 1기 수련생 시절로 돌아가는 기분이었다.

봉희가 유리 단식원에 처음 입소했을 때만 해도 입소생은 다섯 명에 불과했다. 작은 상가 2층에 당구장 하던 자리에서 유리 단식원이 시작됐다. 둥근 당구공 스티커 자국이 그대로 남아 있던 유리창을 봉희는 아직도 기억한다. 구유리가 원장이자 코치였고, 요가와 마사지, 보식까지 모든 일을 다 해냈다. 고상연이 하는 일이라곤 아침 운동을 위한 봉고차 운행과 옥상의 푸성귀를 가꾸고 청소하는 일 외엔 없었다.

봉희가 3년 만에 다시 입소했을 때 유리 단식원은 5층짜리 신축 건물로 이사한 뒤였다. 이름도 '구유리 건강힐링센터'로 바뀌었다. 구유리 원장은 공중파 방송에 가끔 얼굴을 비추기도 했지만, 유튜브에서 개인 채널 운영을 하면서 젊은 층에게는 이미 유명 인사였다. '율 쌤'이라는 친근한 별칭으로 불리며 단식, 다이어트 분야를 평정했다. 구유리의 인기와 함께 단식원도 유명세를 탔다. 단식에 참여하려는 사람은 이미 차고 넘쳐서 대기 중인 사람이 꽤 됐다. 분점 설립 계획이 나오는 건 당연했다. 그렇게 화려한 행보를 이어나가는 원장과 달리 대표 고상연은 정말 그대로였다. 같은 시간에 봉고차 운행을 하고, 수련생을 기다리며 같은 자세로 스트레칭을 했다. 나무 하나에 다리를 올리고 몇 년째 끙끙댔다. '원장님이 너무 아깝지 않아요?' 그 모습을 보고 누군가는 봉희 귀에 들릴 정도로 혀를 찼다.

"나가봐요."

구유리는 고상연과 통화를 끝내고 보건 코치를 불렀다. 봉희가 나가기도 전에 보건 코치가 들어왔다. 문을 열고 나가자 산책하러 갔던 수련생들이 들어오는 소리가 계단을 타고 올라왔다. 운남이 없어졌다는 소식에 보건 코치부터 부르자 봉희는 기분이 상했다. 운남과 동고동락한 건 봉희였다. 두 번째 단식에 성공하고 코치가 된 봉희에게 배정된 첫 팀원이 운남이었다. 오세라에게 1등을 내주고, 다시 돌아온 단식원에서 운남에게 1등을 빼앗겼다. 당시 1등에게 상금과 함께 코치가 될 수 있는 면접권이 주어졌다. 바깥 사람들은 그게 뭐 얼마나 대단한 것이냐 할 수 있지만, 유리 단식원의 세계에서 코치가 된다는 건 말 그대로 인간 승리였다. 해당 기수 입소생 중 1등에게만 주어지는 게 '코치 면접권'이었다. 운남은 코치 면접권을 거부하고 받은 상금으로 입소를 이어갔다. 감량률로는 2등이었지만 3기 중 최종 몸 상태가 가장 좋았던 봉희가 뷰티바다상을 받았고, 그 타이틀을 발판 삼아 코치가 될 수 있었다.

운남과는 코치와 수련생으로 지내며 90kg에서 20kg 더 감량시켰다. '함께'라는 말이 맞았다. 구유리가 운남을 자신의 작품이라고 말할 때마다 봉희는 '저는요?' 하고 속으로 질문하곤 했다.

봉희는 태블릿 피시를 꺼내 운남의 신체 데이터를 확인했다. 보건 코치와의 면담이 끝나면 봉희를 부를 게 분명했다. 아까 오세라와의 일 같은 건 없어야 했다. 이곳에서 운남을 가장 잘

아는 건 그 누구도 아닌 자신이라고, 봉희는 확신했다. 예상대로 구유리가 다시 봉희를 불렀다.

"이게 무슨 일이죠, 양 코치?"

답을 할 만한 문장들이 떠오르지 않았다. 일부러 답할 수 없는 질문을 하는 것인가.

"마지막으로 본 게 언제예요?"

올 것이 왔다고 생각했다. 운남이 뭔가를 먹고 토한 시각이 11시경이었다. 9시부터 소등이 시작되는 유리 단식원의 시계로는 깊은 밤이었다. 하지만 사실대로 말할 자신이 없었다. 그래서 9시에 자는 걸 보고 방에 들어왔다고 말했다.

"양 코치가 모르면 누가 알아? 무슨 일 있었던 거 아니에요, 정말?"

그죠. 제가 아니면, 누가 알겠어요. 구토를 하더라고요. 너무 걱정되더라고요. 솔직히 다른 팀 애였으면 걱정 안 되죠. 그랬으면 속으로 잘됐다 싶죠 뭐. 하지만 운남이잖아요. 걘 내 식구니까. 설상가상 촬영에다가 체중 재는 날이잖아요. 걱정됐죠. 어깨를 잡았는데, 그게 절 확 뿌리치잖아요. 뭘 잘했는데요 자기는. 그래놓고선 주저앉아 움직이지도 않더라고요. 일어나 자는데 말을 들어야 말이죠. 그래서 멱살을 잡고 일단 끌어냈죠. 거기서 그러고 있어서 좋을 게 뭐가 있겠어요. 마침 나오자마자 화장실 벽 끝에 체중계가 보여서 거기에 내려놨어요. 체중을 확인하려고 했죠. 저라도 정신을 차려야 하니까. 그런데 걔가 똑바로 서야 하는데 주저앉더라고요. 주저앉고서는, 음……그러니까 울더라고요. 믿어지세요, 그 애가 운다는 게? 세상에 그 바위 같은 애가. 무표정한 얼굴로 사계절을 통과해 여기까지 온 애잖아요. 그런데 그 운남이가요, 울더라고요.

봉희는 이 말이 쏟아질까 봐 입술을 꽉 다물고 황소처럼 콧구멍으로 숨을 크게 쉬었다 내뱉었다.

"요즘 이상한 말 같은 건 한 적 없고?"

봉희는 숙인 고개만 가로저었다.

"몸 상태는 이상 없었죠?"

봉희가 아까 확인한 운남의 신체 데이터를 읊었다.

"아니, 데이터 말고 자기가 직접 보고 느끼기에 이상 없었냐고. 코치의 직감으로 말야."

"숫자는 아름답습니다. 가장 짧은 말로 모든 걸 말해주잖아요." 이렇게 말한 건 구유리였다. 그냥 말을 해버리고 도움을 구할까. 원장님이니까. 그녀라면 운남의 상태를 파악하고 대책을 마련할 수 있는 사람이다. 울며 뛰쳐나가는 수련생들도 구유리 원장과의 면담 한 번이면 다시 온순해져서 전보다 더 열심히 단식 프로그램에 임하곤 했다.

"운남이가."

그때 휴대폰이 울렸다.

"말이 돼요? 나간 사람이 있는데 왜 안 나와 그게. 더 앞당겨서 모조리 봐요."

"그래요, 알겠어요."

신경질적인 구유리의 말에도 고상연은 나긋나긋한 목소리로 응대했다. 늘 새침한 고양이를 바라보는 것처럼, 잔뜩 불어터진 유치원생이나 되는 양 구유리를 바라보곤 했다. 병신 같네. 속으로 뱉어낸 이 말이 누구를 향한 욕인지 봉희 자신도 알길이 없었다.

"찾아와야죠. 그죠, 양 코치님?"

당연했다. 우리 모두에겐 운남이 필요했다. 'Y의 마지막 다이어트.' 프로그램의 이름은 그랬다. 단식을 통해 30kg 넘게 감량한 운남은 아직 70kg대였다. 예전처럼 초고도 비만은 아니었지만 의학적으로 아직 숙제가 남은 비만이었다. 인터넷에 나도는 패션 몸무게에 비하면 갈 길은 더욱 멀었다. 석 달 안에 51kg까지 만들어야 했다. 가장 정석으로, 건강한 방법으로.

동시에 구독자도 매회 운남의 방법을 따라 하며 경과를 공유하는 식이었다. 파이널에서 운남이 성공하면, 성공한 구독자들에게도 보상이 주어진다. 신청 첫날 사람들이 몰려 사이트가 다운되는 초유의 사태까지 벌어졌다. 실시간 검색어에까지 오를 정도로 사람들에게 회자되는 중이었다. 셀프 다이어트를 하면서 SNS에 'Y의 마지막 다이어트'라는 태그를 사용하는 사람들이 늘었다. Y는 운남이었고, 사람들에게 운남은 곧 자신이었다. 유라, 윤주, 윤정, 서영, 수영, 아연 등의 여자 이름에 많이 들어간 이니셜이기도 했고, 생의 마지막 다이어트를 꿈꾸는 바로 너, YOU의 Y라는 게 공진표의 설명이었다. 프로그램의 해결사로는 구유리 원장이 낙점되었고, 보건 코치, 봉희, 오세라가 이를 돕는 인물로 등장하기로 했다.

물론 처음 계획은 그렇지 않았다. 공진표는 방송에서 인지도를 높인 의사들과 운동 강사 리스트를 뽑아 섭외를 시작한 상태였다.

"내 새끼를 왜 딴사람에게 맡깁니까?"

구유리가 공진표에게 그렇게 말했다. 대중들이 그 누구도 아닌 운남을 원했으므로, 구유리가 운남을 '내 새끼'라고 하는 순간, 협상의 신은 구유리를 향해 몸을 돌렸다. 그렇게 단식원의 식구들로 주요 스태프가 결정됐다.

그러니 우리의 Y, 운남을 반드시 찾아야 했다. 봉희에겐 3일 안에 운남을 데려오라는 명이 떨어졌다. 하지만 막막하기만 했다. 어디서 운남을 찾을 수 있을까. 운남에 대해 아는 것이 하나도 없었다. 운남의 체지방률과 몸무게, 가슴부터 팔목, 발목까지의 사이즈는 알고 있었지만, 그것들은 사라진 운남을 찾는 데는 아무런 도움을 주지 못했다. 소운남…… 소운남……. 성을 붙여 이름을 되뇌자 운남이 더 멀리 가버리는 기분이었다. 한 번도 만난 적이 없는 사람 같았다.

게다가 입소 신청서에 쓴 전화번호마저 가짜였다. 주소란에는 단 세 음절의 단어뿐이었다. 지리산. 단식원에서 수련생의 주소는 형식적인 거였다. 아무도 궁금해하지 않는 거였으니 그렇게 쓸 만도 했다. 하지만 지금은 가장 절실한 정보였다. 오랜 객지 생활 끝에, 더욱이 몇 차례의 단식을 마치고 갈 곳이 고향 집이 아니고 어디란 말인가. 그런 확신이 강렬하게 들었다. 봉희는 포털 사이트를 열어 지리산이라고 검색했다. 산 이름은 많이 들어봤지만, 어느 도시에 있는 산인지 알지 못했다. 일단 도시라도 알아내야 했다. 검색을 하다가 얼마 안 가 헛웃음이 나왔다. '3개 도 5개 군 15개 면에 걸친 산.' 운남이 남긴 흔적들이 작정하고 봉희를 골렸다.

봉희는 운남의 방으로 들어갔다. 작은 단서라도 절실했다. 숨을 천천히 뱉어내며 방 곳곳을 다시 살폈다. 책상 위도 깨끗했다. 서랍인들 뭐가 있을까. 아무런 기대 없이 열었다.

'축 개업 천왕봉 산채비빔밥.'

손톱깎이 키트였다. 개업 기념품인 듯했다. 뚜껑 곳곳이 닳았지만 주소의 일부가 남아 있었다. 봉희는 휴대폰을 꺼내 천왕봉을 검색했다. 지리산의 봉우리가 맞았다. 봉희가 구유리에게 달려갔다.

곧바로 출장 명령이 떨어졌다.

"만나면 바로 통화하게 해줘야 돼."

꾸벅 인사를 하고 나올 때 한마디를 덧붙였다.

"자기가 뭘 하려고 하지 마, 나 바꾸라고, 바로."

서둘러 나와서 짐을 꾸렸다. 주머니에 넣은 키트를 운남의 손인 양 꽉 쥐었다. 터미널과 가까운 길은 단식원 뒷길이었다. 노점상 여자가 장사 준비를 마치고 음료를 들이켜는 중이었다. 그녀 앞에 있는 철판 위로 떡볶이 재료가 봉긋 올라온 게 보였다.

"저기 무슨 센턴가 하는 데 선생님이네, 맞죠? 봤잖아, 그때. 이거 한잔하고 가요."

봉희가 망설이다 다가갔다. 운남을 알고 있을지도 몰랐다. 여기에서 뭔가 몰래 먹으며 개인 신상 이야기를 했을지도. '혹시 운남을 아세요?' 자기도 어이없었지만 그렇게 묻고 싶었다.

"그때 그 아가씨 괜찮은지 몰라?"

여자가 종이컵에 뜨끈한 대추차를 부어주면서 성단비의 안

부를 물었다.

"가끔 오는 아가씨인데 어묵 한 입만 먹고 남겨서 나한테 혼나거든. 어떤 날은 실컷 돈만 내고 도망가, 희한해 정말. 근데 그날은 너무 잘 먹는 거야. 잘 먹으니까, 어휴, 이쁘잖아. 그래서 내가 떡볶이에 튀김도 얹어줬는데. 와, 근데 세상에, 갑자기 뒹구는 거야. 얼마나 놀랬게. 이 장사하고 그런 일은 처음이었다니까."

운남의 이야기를 물어보려 했지만 틈을 주지 않았다.

그때 자동차 경적이 울렸다.

"코치님, 타세요!"

고상연이었다.

"왜 절 안 부르고 걸어가세요?"

봉고차의 문이 자동으로 열리고 발판이 봉희 앞으로 쑥 나타났다. 발판이 마치 고상연이 내미는 손 같았다. 터미널에 도착하자 고상연이 따라 내렸다.

"먼 길 가시는데, 커피 한 잔 대접해야죠."

고상연이 주머니 속 동전을 탈탈 털어 커피를 뽑더니 봉희의 손에 쥐어주었다. 차가운 날씨에 굳은 손이 따뜻하게 풀어지기 시작했다.

"코치님 건 400원짜리예요. 고급 커피."

그러곤 자기는 300원짜리 일반 커피를 뽑아, 입에 물고 차에 올라탔다. 시동 소리가 들리고 차가 멀어질 때까지 봉희는 한참을 바라보았다.

2. 그 사람을 안다고 믿는 일

봉희는 종이컵을 두 손으로 꼭 쥐고는 터미널 전광판을 올려다보았다. 백담사. 천왕봉을 검색하자 따라온 말이었다. 일단 오늘 안으로 남원에 도착해 백담사 근처 마을까지 들어가는 건 가능해 보였다.

"아가씨, 그거 들고 탈 거예요?"

버스 기사가 퉁명스럽게 내뱉으면서 종이컵을 바라봤다. 어차피 마시지 않을 거라 버리고 올 수도 있었지만, 괜한 오기가 생겼다.

"흘리지 않게 조심할게요."

"가지고 올라올 땐 다 그렇게 말하지."

기사는 봉희가 내민 티켓을 신경질적으로 채갔다.

두어 시간 달리던 버스가 휴게소로 진입했다. 휴게소 건물 중앙에 걸린 현수막에 '향토음식대회 1위 수상'이라고 적힌 글자가 눈에 띄었다. 화장실을 가는 양쪽 길은 온통 먹거리 천지였다. 쥐포구이부터 호두과자, 꼬챙이에 꽂힌 어묵과 소시지. 한 예능 프로에서 다녀갔다는 타코야끼 코너엔 사람들이 북적였다. 해산물의 비릿한 향이 역하게 코를 찔렀다.

음식 코너를 빠르게 지나치고, 편의점에서 생수 하나만 사서 버스에 올라탔다. 앞자리 노부부가 호두과자 봉투를 열자 달큰한 향이 났다. 통로 쪽에 앉은 할아버지가 호두과자를 쪼개어 두어 번 훅훅 불어 할머니에게 건넸다.

통로를 사이에 둔 옆 좌석 여자는 타코야끼가 담긴 종이 접시를 들고 있었다. 단식원에 처음 들어갔을 때쯤 봉희의 체구만 했다. 이제 여자들을 보면 대충 몸무게가 가늠이 되었다. 아슬아슬하게 세 자리는 면하는 몸. 하체에 비해 상체가 살찌지 않아서 슬쩍 보면 90kg대로는 보이지 않는 몸이었다. 전신 거울을 사용하지 않는 이상, 본인 역시 그렇게까지 살이 찌진 않았다고 착각할 공산이 컸다. 여자 앞에 있는 컵 홀더에 축축이 젖은 아이스 아메리카노 컵이 보였다.

"마른 사람이 차가운 거 마시는 거 봤어?"

원장은 수분이 들어차야 할 자리를 지방이 차지하고 있으니 사계절 목이 마른 것이라고 했다. 간식으로 타코야끼에 스낵까지 사면서 죄책감을 덜고자 15칼로리 정도밖에 되지 않는다는 아이스 아메리카노를 선택했을 것이다. 하지만 여자의 몸을 더 부어오르게 하는 데 일조하는 건 저 15칼로리짜리 커피였다. 커피를 걸러내느라 하루 종일 바쁜 몸은 먹은 걸 열심히 태우거나 배출할 틈이 없다. 더욱이 차가운 물은 장기를 굳게 한다. 먹는 족족 쌓이고 붓는다. 무거워진 몸 때문에 움직임이 둔해진다. 둔한 몸 안에서는 늘 가벼운 우울감이 잠복하면서 낮게 출렁거렸을 것이다. 여자는 지금 달콤하고 짭짤하면서 부드럽게 부서지는 음식을 입에 가득 넣고, 빠르게 그 우울감을 달래는 중이다. 하지만 빠르게 해결되는 것은 그만큼 빠르게 되돌아온다. 다시 악순환의 연쇄적인 고리가 사납게 돌아가며 장기들은 과부하에 걸린다. 살과 살이 접히는 부분에서 풍겨나는 악취를 주위의 예민한 사람에게 몇 번이나 들켰을지도 모른다.

반복되는 충격으로 극단적인 다이어트를 시도했을 가능성이 높은 몸이었다. 몸은 복수의 화신이다. 잘 당하지만 당한 만큼 보복한다. 어설프게 덤비면 원래 몸무게에 5kg 정도의 살덩이를 더 얹어 강한 펀치를 날린다. 그걸 몇 번이나 겪었기에 다이어트를 시도하지 못하는 상황일지 모른다. 무기력과 자책, 자신의 몸에 대한 무례한 반응이 준 상처가 한데 섞여 더 깊은 우울을 만들었을 것이다. 봉희에게도 그런 날들이 있었다.

"우리 단식원에 와보실래요? 제대로 된 방법으로 새로 태어날 수 있는데요."

이렇게 여자에게 말해주고 싶었다. 구유리 원장을 만나지 않았다면 자신도 아직 저런 모습일 터였다. 아침에 가시 돋친 말을 했다고 속상해한 건 유치했다고 반성했다. 아까 맡았던 역한 비린내가 콧속을 찔렀다. 봉희는 신경질적으로 고개를 돌려 앉아, 스카프를 코까지 올렸다.

"아가씨, 아침 안 먹었어?"

승객 머릿수를 세던 버스 기사의 비아냥대는 목소리가 들렸다. 긴 이쑤시개로 타코야끼를 찌르고 있는 여자에게 던지는 말일 터였다. 그녀를 바라보는 기사의 표정이 봉희 머릿속에 그려졌다. 가슴이 덜컥 내려앉았다. 동시에 저 예의 없는 한마디가 자신을 향한 것이 아니라는 묘한 안도감이 밀려왔다. 모르는 사람이 던지는 무례한 시선과 폭력적인 말들. 그것에 노출되었던 시절로 절대 돌아가고 싶지 않았다.

여상 시절 친구들과 학교 앞 노점상에서 닭꼬치를 먹던 날, 그곳을 지나가던 한 무리의 남학생들 중 누군가도 그렇게 무례한 말을 아무렇지 않게 던졌다. 봉희도, 친구도 갓 튀겨낸 닭꼬치에 소스를 바르던 아주머니도 못 들은 척했다. 그러나 봉희는 잠시 멈칫했던 아주머니의 손과 자신의 표정을 재빠르게 확인하던 친구의 눈빛을 슬로우 비디오 화면처럼 똑똑히 보았다. 봉희의 귀에 정확하게 꽂힌 그 한마디를 못 들을 리 없었다. 단 한 번도 본 적 없는 낯선 얼굴들이 무신경하게 뱉은 한마디.

"돼지 년아, 적당히 처먹어."

찬 생수병을 너무 꽉 쥐어서 손이 얼얼했다. 봉희는 물이 좀 더 미지근해지도록 좌석 그물망에 넣어두었다. 버스는 고속도로를 내달렸다. 아까 넘긴 미지근한 믹스 커피 한 모금 탓인지 속이 메슥거렸다. 차 안에 섞여 돌아다니는 온갖 음식 냄새도 한몫했다. 아직 찬 기운이 남은 물을 입에 넣고 눈을 감았다. 버스는 미세하게 흔들렸고, 실내에 가득 찬 바깥 음식 냄새는 계속 코를 찔렀다. 소화전 안에 됐다는 물건이 없다고 항의하는 통화 소리, 사무실 옆자리의 멍청한 동료 뒷담화를 하는 듯한 대근한 생활 소음들이 섞여 봉희에게 밀려왔다.

안전한 단식원에서 바깥으로 내던져졌다는 게 실감났다. 익숙한 건 입안에서 점점 미지근해지는 생수의 감촉뿐이었다. 운남이 어디론가 사라지지 않았다면, 지금쯤이면 아침 산책을 끝낸 수련생들과 함께 대형 공기청정기가 음이온을 뿜어내는 요가실 바닥에 누워 있을 시간이었다. 스피커에서 나오는 숲속의 물소리, 새소리가 몸을 감싸주던 그 안온한 시간이 그리웠다.

왜 내가 너 땜에. 꽉 쥔 생수병이 구겨지며 찬물이 튀었다. 속이 금방이라도 뒤집힐 거 같아 생수병에 든 찬물을 그대로 삼켜버렸다.

남원에 내리자마자 인월행 표를 끊고 바로 버스를 탔다. 등산복 차림의 중년 남녀도 올라탔다. 지리산으로 가는 길이 맞긴 한 모양이었다. 안도감이 들었다. 봉희는 전화를 만지작거리며 원장에게 전화가 왔을 때 보고할 내용을 정리했다. 남원터미널에서 인월면이라는 동네로 들어가야 했다. 동네로 들어가는 데는 문제가 없었다. 하지만 그다음은? 거기서 도무지 할 말이 떠오르지 않았다. "그냥 노답이에요." 이런 답을 원장에게 할 수는 없었다. 봉희는 휴대폰을 들어 검색 포털 사이트를 다시 열었다.

'인월 천왕봉 산채비빔밥'이라고 검색해도 들어맞는 정보가 없었다. 옻닭 전문, 쌈밥집 등에서 산채비빔밥을 한다고 했다. 산채비빔밥 전문 음식점은 몇 군데 있었지만 상호가 달랐다. 달리는 버스에서 휴대폰 화면을 들여다보니 두통이 몰려왔다. 휴대폰을 가방에 집어넣고는 다시 창밖으로 고개를 돌렸다. 유리창으로 하얀 먼지 같은 게 달라붙었다. 얼마 가지 않아 등산복 입은 사람 몇몇이 술렁이기 시작했다.

"웬 눈이야?"

춘향 터널이라는 재밌는 이름을 가진 터널을 지나자, 기다렸다는 듯 눈발이 더 거세졌다. 올해 첫눈이었다. 운남을 만나러 가는 길에 만난 첫눈이라니. 괜히 가슴이 아릿해졌다.

1년 전 이맘 때, 이른 눈으로 세상이 덮인 날이었다. 아침 운동을 걸러도 점수가 깎이지 않는다는 공지가 올라왔다. 운남과 봉희 단 두 사람만 봉고차를 타러 내려갔고, 고상연 역시 시동을 걸고 수련생을 기다렸다.

"죄송해요. 저희 때문에."

"제가 할 일인데요. 따뜻하게 덥혀놨어요. 어서 타세요."

그러더니 후진을 하며 한마디 더 했다.

"단 하루도 빠지지 않는 건 정말 어려운 일인데."

하얀 눈이 조명처럼 새벽을 밝히는 그런 날이었다. 어수선한 소리를 내는 제설 차량들 때문에 적당히 흥성거리던 새벽. 공원에 도착하고 여느 때처럼 고상연은 장갑도 끼지 않은 채 애인의 허리를 감듯 나무 하나를 잡고 다리를 올리기 시작했다. 운남과 봉희는 내리는 눈보다 더 조용하게 정해진 코스를 걷고 내려왔다.

얼굴이 얼어서 내려온 두 사람에게 고상연이 자판기 커피를 뽑아 건넸다. 건강 세미나에서 구유리가 그랬다.

"단식 중에 마시는 믹스 커피는 독입니다. 그냥 쓰레기예요, 쓰레기. 아기 몸이 되었는데 그 순한 배 속에 독을 넣는 거라고요."

고상연은 망설이는 두 사람 앞으로 종이컵을 더 쭉 내밀었다.

"손이라도 녹이세요."

고상연의 말에 뜨끈한 종이컵을 집어 들었다. 커피 향이 온 위장을 돌아다녔다. 이런 달콤한 향을 가진 게 쓰레기일 리 없었다. 하얀 눈이 커피 안으로 떨어져 녹아내렸다.

"따뜻한 건 괜찮아요. 천천히 마시면 돼요."

고상연은 그렇게 말했고, 봉희와 운남은 정말 딱 한 모금 마셨다. 어깨부터 발끝까지 따뜻하고 달큰한 액체가 몸속 구석구석 빠르게 가닿았다. 커피 한 모금에 가슴이 저릿한 건 처음이었다. 세상에서 가장 두렵고, 맛있는 커피였다. 봉희와 운남은 남은 커피를 차마 버리지 못하고 자판기 아래 소복이 쌓인 눈 속에 내려놓았다. 눈송이가 제 집인 양 종이컵 속으로 들어가 사라졌다. 그러니까 고상연과 봉희와 운남에겐 그런 새벽이 있었다.

평지를 달리던 버스가 오르막 도로로 접어들었다. 와이퍼의 속도가 따라잡지 못하도록 눈이 빠르게 버스 창에 쏟아졌다. 마치 불빛을 향해 달려드는 곤충 무리 같았다.

작은 정사각형 상자 같은 인월 터미널에 도착했다. 발이 땅에 닿자, 신선한 산촌의 공기가 들어왔다. 울렁거리던 속은 좀 진정이 되는 듯했다. 하지만 기운이 몽땅 빠져나가 말할 힘도 남아 있지 않았다. 현지인으로 보이는 사람들은 망설임 없이 터미널을 빠져나갔다. 더러는 미리 기다리는 차량에 올라타는 사람도 보였다. 등산복 차림의 사람들은 어디론가 전화를 걸었다. 봉희는 대기실 의자를 보자마자 주저앉고는 숨을 골랐다. 마치 놀이동산의 롤러코스터에서 한바탕 정신없이 돌려지다 멈춰 선 기분이었다. 모두가 비슷한 속도로 걷고 같은 일정으로 느리게 움직이던 단식원을 나오자, 세상은 너무도 빠르고 시끄럽게 다양한 속도로 돌아갔다. 단식 일주일째의 몸은 보이지 않지만 엄청난 무리를 하는 중이었다. 그런 몸을 정신없는 세상밖으로 겁 없이 내던져놓은 셈이다.

한참을 자리에 앉아 눈을 감고 숨을 골랐다. 어젯밤과 오늘 아침의 일이 마치 아주 오래전 일처럼 아득했다. 눈을 떴을 때, 다시 5층 코치 방 침대라면 얼마나 좋을까. 이 모든 게 꿈이라면. 낯선 고장의 대기실 공기는 차가웠고 생생한 냄새를 풍기며 곧 현실을 일깨웠다.

지리산에 가까워진 건 분명했지만, 운남을 찾는 건 더 막막해졌다. 정말 이게 끝이었다. 막막함이라는 단어는 이럴 때 쓰는 거라고 봉희는 생각했다. 운남이 여기에 있긴 한 걸까요. 당장 전화라도 걸어 원장에게 묻고 싶었다. 원장은 이 낯선 곳까지 봉희를 던져두고 전화 한 통이 없었다. 하지만 내내 구유리가 자신을 지켜보고 있는 것 같기도 했다. 자, 이제 어떻게 할래. 최상의 방법을 한번 찾아보라고 판을 깔아놓은 것일까. 여기서 시원하게 운남을 찾고, 설득해서 함께 다시 단식원으로 들어가야 했다. 하지만 말 그대로 '노답' 아닌가. 아무것도 손에 쥐지 못하고 혼자 구유리 앞에 설 생각을 하니 눈앞이 캄캄했다.

어느 순간 봉희 외엔 단 한 사람도 대기실에 없었다. 봉희가 터미널 바깥으로 나왔다. 정말 밤이었다. 길을 따라 띄엄띄엄 가로등이 서 있었지만 어둠의 농도가 도시와 확실히 달랐다. 터미널을 가운데 두고 양쪽에 서너 개의 상가뿐이었다. 그 외에는 거의 다 일반 가정집인 듯했다. 순간 머리가 까매졌다. 외투 주머니에 엄청난 단서인 양 넣어온 손톱깎이 키트가 무용하게 느껴졌다. 그 작은 물건에 농락당한 기분마저 들어서 땅바닥으로 내던져버리고 싶었다. 지금 운남을 마주치기라도 한다면 다시한번 멱살을 잡을 수도 있을 것 같았다. 이게 무슨 생고생이냐고, 너 때문에 내가 왜! 이렇게 소리를 지를지도 모른다.

터미널 오른쪽으로 뽀끌래 미용실, 인월 농약사, 그 옆에 풍년마트가 있었다. 풍년마트 문 앞 작은 입간판이 눈에 들어왔다. 거기에 빨갛게 써진 두 음절의 글자를 보지 못했다면 봉희는 그 자리에서 울어버렸을지도 모른다.

'민박.'

봉희는 가까이 다가가 커다랗게 써진 글자를 다시 확인했다.

여닫이문을 열자 영업이 끝난 것처럼 실내는 어두침침했다. 천장에 달린 세 개의 조명 중 단 하나만 켜둔 상태였다. 가게에 들어오기 전, 먼지 쌓인 물건들이 성글게 배치되어 뒹구는 시골 구멍가게를 떠올렸다. 하지만 이 작은 공간에 생각보다 많은 물건이 깨끗하고 촘촘하게 쌓인 걸 보니 어느새 두려움이 가셨다.

"계세요?"

왼쪽 벽에 붙은 문이 열리면서 빛과 함께 여러 사람의 목소리가 쏟아졌다.

"골라서 일로 갖고 오소."

주인 남자가 등을 보이고 앉아 고개만 돌려 응대했다. 열린 문틈으로 안에 있는 사람을 빠르게 살폈다. 사람들이 둥글게 모여 앉았다. 대부분 할머니들이었고, 남자는 한 명뿐이었다. 그 중 한 할머니가 자리를 털고 나와 적극적으로 응대했다. 안주인인 듯했다. 신발을 꿰차며 봉희를 향해 넉살 좋게 말을 걸었다.

"어디서 애기 목소리가 나는 갑다 했어. 문 열어보니 늘씬한 처녀여."

주인 할머니를 타박하는 목소리가 들렸다.

"골르라고 허고 그냥 와. 저 사람 꼭 저르케 순서를 몰라."

화투판이 한창인데 자신이 방해꾼이 된 것 같아 민망해졌다. 봉희는 먹지도 못할 물건을 빠르게 골라 담았다.

"저…… 민박도 하세요?"

"혼자 왔어, 천왕봉?"

뭐라고 답해야 할지 몰랐지만, 틀린 말은 아니었다. 운남이 여기 없으면 천왕봉이라도 올라갈 판이었다.

"네."

"겁도 없네, 이쁜 처녀가."

말이 끝기 무섭게 방 안에 있던 다른 할머니가 끼어들었다.

"희한혀, 요새 둘레길이고 천왕봉이고 혼자 오는 처녀들 천지여."

봉희를 가운데 두고 방 안과 카운터에서 주거니 받거니 했다.

"근디 혼자 오는 총각은 또 많이 못 봐, 희한하당게."

"그런 거 보믄 여자가 더 독혀."

주인 남자가 정리를 해주지 않았다면 얼마나 더 서 있어야 했는지 몰랐다.

"남이사 혼자 오든, 떼로 오든 넘의 할매들이 뭔 상관이여. 아, 민박 물어보잖여."

"겨울이라도 4만 원은 쥐야 돼. 방 뜨듯혀서 더워 죽네. 저짝 모텔은 5천 원 더 받는다는디, 얼어 죽어. 거서 자본 사람들이 다 그려."

비수기에 4만 원 받는 게 마음에 걸렸는지 주인 할머니의 설명이 길었다.

"네, 그럼 오늘 하루 1박이요."

말이 떨어지기 무섭게 주인 할머니는 카운터 책상 위에 있던 둥근 플라스틱 사랑방 사탕 갑에서 열쇠 꾸러미를 찾아 들고 앞장섰다.

"아가씨야, 여기 오리 잘하는 집 있다. 빨간집, 낼 즘심은 거서 먹어, 맛나."

주인 할머니를 따라나서는 봉희의 뒤통수에 대고 방 안에 있던 누군가가 홍보 중이었다.

"아무리 지 아덜네 집이어도 그르치."

주인 할머니가 앞장서서 걸으며 흉을 봤다.

"세상, 맛이라곤 없어."

주인 할머니를 따라 가게 뒷문을 열고 나가자 콘크리트로 매끈하게 닦인 마당이 나왔다. 주황색 슬레이트 지붕을 얹은 낮은 집이었다. 애초에 숙박용으로 지은 건지 마루 없이 벽면에 문 다섯 개가 나란히 달렸다. 철제 문틀에 윗부분은 반투명 구름유리로 된 문이었지만, 어디에도 불빛이 새어 나오지 않았다.

"근디 눈이 내려갖고, 내일 녹으면 모를까. 신발도 시원찮구만."

"아, 그게 아니고."

철제 문을 열어주며 한마디 건네는 표정이 단호했다.

"큰 산 혼자 가는 거 아녀."

진심으로 걱정하는 얼굴빛이었다. 민박집에 도착하면서부터 잠시 이곳에 온 목적을 잊었다. 순간적으로 자신을 등산객이라고 착각했다. 운남을 찾으러 와놓고 되레 운남을 잠시 까맣게 잊었다. 낯선 공간에서 하룻밤을 지내야 하는 자신의 얄궂은 처지에 대한 걱정이 운남을 잠깐 몰아낸 것이다. 운남, 소운남. 시간이 없었다. 내일은 운남을 꼭 찾아서 같이 단식원으로 가야 한다.

"저, 천왕봉 산채비빔밥집이라고 아세요?"

"가게 이름으로 말하면 우리는 몰라. 주인 이름이 빨러."

할머니의 말에 눈이 번쩍 뜨였다. 그래, 특이한 성씨이니 정말 그게 빠를지도 몰랐다.

"소씨 성을 가진 사장님 댁."

"소가네 말하는 거여?"

"네, 소!"

소씨가 있다. 음식점을 하는 소씨. 소가는 운남의 아버지일지도 모른다. 그리고 운남은 부모님을 돕고 있겠지. 영업장에서는 도무지 어울리지 않는 무표정으로 음식을 가져다 나르는 모습이 눈에 선했다.

"그 퉁퉁이네 집?"

말라깽이네 집이 아니고, 퉁퉁이네 집이었다. 운남을 말한 것이든, 그의 부모나 형제 중 하나인지는 몰랐다. 하지만 퉁퉁이네 집, 하는 순간 할머니를 꽉 껴안고 싶었다. 그게 누구든 정말 운남에게 가까이 왔다는 생각에 가슴이 뛰었다. 하얀 눈을 얹은 지리산 능선 너머 어딘가에 숨어 있던 운남이 바로 코앞으로 달려오는 것만 같았다.

날 새면 가라는 주인 할머니의 만류를 뒤로하고 휴대폰만 챙겨 밖으로 나왔다. 어둠 속에서 가로등 아래 논들이 노랗게 보였다. 생각보다 길이 단순해서 할머니의 손가락 방향을 복기하며 쉽게 소가네 집에 도착했다. 파란 지붕에 마당이 있는 집, 대문 앞에 평상이 놓인 커다란 나무가 있다는 말과도 일치했다. 하지만 간판에는 천왕봉 산채비빔밥이 아니라 검은색 궁서체로 큼지막하게 써진 다른 이름이 보였다. 서울가든. 단층 건물

유리창엔 이 집의 메뉴가 세로로 적힌 스티커들로 가득 찼다. 토종닭 백숙, 닭볶음탕을 시작으로 열 번째쯤에 산채비빔밥이 보였다. 그다음이 돈가스였다. 비빔밥은 메인으로 밀고 나가는 음식이 아니었다. 봉희는 성큼성큼 마당을 가로질러 문 앞으로 갔다.

하지만 그때 가게 안 조명이 꺼지고, 봉희는 다시 그 어둠에 잠겼다. 들고 있던 휴대폰 조명만이 흰 눈에 덮인 봉희의 구두 코를 비출 뿐이었다.

"그렇다고 문 한 번 두드리지 않고 돌아선 거예요?"

구유리가 그렇게 물을 것만 같았다. 조명이 방금 꺼졌으니 안에 사람이 있다는 말이고, 조금 실례가 된들 운남을 찾는 일인데 무슨 염치를 따졌느냐고 몰아세울 것만 같았다. 봉희가 문을 두드리자 다시 불이 켜졌다. 가슴이 두근거렸다.

"누구데? 이 밤에."

중년 여자의 목소리가 들리며 문이 열렸다. 여자의 눈이 더 동그래졌다.

"영업 끝났는데, 아가씨?"

"아, 그게 아니고……."

여자가 문을 더 활짝 열었다.

"추워, 들어와서 말해."

통통이네의 그 통통이가 분명했다. 체중계는 비만으로 판명하지만, 비만이라는 말과 어울리지 않는 사람들이 있다. 골격이 좋고 탄력 있는 살이 골고루 붙어 있는 사람들에게 뚱뚱이 혹은 통통이라는 말은 어쩐지 어울리지 않았다. 앞에 선 통통이 아주머니 역시 살집이 있었지만 어디 한 군데가 보기 싫게 불거져 나온 체형은 아니었다. 꼿꼿하게 걷는 자세 때문에 몸에 붙은 살 중 불필요한 게 없어 보일 정도였다. 그 나이 대에 흔히 없는 170이 넘는 키에 살이 붙어 있어 풍채가 좋다는 말이 절로 나올 법했다. 뚱뚱이, 뚱땡이, 통통이라는 말 대신 통통이라고 부른 동네 사람들의 명명이 적절했다고 봉희는 생각했다.

식당 신발 벗는 곳에 선 채로 그 통통이 아주머니의 얼굴에서 운남을 찾았다.

"늦게 죄송해요, 친구 집을 찾으러 온 건데. 여기 혹시 운남이네……."

"누구? 운남?"

"네, 운남이 집이라고 듣고 온 건데요."

"강미네 집인데, 강미. 멀리서 온 모양인데 어쩐대."

강미. 운남과는 아무런 연관성이 없는 이름이었다. 머릿속이 그대로 멈춰버렸다. 어찌할 바를 모르고 서 있는 봉희에게 강미 어머니가 말을 걸었다.

"아가씨, 잘 데는 있는 거지?"

"네, 터미널 옆이요. 그럼 실례했습니다. 정말 죄송했어요."

마당에 찍힌 자신의 발자국을 다시 반대로 밟으며 서울가든을 나왔다. 한기가 발끝까지 들어가 몹시 시렸다. 일주일째 혹사시킨 몸을 오늘 하루 다시 무리하게 움직였다는 자각이 들었다. 운남이 천왕봉 너머 어딘가로 다시 도망가 몸을 숨겼다. 아니, 운남은 처음부터 이곳에 없는지도 몰랐다. 아까 숨도 쉬지 않고 빠르게 걸어온 길로 한 발 한 발 힘겹게 되돌아갔다. 금방이라도 쓰러질 것 같아 차가운 벽에 여러 차례 손을 짚었다.

풍년마트에 도착하자 살았다는 생각이 들었다. 마트 문을 열고 이제 온 거냐는 주인 할머니의 말에 건성으로 답하고 뒷문 열었다. 열쇠 구멍을 찾아 문을 여는 일이 힘겨웠다. 겨우 문을 열자, 방의 온기가 두 팔을 벌려 봉희를 안아주었다. 방 맨 안쪽 아랫목에 깔아둔 이불 속으로 들어가 아기처럼 몸을 웅크렸다.

꿈에서조차 운남은 나타나지 않았다. 꿈에서는 구유리 원장과 퉁퉁이 아주머니가 맥락 없이 나왔다. 알 수 없는 대화가 오가고, 퉁퉁이 아주머니와 함께 지리산 너머까지 새처럼 날아가 산나물을 캤다. 그러곤 커다란 김장 봉투에 가득 담아 메고는 다시 서울가든으로 돌아왔다. 뭐가 그렇게 신이 났는지 봉희는 운남을 아예 잊어버렸다. 퉁퉁이 아주머니와 직접 뜯은 산나물을 데쳐 비빔밥을 만들어 먹기까지 했다. "자기야, 뭐 하니 지금?" 한 그릇 비우고 있는데 구유리 원장이 나타나면서 그대로 잠에서 깼다. 꿈속에서 두근거리던 가슴이 계속 뛰었다. 온몸이 축 처져서 일어날 힘도 없었다. 어젯밤 운남의 집이라고 예상했던 곳은 강미네 집이었다. 제대로 헛다리를 짚었다. 이불을 머리끝까지 뒤집어쓰고 한동안 웅크려 있었다.

하루 만에 듣도 보도 못했던 낯선 고장의 방 안에서 눈을 뜬다는 게 거짓말처럼 느껴졌다. 일어나자마자 확인한 전화기에 부재중 통화가 한 건도 없었다. 원장이 연락 한 통 없는 게 다행이면서도 섭섭했다. 동시에 어젯밤 만난 퉁퉁이 아주머니의 얼굴이 머릿속을 떠다녔다. 강미네 엄마라지만 어쩐지 운남과 닮았다는 생각을 지울 수 없었다. 운남보다는 유연한 얼굴 표정이었지만 앙다문 입술에서 자꾸만 운남이 겹쳤다. 그녀의 체형과 까무잡잡한 피부색도 마음에 걸렸다. 운남의 어머니까지는 아니어도 이모나 고모 정도는 될지도 모른다. 하지만 그랬다면, 운남의 이야기가 나왔을 때 '그건 내 조카딸인데'라는 말 정도는 할 수 있지 않았을까.

"아가씨, 일어났는가?"

형광등을 켜고 문을 열었다.

"아가씨, 오늘 산 못 가, 눈이 너무 쌓였어. 일부러 눈 본다고 가는 사람도 있기는 하더만, 이거 신고? 거기가 어디라고."

주인 할머니는 발끝으로 봉희의 구두코를 툭툭 건드리며 다짜고짜 산에 가지 말라고 통보했다. 원래 산이 목적이 아니라고 말하려다 말이 길어질까 봐 알았다고 답했다. 의기양양하게 돌아가는 할머니를 바라보며 문을 닫고 스트레칭 준비를 했다. 일어서서 깍지를 끼고 옆구리를 몇 번 늘렸다. 다음 동작으로 이어지기도 전에 힘이 쭉 빠져 다시 방바닥에 드러누워 심호흡을 했다. 그때 다시 인기척이 들렸다.

"산 간다고 고집부렸으믄 아침밥 안 줄라고 했네. 노인네들하고 먹는 거보다 여가 편허지?"

작은 소반을 내려놓고 문을 닫고 나갔다. 하얀 쌀밥에 완두콩이 예쁘게도 박혔다. '福' 자가 새겨진 국그릇에 된장아욱국이 가득 담겼다. 아욱 사이로 보이는 바지락 살을 보자 된장 국물을 머금은 아욱과 쫄깃한 바지락 살을 씹을 때의 식감이 떠올라 혀 아래에 고인 침을 얼른 삼켰지만, 적당히 익은 파김치의 새콤한 향은 속수무책이었다. 게다가 묵은 김치를 깨끗이 씻어 들기름에 달달 볶은 게 눈에 들어오자, 위장은 방정맞게 꿀렁댔다. 손님상이라고 내온 투박한 계란프라이와 간장으로 조려낸 고등어 무 조림에서 따뜻한 김이 피어올랐다.

"코치들부터 작품이 되어야죠, 그죠?" 회의 중에 코치들에게도 단식을 권유하며 원장은 그렇게 말했었다. 하지만 지금 이 순간의 작품은 풍년마트 할머니의 아침상이었다. 이렇게나 눈길을 끌고, 아찔하고 위장까지 꿀렁이게 만드는 거. 원장님, 이런 게 작품 아닌가요.

봉희는 계속 밥상을 노려봤다. 된장국 한 모금이면 지친 몸이 금방이라도 풀어지고 힘이 생길 것 같았다. 닳아 얇아진 숟가락 머리를 천천히 국그릇으로 가져갔다. 건더기를 꾹 누르자 된장 국물이 숟가락에 둥글게 차올랐다. 손이 떨리기까지 해서, 고개를 숙여 국그릇 가까이 입을 가져다 댔다. 향긋한 된장 냄새가 섞인 뜨거운 김이 얼굴을 덮쳐 눈썹이 축축해질 것만 같았다. 입술을 새처럼 쭉 내밀어 국물을 빨아들였다. 보식이라고 생각하자.

단식을 끝내고 보식을 할 때는 뜨거운 누룽지 국물이나 된장국을 마시고 채소를 오래 씹어 먹었다. 다를 게 없는 식단이 아닌가. 푹 익은 아욱을 입에 넣고 오래 씹었다. 짠 듯도 해서 하얀 밥알을 젓가락으로 한 꼬집씩 몇 번 집어 먹었다. 밥알을 씹자 단물이 나오면서 입속은 난리가 났다. 머릿속에서는 '제발 천천히'란 말이 돌아다녔다. 단식 7일차, 급히 먹으면 위험하다는 경고의 메시지가 먹는 속도를 줄여주었지만 손을 멈추게 하진 못했다. 아욱국을 건더기까지 다 삼키고 바닥이 보이자 그제야 정신이 들었다. 소반을 문 쪽으로 밀어내고 그대로 누웠다.

그냥 이대로 푹 한숨 더 자고 싶었다. 방바닥의 온기가 온몸을 따뜻하게 감싸주었다. 한숨 자고 일어나 동네를 자유롭게 산책하고 싶었다. 그것 말고 뭐가 더 필요한가. 밥도 먹었겠다, 이제 따뜻한 데서 자기만 하면……. 봉희가 이런 생각을 할 때, 운남이 다시 소환되었다. 왜 자꾸 운남을 잊는가. 운남이 소환될 때마다 운남을 잊었다는 걸 알게 되었다.

눈이 얇게 깔린 길에 구두 자국을 남기며 주위를 살펴 걸었다. 산골 마을이라기보다는 농촌이었다. 천왕봉 시작점을 가려면 마을버스로 한 번 더 들어간다고 했다. 이 마을에서 운남을 찾지 못하면 천왕봉 초입까지, 아니 천왕봉 꼭대기라도 올라가겠다고 결심한 게 어제 오전이었다. 일단 이 동네부터 샅샅이 뒤져야 했다. 주인 할머니 말처럼 서울가든 외에도 식당은 동네 규모에 비해 많았다. 1박을 하는 등산객들이 많기 때문이었다. 풍년마트에서 가까운 식당부터 문을 두드렸지만 별 소득이 없었다.

작은 하천 건너에 식당들이 운집한 구역이 보였다. 다시 새로운 기대감이 올라왔다. 간판에 산채비빔밥집이라고 적힌 곳이 세 군데나 되어 차례로 문을 열었다. 주머니 속 빨간 키트를 보여주었지만 모두 고개를 가로저었다. 어죽 전문 식당 이름이 '소가네'인 곳도 눈에 띄었다. 품목은 달랐지만 '소가네'라는 간판이 마음을 끌었다. 그곳에 가서 어젯밤처럼 운남이네 집이냐고 묻자 역시 고개를 내저었다.

그렇게 돌아서려는데 카운터 이쑤시개 통 옆에 있는 작은 물건 하나가 눈에 들어왔다. 천왕봉 산채비빔밥이라는 상호가 찍힌 손톱깎이 키트였다. 봉희의 주머니에 있는 것과 같은 것이었다. 봉희가 자기 주머니에 있는 것을 꺼내어 주인 남자에게 보였다.

"이 가게는 어디에 있나요?"

"진작 간판 내렸는데?"

남자가 손가락으로 하천 건너편을 가리키며 말했다.

"우리 사촌 집인데, 이제 비빔밥 안 하지. 저기 다리 건너 앞에 보이는 골목으로 바로 들어가면 있네. 서울가든이라고."

"서울가든이요?"

다시, 그곳이었다. 천왕봉 초입까지 가기 전에 서울가든에 한 번 더 가야 했다. 퉁퉁이 아주머니 얼굴에 자꾸만 겹쳐지는 운남의 얼굴이 계속 그곳을 가리켰다.

"어제 그 아가씨네, 아침도 해요, 들어와."

앞장서는 퉁퉁이 아주머니 뒤에서 가장 먼저 할 질문을 고르며 따라 들어갔다.

"친구는 찾았고? 아침은 황태랑 된장 두 개 되는데, 뭐로 줄까, 아가씨?"

단식 후 첫 끼를 아욱국 한 그릇으로 거하게 먹은 탓에 배는 아직 차고도 넘치게 불렀다. 더 뭔가를 먹는 것도 무리였다. 하지만 어느새 반찬 그릇이 담긴 쟁반이 앞에 놓여 있었다. 멸치볶음, 어묵 무침, 오이소박이, 미역줄기 무침, 단호박 조림 같은 식당용 반찬이 올라왔다.

"이거 사서 안 해, 다 내가 직접 만들어, 반찬 한 가지라도."

아침 찬으로 어울리지 않는 하얀 설탕과 버물린 땅콩 볶음 반찬 그릇에 봉희의 시선이 멈췄다. 반찬 그릇에 흐릿하게 남은 상호명이 보였다. 지워진 글자가 있었지만, 옆에 똑같은 그릇 몇 개를 통해 빠진 이를 맞춰냈다. 천왕봉 산채비빔밥. 소가네 어죽 사장의 말이 맞았다.

음식이 나오는 스테인리스 바 한쪽에 온갖 잡동사니가 가득했다. 남원농협에서 준 이쑤시개 종이 갑, 빨간 오리집 개업 기념 답례품으로 보이는 머그컵, '제3회 인월농민후계자대회'라는 글자가 찍힌 수건. 그리고 또 하나가 보였다. 손바닥보다 작은 네모난 빨간 손톱깎이 키트. 봉희를 여기까지 오게 한, 바로 그것이었다. 반찬 그릇에 상호가 새겨져 있었다. 그사이 맑은 황태국 뚝배기를 들고 통통이 아주머니가 왔다.

"왜 그릇에 서울가든이 아니고……."

"아, 그전에 산채비빔밥집 했어. 사람들이 놀러 와서 백숙이나 돼지 먹으려고 하지, 비빔밥은 생각보다 잘 안 되데?"

"새로운 이름을 서울가든이라고 지으셨네요."

"우리 강미가, 그것이 좀 영리혀. 간판을 새로 올리던 해에 서울로 대학을 갔어. 그래서 서울가든이라고 한 거야, 다른 거 없고."

말을 하면 할수록 운남은 멀어져만 갔다.

"혹시 따님과 비슷한 나이 대에 소운남이라는 여학생, 이 동네에 없나요?"

"아이고, 이 동네 소씨는 다 우리 식구들이여. 시집 안 간 애들은…… 어디 보자, 우리 강미, 소정미, 소민영이 그렇게 셋. 이쪽 동네에서 그런 이름은 들어본 적 없어. 그나저나 운남인가 뭔가는 왜? 뭔 큰일이 나서 여기까지 찾으러 와?"

서울가든을 다시 찾아오면서 생긴 막연한 기대가 점차 가라앉았다. 운남이 어떻게 저 천왕봉 산채비빔밥집 개업 기념품을 들고 왔는지 오리무중이었다. 아니, 어쩌면 그 기념품은 운남과 전혀 상관없는 물건이었는지도 모른다. 아주 오래전부터 그

방에 쭉 있었던 거다. 거기까지 생각이 미치자 약이 올랐다. 뚝배기의 황태국은 불에 올려진 것처럼 계속 끓었다. 거기에 코라도 박고 싶은 심정이었다.

아주머니가 주방에 들어간 틈을 타 자리에서 일어섰다. 카운터 책상에 만 원짜리 한 장을 올려두고 조용히 신발을 신고 일어났다. 일어나면서 벽면에 손을 짚는데, 거기에 노트북 화면만 하게 인화해 붙인 사진들이 눈에 들어왔다. 교복 입은 소녀가 메달을 달고 장학증서를 앞으로 보이며 무표정하게 카메라를 응시했다. 그 표정에 가슴이 덜컥 내려앉았다. 작은 규모의 강당에 차려진 졸업식장에서 대표로 상장을 받는 옆모습도 보였다. '서울 ○○대학교 합격 3-1 소강미'라는 현수막이 걸린 교문 앞에서 퉁퉁이 아주머니와 아주머니를 닮은 소강미가 꽃을 안고 희미하게 웃고 있다. 한 발 더 가까이 가서 사진을 천천히 살폈다. 강미의 대학 생활 사진도 보였다. '○○대 중문과 우수학생 해외연수'라는 현수막 일부를 앞줄에 선 강미가 손끝으로 잡은 게 보였다. 큰 글자 아래 작은 글씨가 보였다. '소수민족문화연구팀 – 운남성' 그리고 다시 강미를 보았다. 운남. 우리의 운남이었다.

하, 짧은 탄식이 입 밖으로 터져 나왔다. 머리 뒤 꼭대기부터 발끝까지 뜨거운 열이 온몸을 돌고 지나갔다. 봉희는 다시 자리로 돌아와 앉았다. 흥분이 좀처럼 가라앉지 않았다. 운남이 강미였다. 그리고 이곳에 있을지도 모른다. 침착하자. 봉희는 스스로에게 그렇게 말했다. 아주머니가 구운 생선을 들고 왔다. 봉희는 운남에 대한 첫 질문을 했다.

"강미 씨는 방학이라 내려와 있겠네요?"

자기가 생각해도 유효한 질문이라고 생각했다.

"응, 기집애가 아직까지 쿨쿨 자고 있네." 그게 아니라면, "아침 댓바람부터 어딜 그리 나가는지, 꼭 아침부터 동네를 몇 바퀴씩 돌고 오는지 몰라." 이런 말이 날아와주길 기대했다. 어머니, 우리 운남이 여기에 있는 거죠? 그렇게 외치고 싶었다.

"아유, 여기에 웬수가 사는지 도통 내려오질 않어. 공부하느라 바쁘기도 허겠지, 매 학기 장학금 착착 내려보내는 거 보면, 영리한 애들 사이에서 얼마나 고생을 하겠어."

"그럼 강미 씨는 어디서 지내나요?"

"학교 기숙사. 이것저것 반찬 좀 싸 보내려고 해도, 음식물 반입 금지라나 뭐라나. 직접 들고 가져가 멕이고 싶은데 시간이 나야지, 장사하는 애미가 죄지 뭐."

당장 운남을 만나지 못해도 좋으니, 제발 연락이라도 되길 간절히 빌었다. 연락 가능한 전화번호라도 알아간다면, 통화까지는 아니어도 진심을 담아 문자를 보내볼 생각이었다.

"통화는 자주 하시겠네요?"

"무슨 교환학생인가 뭔가, 아무튼 중국 대학에 가 있어 지금. 전화도 잘 안 된다지, 어휴 답답해 죽겠어, 정말."

"그럼 따님하고 어떻게 연락을 하시는 거예요?"

"컴퓨터로 편지를 보낸 모양인데, 내가 뭐 그런 걸 할 줄 아나. 강미 아빠가 조카딸들한테 배웠는지 그걸로 종종 연락해."

운남이가 누군가에게 살아 있음을, 잘 살고 있음을 알리기 위해 편지를 보낸다는 게 상상이 가지 않았다. 운남은 언제나 이 세상에 홀로 뚝 떨어져버린 사람 같았다. 운남이가 누군가의 딸이고, 어느 대학 중문과 소속의 학생이란 사실이 놀랍기만 했다. 아니, 사실 그건 운남이 아니기도 했다. 어쩌면 운남은 애초에 없는 사람일지도. 머릿속이 복잡해졌다.

운남이가 지리산의 고장에 없다는 게 확실해졌다. 봉희는 그녀의 어머니에게는 결국 단 한마디도 꺼내지 못했다. 사실을 털어놓는다고 해도 그 운남이 강미라는 사실을 확실히 증명할 길이 없었다. 사실을 알고 난 후 운남 어머니가 받을 충격과 반응도 부담이었다. 중요한 건 운남을 찾는 일이었다. 봉희는 서울 가든 주소와 전화번호가 적인 명함 하나만 주머니에 넣고 그곳을 나왔다. 운남이 이 고장 어디에도 없다는 게 온몸으로 느껴졌다.

민박집으로 되돌아가 짐을 챙겼다. 지금 바로 원장에게 전화를 걸어 상황을 보고해야 하는 건지 감이 잡히지 않았다. 운남을 옆에 끼고 돌아가는 길이라면 고민할 필요도 없이 연락을 했을지도 모른다. 하지만 아무런 성과 없이, 어제 왔던 길을 다시 되돌아가야 했다.

3. 다시 유턴

풍년마트를 나와 터미널을 향해 걸었다. 앞으로 걷다가 '뒤로 돌앗' 구령에 다시 180도 방향만 바꿔 걷던 초등학교 시절 체육시간이 떠올랐다. 뒤로 뺀 발의 앞꿈치로 땅을 꽉 누르며 빙글 돌면, 방금까지 등졌던 풍경이 눈앞에 펼쳐지고, 그곳을 향해 이유도 모른 채 행진하다가 다시 누군가의 '뒤로 돌앗' 구령에 맥없이 반대로 돌아 걸어나가는 기분이었다.

운남에 대한 정보를 알게 되었지만, 돌이켜보면 그것은 운남이 아닌 강미였다. 운남은 아예 낯선 존재로 갑작스럽게 성큼 봉희 앞에 다가왔다. 운남을 찾은 것인지 아예 잃어버린 것인지 알 수 없었다. 확실한 것은 만나지 못했다는 것뿐이다.

버스 옆자리에 가방을 부렸다. 버스가 터미널에서 나와 '인월면 방문 환영' 현수막 아래를 빠져나갔다. 봉희는 가방 앞에 내려둔 검정 비닐봉지를 열어보았다. 돌아올 때와 달라진 게 있다면 저 검정 비닐봉지 하나였다. 아까 풍년마트에서 숙박비를 치르고 나올 때였다. 주인 할머니가 봉희를 붙들었다.

"아가씨, 꼼짝 말고 거기 있으소."

그러더니 비닐봉지에 에이스 과자 하나, 사탕 한 봉지를 넣었다. 괜찮다고 손을 젓는 봉희를 다그치며 조명이 꺼진 음료수 냉장고에서 매실 캔 음료까지 꺼내 비닐봉지에 담고는 봉희 손에 기어이 쥐어주었다. 어차피 먹지 못할 것이었다. 봉희는 봉지를 가방에 넣고 지퍼를 잠갔다. 겨울 햇볕이 따뜻하게 내리쬐는 날이었다. 길가의 눈들은 흔적 없이 녹아버렸지만, 논밭 둔덕에는 드문드문 잔설이 빛나고 있었다.

좌석에 몸을 밀어 넣고 눈을 감았다. 그때 송동만의 목소리가 들렸다. 봉희는 그 목소리를 쫓아내려는 듯 이마를 차가운 유리창에 대었다. 차가 흔들리는 대로 머리가 유리창에 달달달 부딪혔지만, 목소리가 털려나가지는 않았다. 지독하게 아직도 따라다니는 목소리.

"뒷심이 부족해, 양봉희는, 2프로 부족한 거지, 한마디로."

봉희는 여자상업고등학교 3학년 1학기 말에 세 군데의 은행에 원서를 넣었다. 그 학교 전교 1등부터 5등까지는 어렵지 않게 은행 취업이 되는 게 불문율이었다.

"대학 나와서 은행 들어가려면 더 힘들다?"

중3 담임은 봉희에게 인문계 고등학교 대신 여상 원서를 쓰라고 제안하며 그렇게 말했다. 인문계 고등학교에서 어설프게 공부하느니 여상에서 1등을 하는 것이 얻을 게 많다고 며칠간 봉희를 설득했다.

"용의 꼬리가 될지언정 뱀 머리가 되어라. 뭐 그런 말도 있잖아?"

담임이 이런 흔해빠진 격언까지 동원해 봉희를 설득한 건 다 이유가 있었다. 대학에 보낼 여력이 없으니 진학 상담 때 여상 쪽으로 몰아달라고 봉희 엄마가 미리 다짐을 받아둔 것이었다. 봉희는 결국 담임의 말에 따라 여상에 원서를 썼고, 수석으로 입학했다. 중3 담임의 말처럼 전교 1등이 누릴 수 있는 특권을 누렸다. 그 마지막이 은행에 취업하는 것이었다.

"떡을 얼마치나 맞춰야 하나?"

봉희의 엄마는 합격자 발표를 앞두고 미리 단골 떡집에서 떡까지 주문해놨다. 당시 인문계 고등학교에서는 서울대에 합격한 아이가 교무실에 떡을 돌리는 전통이 있었고, 여상에서는 은행에 취업한 학생이 교무실에 떡이나 빵 따위의 간식을 돌렸다.

학교 팩스로 모 은행 최종 합격자 명단이 들어온 직후였다.
취업부장교사 송동만은 봉희가 취업부 교무실에 들어온지도
모르고 합격자 명단 종이를 취업 현황판에 붙이며 떠들어댔다.

"얘는 왜 뒷심이 없어?"

합격자 명단에 봉희의 이름이 없었다. 전교 1등이던 봉희
가 떨어지고, 100등 안에도 들지 못했던 조은아가 합격한 것은
충격이었다. 조은아가 지역 미인 선발대회 수상 경력이 있었
지만, 그것이 100등 차이를 넘어설 것이라고는 예상하지 못했
다. 세상이 봉희에게 던진 첫 거절이었다. 더 충격이었던 것은
취업부장과 교사들은 모두 예상하고 있었다는 사실이었다. 그
러니까 봉희는 그것이 예상 가능한 일이었다는 게 더 충격이
었다.

"봉희야. 빼라 그랬잖아, 좀."

취업부장 교사 송동만이 30센티미터 플라스틱 자를 튕겨 봉
희 아랫배를 때렸다.

"봉희야, 뒷심. 어? 뒷심이 중요한 거야, 사람은."

어차피 엎질러진 물이라고 생각했는지 노골적이었다.

"인생이 결정되는 건데, 이놈아. 그걸 못 빼느냐고."

은행 취업 실패의 원인은 봉희의 의지박약으로, 그 의지박
약은 몸에 붙은 살로 귀결되었다. 그건 개소리라고 생각했다.

하지만 송동만의 그 개소리는 그 뒤로도 자주 봉희를 따라다녔다. 무언가에 아깝게 실패할 때마다 그랬다.

유리 단식원 1기 챌린지에서 단 500g 차이로 오세라에게 1등을 내어주었을 때도, 자꾸만 송동만의 목소리가 떠올라 고개를 여러 번 저었다. 단식원에서 나와 감량한 몸무게가 다시 무섭게 올라갈 때, 다시 도전한 단식원 7기 챌린지에서 또 2등으로 지고 말았을 때도 그랬다. 어쩌면 송동만의 말처럼 자신은 끝에 가서 결국 실패하고 마는 사람일지도 모른다는 생각에 두려웠다. 부지런을 떨고 앞서가다 결국 마지막엔 실패하는 삶. 그게 자기 삶의 패턴이 될까 봐 봉희는 늘 두려웠다.

요즘엔 상황이 조금씩 좋아졌다. 두 번째 단식 챌린지에서 감량률로는 2등을 했지만, 몸 상태와 최종 몸무게는 가장 우수했다. 그 덕에 코치 자리를 꿰찼다. 봉희가 처음 팀을 맡았을 때는 성적이 부진했다. 하지만 최근에는 팀 성적과 코치 성적이 동시에 1위를 기록하기도 했다. 그제야 최선을 다하면 숨어 있던 행운들까지 찾아와 돕는다는 걸 알았다. 그리고 이번 촬영은 그간의 실패들이 성공을 위한 과정이었음을 확인할 수 있는 기회였다. '뒷심이 없다'라는 목소리도 깨끗이 차단해버릴 기회.

하지만 운남이 변기를 잡고 주저앉은 밤부터 그 목소리가 다시 찾아왔다. 운남이 뭔가를 먹지 않았다면, 아니 대책 없이 사라지지만 않았어도 그 지긋지긋한 목소리를 한 방에 우주 밖으로 날려버릴 수 있었을 텐데. 그런데 그 기회는 운남과 함께 사라지고 말았다.

버스가 단식원이 있는 도시의 초입에 진입했다. 처음 유리 단식원에 입소할 때도 이 길로 들어왔다. 현금 결제만 가능하다던 안내에 따라 은행에서 찾은 돈을 크로스백에 담고, 인터넷 검색으로 알아낸 주소만으로 무작정 찾아온 곳. 봉희는 크로스백의 몸통을 끌어안고 당시 별 볼일 없던 건물 2층에 자리 잡은 유리 단식원을 올려다봤다. 새로운 일이 이런 초라한 곳에서 일어날 수 있을까, 의심이 들 정도였다.

"밥도 안 주면서 그 큰돈을 내라고? 백퍼 사기야, 그거. 내 손모가지 건다."

전날, 친구의 전화 목소리가 봉희의 뒷덜미를 잡고 놔주지 않았다. 하지만 지저분하기까지 했던 건물 계단을 기어이 올라갔고, 단식원 문을 열어 구유리를 만났다. 그 순간을 후회한 적은 단 한 번도 없었다. 새로운 인생, 정말이지 진정한 새로운 인생이 유리 단식원에서 시작되었다.

"몸이 변하잖아? 그러면 모든 게 변한다고요."

다섯 명의 입소생이 전부였던 유리 단식원 1기 입소식에서 구유리는 그렇게 말했다. 그 말은 맞았다. 졸업 직후 번 돈을 두 차례의 입소로 단식원에 모두 바친 셈이었지만 아깝지 않았다. 은행과 공사 취업에 모두 실패하고 들어간 반도체 회사 생산라인에서 모은 돈이었다.

2교대의 피로한 삶에서 기숙사 친구들과 모여 맛있는 걸 찾아 먹는 것 정도가 유일한 낙이었다. 80kg대로 시작한 몸은 날이 갈수록 불어났다. 밤낮이 바뀌고 순환도 잘되지 않았을 몸에 기름진 음식이 쌓였으니 급격하게 불어날 만도 했다. 기숙사 생활에서 소비하는 건 간식비 정도였으니, 월급은 착실히 모았지만 그만큼 몸은 나날이 상했다.

99.8kg.

출근 전 올라간 체중계가 가리킨 숫자였다. 그날로 사직서를 제출했다. 봉희의 삶에서 가장 용감했던 순간이었다. 계속 그렇게 살 수 없다는 강렬한 자각 때문이었다. 회사에 들어가기 전에는 돈을 모아 대학을 가는 게 목표였다. 4년간의 학비로는 모자랐지만 한 해 정도는 거뜬했다. 그 뒤로는 아르바이트를 통해서 충당 가능했기에 대학 입학이 큰 무리는 아니었다. 내신 성적도 좋았으니, 전문계고 특별 전형을 잘 이용하면 꽤 이름 있는 대학 입학도 가능했다.

하지만 100kg에 육박한 몸으로 대학을 가고 싶지는 않았다. 그건 무의미한 일이었다. 몸이 변하지 않으면 새로운 삶은 어림없었다. 봉희에게 살찐 몸은 마치 낮은 신분과도 같았다. 유능하고, 가진 게 많아도 뚱뚱한 몸을 걸치고 있는 이상 늘 위축되고 구속될 터였다. 누가 설명해주지 않아도 봉희는 그걸 알았다.

터미널에서 내려 택시를 타지 않고 걸었다. 추운 날씨에 30분 넘게 걸어야 할 거리였는데 아침에 먹은 아욱국 한 그릇 덕분인지 기운이 남았다. 종일 버스를 탄 탓에 다시 차에 오르고 싶지 않은 마음도 컸다. 차가운 공기를 얼굴에 그대로 맞고 걷다가 노점상에서 풍기는 어묵 국물 향, 고소한 붕어빵 냄새에 고개가 몇 번 돌아갔다. 해가 짧아 날은 금방 어두워졌고, 도시는 빛을 내뿜었다. 구유리에게 보고할 내용을 머릿속으로 정리해야 했다. 운남의 집을 찾았고, 더욱이 그녀의 어머니를 만났다는 것. 하지만 어머니는 아무것도 모른다는 것. 운남과 최근 연락조차 제대로 되지 않고 있다는 것. 운남은 그곳에 없다는 것. 많은 이야기가 있었는데도 원장에게 보고할 내용은 다섯 문장에 불과했다. 조금 더 걷자 멀리 단식원 건물이 보이기 시작했다.

정문에서 멀찌감치 떨어져 단식원을 올려다보았다. 깨끗하고 세련된 5층짜리 신축 건물로 들어설 때 종종 감격이 밀려왔다. 단식원에 첫발을 디뎠을 때를 생각하면 더욱 그랬다. 유리 단식원의 시작에 자신이 포함되어 있다는 게 뿌듯하기도 했다.

"우리 1기 수강생들이야말로 개국 공신이죠."

구유리의 말을 들을 때면 더욱 그랬다. 자신 또한 처음 이곳에 발을 들여놓을 때와는 완전히 다른 몸이었다. 다른 인생을 살고 있는 게 분명했다. 실패감을 좀 느꼈다고 해서 우울해질 필요가 없다고 스스로를 다그쳤다. 구유리 원장이라면 이 문제도 거뜬히 해결해줄 거라고 믿었다. 문을 열고 들어가자 정미향이 반겨주었다. 아무것도 바뀌지 않은 단식원 공기가 새삼스러웠다. 돌이켜 생각해보면 단 하루였다. 단 하루가 무척 긴 여정처럼 느껴질 수 있다는 것이 신기했다.

"못 찾았어요?"

정미향은 봉희의 얼굴을 보자마자 물었다. 봉희는 대답 대신 고개를 저었다.

"원장님, 계시죠?"

구유리는 출타 중이었다. 한 시간 안에 돌아올 것이라는 게 정미향의 예상이었다. 당장이라도 짐을 풀고 침대에 눕고 싶었다. 그동안의 피로가 한꺼번에 몰려왔다. 하지만 봉희의 발은 운남의 방으로 향했다. 혹시 지금이라도 아무 일 없었다는 듯 침대에 누워 있는 건 아닐까. 가당치 않은 상상이 머릿속을 떠다녔다.

문을 열자 역시 방은 텅 비었다. 캐리어도 없었다. 좁은 방을 다시 훑었다. 옷장은 어제 아침처럼 운남의 트레이닝복 하나뿐이었다. 더 꼼꼼하게 단서를 찾아야 했을까. 지푸라기라도 잡는 심정으로 운남의 옷을 더듬었다. 상의 주머니에는 아무것도 없었다. 바지 주머니를 뒤집어 밖으로 빼냈다. 혀처럼 삐져나온 주머니에서 뭔가가 툭 떨어졌다.

바닥을 살피다가 침대 아래 하얀 알약 하나를 집었다. 단식원에서 보건 코치나 팀 코치가 모르는 약을 먹는 수련생은 없었다. 음식을 먹으면 점수가 깎였지만, 약을 삼키면 퇴소였다. 봉희는 책상 위 종이를 찢어 약을 놓고 접었다. 주머니에 넣는데 가슴이 뛰었다.

ㅡ 코치님, 원장님 올라가셨어요.

정미향의 문자였다. 외투 주머니에 넣은 약을 싼 종이를 꽉 쥐었다.

원장실에 문을 열고 들어가자 구유리가 눈을 동그랗게 뜨고 말했다.

"왜 혼자 들어와요? 데려왔으면, 같이 들어와야지."

약간의 웃음기를 띤 채 말하는 구유리를 보니 소름이 돋았다. 봉희는 원장에게 내보일까 잠시 고민하던 알약을 다시 꼭 쥐고는 주머니에 넣었다. 구유리가 웃음기를 거두었다.

"다 된 밥에 코 빠뜨리는 것도 아니고."

봉희는 비참해진 심정을 억누르며 간단히 출장 결과를 보고 했다. 들어서 뭐하겠냐는 표정이 봉희를 더욱 비참하게 만들었 다. 봉희는 이미 결과를 눈치챈 구유리에게 겨우 순서를 지켜가 며 운남의 소식을 전했다. 봉희의 말이 그치자마자 싸늘해진 표 정으로 원장이 질문했다.

"자, 일단. 그 엄마, 정말 모르는 거 맞아요?"

"네?"

"아니, 그 엄마가 운남일 어디에 숨겨놓은 거 아니냐고."

"그런 것 같진 않았어요."

"뭐로 아는데, 그걸?"

봉희가 아무 말도 못하고 있자 한마디 더 던졌다.

"제대로 다녀온 거 맞니?"

구유리가 덧붙인 한마디에 가슴에서 뜨거운 게 눈까지 올라 오는 기분이었다. 코치가 되고 원장의 날 선 말에 종종 서러웠 다. 하지만 시간이 지나면서 묘한 안도감이 들기도 했다. 구유 리의 진짜 식구가 된 것 같아서였다. 원장은 수련생들과 늘 적 당한 선을 유지했지만, 코치들에게는 살갑게 대했다. 구유리 원장과 친밀한 관계가 되었다는 것만으로도 실은 감격일 때가 많았다. 그래서 좀 서운한 말을 해도 오래가지 않았다. 돌이켜 보면 틀린 말이 아니었고, 결국 다 같이 잘해보자는 차원에서 한 말이라 믿었기 때문이었다.

하지만 이번처럼 구석으로 몰린 적은 없었다. 일단 나가보라는 원장의 말에 하릴없이 원장실을 나왔다. 봉희는 방으로 돌아와 짐을 정리하고 앞으로의 일을 고민했다. 하지만 아무리 생각해봐도 봉희가 할 수 있는 일은 더 이상 없었다. 운남이 돌아오기를, 원장이 어떤 처분을 내리기를 기다리는 수밖에 없었다.

봉희는 뭔가 잘못되었다고 느꼈다. 침대에 걸터앉아 주머니에서 알약을 싼 종이를 꺼내었다. 그러곤 꼬깃꼬깃한 종이를 폈다. 원장에게 알약을 내보이지 않은 건 잘한 일이었다. 이제껏 운남을 제대로 관리하지 못했음을 한 방에 보여주는 일이기도 했다. 지리산에 가기 전 운남의 방을 더 꼼꼼히 살피지 못한 허술함을 스스로 알리는 꼴이기도 했다. 손바닥을 펴고 그 위에 올려둔 작은 알약을 노려보았다. '대체 어디 있니?' 운남을 찾아 나서며 반복한 질문이었다. 그 질문이 바뀌었다. '너는 대체 누구니?' 지금껏 알고 있던 운남이 모래처럼 잘게 부서져 손가락 사이로 완벽하게 빠져나갔다.

여느 날과 다를 바 없는 아침이 시작되었다. 봉희는 습관처럼 체중계에 올라갔다가 눈을 질끈 감아버렸다. 수련생들을 깨우기 위해 숙소 층인 4층으로 내려가면서 주머니 속 알약을 만지작거렸다. 알약이 큰 바윗덩어리나 되는 것처럼 몸과 마음이 무거워졌다. 체중에 대한 걱정은 아무것도 아닌 것처럼 느껴졌다. 아무리 상상력을 발휘하려고 해도 알약과 운남은 도무지 연결되지 않았다. 아침 운동이 끝나고 한 시간의 휴식 시간, 그 시간에 외출하기로 마음먹었다.

6인실 문을 열자 복도의 빛이 방 안으로 쏟아졌다. 한 수련생이 뒤척이며 팔을 들어 눈을 가렸다. 이미 잠에서 깨어나 누운 채로 휴대폰을 들여다보는 이도 보였다. 4인실을 거쳐 2인실까지 노크를 하고 문을 열었다. 중학생 여자애 정소율과 그 엄마가 생활하는 2인실은 노크만 했다. 정소율의 엄마는 문을 열지 말고 노크만 해달라고 요구했다. 애가 예민하다는 이유였다. 1인실의 경우는 애초에 문을 열지 않았다. 높은 비용을 감수해서라도 혼자 지내야 하는 사람들이었다. 그들이 먼저 요구하지 않아도 불문율처럼 1인실은 처음부터 그래왔다.

봉희는 홍안나와 성단비의 방문을 두드렸다. 맨 끝 운남의 방은 문을 한 번 열어볼까 하다가 그만두었다. 운남이 다인실에서 생활했더라면 어땠을까. 운남의 방을 돌아서며 봉희는 그런 생각을 했다. 누군가가 함께였다면, 누군가 캐리어를 끌고 나가는 운남의 뒷모습이라도 보았다면 오늘 여기의 풍경이 달라졌을까. 아니 그날 밤, 그러니까 운남이 구토를 했던 그 밤에 운남의 1인실 방을 지켰더라면 어땠을까. 그렇게 화살은 자신에게로 돌아왔다. 왜 좀 더 성실하지 못했나, 자책이 들었다. 운남이 방에 들어간 걸 확인하고 몇 번 더 내려와 기척이라도 살폈다면. 정말 그랬다면.

홍안나가 기지개를 켜며 방문을 열고 나와 건성으로 목례를 했다. 깍듯하지도, 그렇다고 살갑게 굴지도 않는 안나가 늘 불편했다. 타의로 이곳에 들어왔으니 당연한 일이기도 했다. 안나는 소속사에서 단식원에 입소시켰다. '단식원에 던지고 갔다'라는 표현이 더 정확할지도 모른다. 단식원에 마련된 다양한 프로그램을 모두 거부하고 방 안에만 틀어박혀 있던 안나였다. 그나마 며칠 전부터 운동을 시작해서 감지덕지하던 차였다. 운남 혼자서 견인하다시피 했던 팀 점수가 올라간 것도 안나가 운동 점수를 올리면서였다.

아침 운동을 위해 입소생들은 미니 버스와 고상연이 운전하는 봉고차에 팀별로 올랐다. 안나는 자신의 고유 바코드가 박힌 카드를 심드렁하게 리더기에 대고 좌석에 주저앉았다. 리더기에 바코드를 찍는 순간 원장과 정미향이 열람할 수 있는 프로그램으로 수련생의 활동 기록이 넘어갔다. 입소생들의 성실한 참여도는 코치 점수와 연결되었다. 봉희는 현재 팀 점수에서 운남이 3일간 프로그램에 참석하지 않아서 발생한 마이너스를 계산해보았다. 무단 퇴소 처리가 되면 회복 불가였다. 지금이라도 돌아온다면, 그래서 다시 성실하게 프로그램을 소화하고, 'Y의 마지막 다이어트' 촬영을 해내면, 이 3일은 해프닝으로 끝날 수도 있는 문제였다.

"모두 벨트를 해주세요."

안나는 벨트에는 손도 안 대고 팔짱을 끼고 창밖만 바라보았다. 9기 입소식에서도 그랬다. 구유리 원장의 말에 모두가 희망과 결의에 찬 박수를 보낼 때도 안나는 팔짱을 풀지 않았다. 그럴 때마다 마치 자신이 모욕을 당하는 기분이어서 불쾌했다.

차에 내려서도 안나는 귀마개처럼 생긴 커다란 헤드셋을 끼고 주머니에 손을 넣었다. 오세라가 팀원들을 뒤로하고 가볍게 뛰면서 앞장섰다. 그러더니 두 손을 번쩍 들어 머리 위에서 손뼉을 치면서 걸었다. 그러자 뒤에서 걷던 다섯 명이 오세라를 따라 했다. 자기들끼리 화기애애하게 웃으며 운동을 하는 오세라 팀이 꽉 차 보였다. 운남이 빠진, 하나같이 심드렁한 태도로 일관하는 팀원들을 봉희는 착잡한 심정으로 바라보았다. 성단비는 춥다는 말을 연신 내뱉으며 호들갑을 떨었다. 밤마다 죽을 것처럼 싸우는 봉희팀 2인실 정소율 모녀는 팔짱을 끼고 저만치 뒤에서 어슬렁거렸다.

운동이 끝나고 다시 단식원에 돌아오자마자 봉희는 외출 준비를 서둘렀다. 3층 계단을 내려가는데 휴게실에 수련생들이 모여 있는 게 보였다. 다투는 소리가 들렸다. 제발 자신의 팀만이 아니길 바랐다. 하지만 익숙한 목소리가 들려왔다. 밤마다 엄마와 싸우는 중학생 정소율의 목소리였다.

"사와, 당장."

상대편은 안나였다. 정소율의 팔을 그 엄마가 잡고 버티는 중이었다. 안나는 팔짱을 끼고 여자애를 응시했다. 사람들이 호기심 가득한 얼굴로 구경 중이었다. 한 수련생은 동영상 촬영까지 했다. 안나가 고개를 돌려 험악하게 바라봐도 휴대폰을 거두지 않았다. 봉희가 휴게실 앞에 도착하자 문을 가로막던 사람들이 어서 들어가라는 듯 갈라져 길을 만들어주었다. 연습 없이 본무대에 올라가야 하는 사람처럼 등골이 서늘했다.

"무슨 일이에요?"

신이 나 구경 중이던 오세라 팀의 최자영이 웃음기를 거두지도 않고 봉희를 바라보며 입을 열었다.

"집안싸움이네. 어떡해, 코치님."

안나가 앞에 슬리퍼를 발끝으로 툭 치며 말했다.

"여기 있잖아요?"

최근 남자 아이돌이 신고 공항에 나타나 품절 대란까지 일어났던 슬리퍼였다. 인터넷 서핑할 때나 보던 걸 실물로 본 건 홍안나와 정소율이 신고 있던 덕분이었다. 명품 브랜드 로고 위에 디즈니 캐릭터 일러스트를 얹힌 한정판이었다. 한 켤레에 50만 원이 넘는다고 수련생들이 수군거리는 걸 며칠 전에 들었다.

"내 발에 전염병 없거든요?"

안나의 목소리도 점점 높아지기 시작했다. 정소율 엄마가 어떻게 좀 해달라는 눈빛으로 봉희를 바라봤다.

봉희가 입을 열었다.

"어머니, 무슨 일인데요?"

"아니, 그게 아니라 얘가 너무 깔끔 떠는 애라, 아휴 어떡해."

그 말이 끝나자마자 여자애가 엄마를 노려보았다.

"떨긴 뭘 떨어. 왜 싸가지 없게 말하는데?"

"아휴, 정소율! 밉게 좀 말하지 마, 제발."

휴게실 의자에서 아빠 다리를 하고 TV를 보던 안나가 벗어둔 슬리퍼를 신고 나가다 사달이 난 거였다. 실수로 정소율의 슬리퍼에 발을 넣고 일어섰다는 거였다. 안나는 애써 화를 누르며 차분하게 말을 이었다.

"물티슈로 닦아다 주면 되죠?"

"아니, 더럽다고, 못 신는다고. 지금 당장 사오라니까?"

정소율의 생떼가 대단했다. 말문이 막힌 봉희가 최자영의 팔꿈치를 잡고 물었다.

"저걸 새로 사오라고 저러는 거죠? 맞아요, 자영 씨?"

"코치님. 쟤, 보통 또라이가 아니야. 요즘 중딩은 저런가?"

어느새 휴게실 안까지 들어와 싸움 구경 중이던 최자영이 고개를 절래절래 흔들었다. 안나와 정소율의 목소리는 한층 더 높아졌다.

"왜 반말해요?"

"너도 반말해 시발. 말 돌리지 말고 당장 사오라고."

"그만, 진정 좀 해봐요."

봉희가 정소율의 한쪽 팔을 잡으며 말렸다. 당장이라도 안나에게 달려들어 머리채라도 잡을 태세였다. 예상보다 강한 힘에 덜컥 겁이 났다. 정소율의 목소리가 가까이서 꽂히자 귓속에 통증이 왔다. 현기증이 나며 이마엔 송골송골 땀이 맺혔다. 안나는 더 말이 통하지 않을 거라고 생각했는지 뒤돌아 휴게실 문으로 향했다. 안나가 같이 덤비지 않고 뒤돌아서자 안심이 되었다. 데뷔를 앞둔 유명 연습생 처지에 공개적인 장소에서 싸우는 게 부담이었을 터였다. 더욱이 단식원에 들어오기 전 안나의 살찐 모습을 몰래 촬영하던 여기자와 몸싸움 직전까지 갔다가 악의적인 기사에 호되게 당한 게 얼마 전의 일이었다. 안나가 돌아서자 정소율 엄마도 한숨을 쉬며 딸을 잡고 있던 팔을 풀었다. 상대가 보이지 않으면 정소율의 흥분이 가라앉을 거라 기대했지만, 안나가 휴게실 손잡이를 잡았을 때 그 애가 더욱 목소리를 높였다. 봉희가 정소율의 팔을 붙들었다.

"듣던 대로 인성 개쓰레기네!"

안나가 뒤를 돌았다. 정소율은 더 크게 소리쳤다.

"어디 가, 돼지! 당장 사가지고 오라고! 씨이발."

그 말이 끝나자마자 안나가 성큼성큼 여자애 쪽으로 돌진했다. 봉희와 정소율 엄마가 말릴 틈도 없었다. 안나는 바닥에 뒹굴던 슬리퍼를 들었다. 엄청난 일이 일어날 거라는 예감이 시작되자마자 어떻게 수습할 새도 없이 안나의 다음 행동이 이어졌다. 안나의 손에 들린 슬리퍼는 아주 순식간에 커다란 포물선을 그리며 그대로 정소율의 뺨을 갈겼다. 바닥에 주저앉은 정소율을 보며 안나가 말했다. 마치 어린 동생을 어르는 다정하고 차분한 말투였다.

"니가 더 돼지잖아, 그치?"

"너 미쳤어? 살인자야?"

이번엔 정소율 엄마가 일어나 팔을 번쩍 올리더니 안나의 뺨을 갈겼다. 그리고 안나의 머리채를 잡았다. 봉희가 일어나서 그 애 엄마의 허리를 부둥켜 안았지만 역부족이었다. 결국 다른 코치들이 달려들어 겨우 떼어냈다.

30여 분 정도 진정을 시키자 원장 방으로 들어오라는 명이 떨어졌다. 사태를 완전히 수습하기에 30분은 너무 짧은 시간이었다. 탁자를 사이에 두고 한쪽엔 정소율과 엄마가, 다른 쪽엔 그들을 마주 보고 봉희와 안나가 앉았다. 안나는 끊임없이 용 실장과 카톡 메시지를 주고받았다.

"합의 없고, 바로 신고할 거야, 너!"

"네, 저도요."

안나는 놀라울 정도로 차분했다. 그런 안나를 노려보는 정소율의 벌겋게 부어오른 볼에 눈물이 뚝뚝 떨어졌다. 얼마 안 있어 용 실장이 들어왔다.

"홍안나, 환골탈태, 실검 1위, 알지? 파이팅하자!" 하며 연습생 안나를 단식원에 두고 나오면서 능글맞게 쌍 엄지를 치켜세우던 사람이었다. 안나에게 웃으라는 듯 엉덩이까지 살랑살랑 흔들기까지 했다. 헌데 그때 그 사람이 맞나 싶을 정도로 서늘한 얼굴이었다. 그는 고소하겠다는 여자의 말에 흔들림이 없었다.

"알겠습니다. 저희도 고소 절차 밟을 것이고요. 물론 합의도 없어요."

긴말 없이 명함 지갑을 열어 정소율 엄마에게 자신의 명함을 건넸다. 내일 회사 변호사와 함께 다시 단식원을 들리겠노라고 말하며 뒤돌아섰다.

"실장님, 앉으세요. 양 코치! 애들은 보내고, 오 코치 부르세요."

봉희가 원장실 밖에서 대기하던 코치들에게 정소율과 안나를 차례로 넘기고는, 대기하던 오세라가 원장실에 들어갔다. 휴게실에서 처음부터 끝까지 있던 사람이 오세라였다. 원장은 오세라에게 간단히 사건 경위를 들었다. 그런 다음 휴대폰을 들어 1번을 눌렀다. 고상연이었다. 그 시각 휴게실 시시티브이 영상을 찍어 전송하라는 거였다.

"보나 마나 쟤가 선빵 날렸다니까요, 목격자 많아요. 우리 애 진짜 죽는 줄 알았다니까. 이런 폭력적인 애가 무슨 가수예요, 가수가."

용 실장이 팔짱을 끼고 단호한 목소리로 응대했다.

"어머니, 영상을 보고 말씀하시죠. 저도 아무 말 않고 있잖습니까."

"영상 올 때까지 좀 조용히 있죠."

구유리도 거들었다. 고상연의 연락이 오기까지 어색한 시간이 흘렀다. 그사이 구유리는 물을 끓이고, 책상에서 다반을 들고 와 응접 탁자에 올렸다. 정소율 엄마와 용 실장은 휴대폰에 코를 박았다. 긴급하게 손가락을 움직여 누군가와 계속 메시지를 주고받았다.

"소율 엄마, 힘들죠?"

구유리가 정소율 엄마 앞에 작고 뽀얀 찻잔을 놓았다. 하얀 찻잔에 연한 찻잎 우린 차를 따랐다. 차가 채워지는 동안 여자의 눈에서 눈물이 뚝뚝 떨어졌다. 여자가 코를 훌쩍거리자 용 실장은 휴대폰에서 시선을 거두고 슬쩍 여자를 바라보았다.

"단식하느라, 사춘기 딸내미 건사하느라, 아이고 우리 엄마 힘들어서 어쩌냐?"

눈물을 겨우 멈췄던 여자는 짧은 탄식과 함께 다시 고개를 숙이고는 흐느껴 울었다. 못 본 척하던 용 실장도 당황해 어쩔 줄을 몰라 했다. 용 실장이 옆에 있던 티슈 갑을 여자에게 건넸다.

"어후, 진짜 작년까지만 해도 순한 애기였거든요, 애기."

"사춘기를 누가 이겨, 기다리는 수밖에 더 있어요? 다 돌아오게 돼 있어."

구유리가 이번엔 용 실장에게 차를 건넸다. 한쪽으로 기울지 않고 균형을 잡는 솜씨가 대단했다. 코치들을 대할 때도 그랬다는 걸 봉희는 그제야 눈치챘다. 오세라를 치켜세워 한껏 질투심을 유발했다가, 너무했나 싶을 때쯤 봉희를 챙겼다.

"우리 실장님, 아직 총각이라 이런 거 모르죠?"

"셋이에요, 애가. 하나는 다섯 살, 둘은 여덟 살이에요, 쌍둥이."

"어머, 정말? 웬일이야! 누가 애 아빠로 봐. 아이 셋 아빠라서 이렇게 성실했구나, 우리 실장님."

용 실장이 예의 사람 좋은 미소를 지으며 뜨거운 차를 조심스럽게 마셨다.

"짜식들, 말 안 들어요, 지금부터."

"아휴, 지금은 걔들 천사인 거야. 지금 말 안 듣는 거 암것두 아니다. 그죠, 소율 엄마."

소율 엄마가 눈물을 닦으며 장단을 맞추었다.

"안 겪으면 몰라요. 나중에 겪어봐요. 돌아버려, 진짜."

그렇게 고상연이 보내줄 시시티브이 영상을 기다리면서 분위기는 한결 부드러워졌다. 원장과 용 실장은 그 여자의 한풀이를 참을성 있게 들어주었다. 원장은 말을 적당히 끊어내고 용 실장에게 마이크를 넘겼다. 용 실장도 입을 열었다. 곧 데뷔를 앞둔 안나의 상황과 단식원까지 들어오게 된 처지를 자분자분이야기했다. 데뷔 준비를 하던 중에 유포된 안나의 살찐 사진들 때문에 겪은 마음고생이며, 단식원에서 나오겠다는 안나를 달래야 하는 자신의 처지를 이야기했다. 정소율 엄마는 고개를 끄덕이고, 가끔 탄식을 내뱉으며 용 실장 말을 경청했다.

"제가 독한 말까지 하면서, 겨우 여기에 남아 있게 한 거예요. 저도 속상하죠."

안나의 이야기를 전하며 용 실장도 눈시울이 붉어졌다.

"안나 씨 보니까 충분히 늘씬하던데요?"

정소율 엄마가 눈이 동그래져서 말했다.

"그건 그냥 일반인이고요. 쟤, 아이돌 옆에 서면 거구 돼요, 거구."

그 말은 용 실장이 안나에게 독한 말을 뱉으면서까지 단식원 퇴소를 막은 날에도 했던 말이었다. 봉희는 안나의 표정이 흔들리던 순간을 떠올렸다.

"너 말고 할 애들 많거든? 최유주, 내일 방송 타는 건 아냐?"

안나가 달라진 건 실장이 다녀간 이후였다. 아침 운동과 요가, 마사지 등에 빠짐없이 참여하기 시작했다. 이때부터 봉희 팀 점수와 코치 점수도 탄탄하게 쌓여갔다. 구유리나 봉희에 대한, 그러니까 유리 단식원에 대한 태도가 달라져서가 아니었다. 안나를 움직이게 한 건 단 하나였다. 오디션 프로그램에서는 안나에게 져서 결승전에 올라가지 못한 최유주가 안나보다 먼저 데뷔를 한 것.

메시지 알림이 울리자 구유리가 휴대폰을 집어 들었다. 시시티브이 영상이었다. 구유리는 혼자서 미간을 찌푸린 채로 영상을 보았다. 그러곤 곧 휴대폰을 뒤집어놓고는 팔짱을 끼고 말했다.

"실장님, 안나가 먼저 때렸어요. 이따 확인하세요. 일단 먼저 때렸다는 거, 그거 큰 문제잖아요. 그죠? 법적으로도 그렇지만 그보다 대중들이 받아들이기에, 응? 심정적으로 어떻겠어요?"

용 실장이 후, 하고 숨을 내쉬고 머리를 자꾸 쓸어 올렸다. 반면 정소율 엄마는 다시 팔짱을 끼고 다리를 꼬아 올렸다.

"근데 엄마, 더 큰 문제가 있다."

원장이 고개를 돌려 용 실장을 바라보았다.

"안나, 미성년자죠, 실장님?"

"네, 만 16세예요."

"엄마, 안나는 미성년자야. 자기 딸보다 1살 더 많네. 성인이 미성년자 때린 거, 이거 어떻게 할 건데?"

정소율 엄마는 벌써 겁먹은 얼굴이었다.

"까딱하다간 엄마 신상 털려. 요즘 애들 인터넷에서 대동단

결해봐!"

움츠러든 여자에게 원장이 마지막 한 방을 날렸다.

"안나 팬 은근 많다, 엄마?"

원장이 무서운 걸 본 것처럼 어깨를 털고, 자기 팔을 쓰다듬었다. 그런 다음 다기를 들어 용 실장과 소율 엄마에게 차를 따라주며 그들을 격려했다. 원장은 원만하고 조용하게 일을 해결할 것을 설득했다. 오세라와 봉희는 관객처럼 앉아 일촉즉발의 상황을 솜씨 좋게 정리하는 원장의 노련함을 감상했다.

원장은 또다시 이런 일이 생기지 않기 위해 어느 한쪽은 단식원을 나가야 한다고 말했다. 소율 엄마는 자신이 양보하고 나가겠다고 말했다. 밤마다 퇴소하겠다고 난리를 치는 딸아이 때문에 어차피 길게 버틸 수 없다는 계산이었을 것이다. 싸움판을 벌인 부끄러움도 한몫했을 게 분명했다.

민망해하며 짐을 싸 들고 황급히 나가던 엄마와 달리 딸은 천하태평이었다. 큰 소리로 통화까지 하며 엄마 뒤를 천천히 따랐다.

"야, 씨바! 내가 뭐랬어. 일주일 안에 나온다고 그랬지. 내가 이긴 거 인정? 낼 편의점 쏴라. 야, 근데 오늘 진심 존나 빡치는 일 당함. 폰으론 말 못 해, 가서 이야기할 거니까 딱 기다려."

정소율은 연신 히죽거리며 통화 중인 상태로 4층 숙소 층부터 내려가 1층 정문을 통과했다.

봉희는 방으로 들어가 침대에 쓰러졌다. 왼쪽 광대뼈가 욱신거려 지친 몸을 이끌고 책상에 앉았다. 거울을 들여다보니 욱신거린 쪽이 부어올라 있었다. 아까 중학생 여자애를 잡고 있다가 몸부림치던 그 애 머리에 부딪힌 기억이 났다. 부어오른 곳을 살짝 누르자 찌릿한 통증에 신음이 터져 나왔다.

약을 찾기 위해 책상 서랍을 열었다. 책상 맨 아래 칸에 검정 비닐봉지가 보였다. 운남을 찾아 나섰다가 민박집에서 받아온 것이었다. 차마 버리지 못하고 여기까지 가져와 책상 속에 처박아둔 것이었다. 네모난 비스킷을 감싼 매끈거리는 파란 포장지를 괜히 만지작거렸다. 속 포장지가 따로 없는 탓에 과자의 질감이 그대로 손끝에 전해졌다. 어릴 때 엄마는 믹스 커피에 이 비스킷을 살짝 담갔다가 먹었다. 그게 그렇게 부러울 수 없었다. 그래서 고등학생이 되고는 날이 쌀쌀해질 때면 온장고 속 캔 커피와 비스킷을 사서 엄마처럼 그대로 먹었다. 고소한 그 향이 몹시 그리웠다.

알루미늄 포장지의 줄을 조심스럽게 잡았다. 줄이 찢어진 자리에 과자의 속살이 보였다. 특유의 기름지고 고소한 향이 새어 나왔다. 그걸 옆에 두고 엎드린 채로 그림이나 감상하는 것처럼 오래 쳐다보았다. 눈을 감자 검정 봉투에 과자를 넣어주던 주인 할머니의 손길이, 운남을 찾아 걸었던 눈 쌓인 길과 그녀의 어머니가, 아무도 없던 운남의 방과 운남의 웅크린 뒷모습이 펼쳐졌다. 그러다가 주머니의 알약, 그것이 다시 떠올랐다.

약국에 가기 위해 일어섰다. 하지만 1층까지 내려가기도 전에 원장의 호출이 왔다. 다시 중앙 계단을 따라 올라가면서 4층 복도 끝 자신의 방문 앞에 있는 고개 숙인 안나를 보았다. 선생님 앞에서 혼나는 아이처럼, 금방이라도 발등에 굵은 눈물을 뚝뚝 떨어뜨릴 것만 같은 표정이었다. 갑자기 안나가 슬리퍼 하나를 집어 던졌다. 슬리퍼는 안나와 봉희 사이의 중간쯤에 굴러 떨어졌다.

발등을 덮는 부분이 세로로 잘려 있었다. 단 1센티도 남기지 않고 싹둑. 그런 슬리퍼로는 단 한 발짝도 걸을 수 없다. 정소율이 짐을 싸던 중에 자신을 찾아와 가위를 빌려간 게 떠올랐다.

원장은 한창 통화 중이었다.

"피디님이 결단하세요. 저를 믿을지 그냥 엎으실지."

전화를 끊은 구유리가 다짜고짜 봉희에게 물었다.

"자, 양 코치. 몇 퍼센트?"

"네?"

"소운남이 돌아올 확률 말이야. 몇 퍼센트? 딱 말해봐, 코치로서.”

“네?”

“아무리 생각해도 노답이지, 그죠?”

자기도 모르게 고개를 끄덕이려다 구유리를 바라보았다.

“아직 3일째라서, 좀 더 기다려보면⋯⋯.”

구유리는 고개를 저었다.

“다시 오는 사람 없었다, 자기야?”

단식원에서 입소생이 사라지는 일은 종종 일어났다. 이런저런 핑계를 만들어 나가는 사람도 있었지만, 주로 몰래 짐을 싸 죄인처럼 떠났다. 조금 귀찮아도 잘 따지면 돈도 어느 정도 돌려받을 수 있는데도 대부분 그걸 포기했다. 수련생이 중간에 퇴소하는 일은 코치의 평가에 치명타였다. 하지만 단식원 자체로서 큰 문제는 아니었다. 빈자리는 금세 채워졌다. 대기자들로 넘쳐났기 때문이다.

하지만 운남은 일반 수련생들과 달랐다. 구유리도 운남을 자신의 작품이라 부르지 않았던가. 더욱이 'Y의 마지막 다이어트'를 견인해야 할 주인공이었다. 무대가 만들어지고 주인공을 위한 조명이 켜졌다. 그 조명 안으로 들어가야 할 주인공이 사라진 셈이었다. 우리의 주인공, 이 단식원 최고의 작품인 운남이었다. 이 작품을 통해 단식원은 도약을 준비 중이었다. 아니, 그보다 더 중요한 건 대중들이 운남을 기다린다는 거였다. 운남이 사라졌을 때 구유리 또한 그 어느 때보다 당황하지 않았는가.

"얘 제대로 먹튀야."

봉희는 귀를 의심했다. '먹튀.' 원장은 봉희가 단 한 번도 생각해보지 못한 가벼운 단어를 운남에게 뒤집어씌웠다. 운남이 대체 무엇을 먹고 튀었다는 것인지 원장에게 물어보고 싶었다. 봉희가 입을 떼기도 전에 원장이 다시 입을 열었다.

"안나, 걔, 성이 뭐였지?"

구유리는 입소생의 모든 정보가 담긴 프로그램을 열어, 검색창에 커서를 갖다 댔다.

"홍이요."

봉희의 말이 끝나자마자 원장이 홍안나 세 글자를 입력했다. 안나의 기본 신상과 몸에 대한 데이터가 화면에 떴다. 원장은 팔짱을 끼고 화면을 노려봤다. 그러더니 안나의 사진을 클릭해서 확대했다. 원장이 한숨을 한 번 쉬더니 낮게 읊조렸다.

"싸가지는 없는데, 운은 좋네, 이게."

마사지실의 문을 열자 훈김이 얼굴을 덮쳤다. 족욕과 좌욕 기기에서 뿜어져 나오는 수증기와 수련생들의 몸에서 뿜어져 나온 습기가 공간을 떠돌았다. 안나는 탈의실에서 분홍색 일회용 팬티만 걸치고 나와, 수건으로 가슴을 가린 채 마사지 침대에 누웠다. 마사지를 마친 다른 팀 여자들이 누운 안나의 몸을 빠르게 훑어보며 문을 밀고 나갔다. 건강하고 균형 잡힌 몸이었다. 20일간의 장기 단식이 거의 끝나가는 중이었고, 몸무게는 68kg에서 55kg으로 변모했다. 나무랄 때 없는 이상적인 몸이었지만 회사가 제시하는 몸무게를 달성하려면 다시 스무 날 보식을 해야 했고, 그 스무 날 뒤에 또 20일의 장기 단식에 들어가야 했다.

"원래 이렇게 무리하면 안 되는데, 우리 안나 씨는 큰일 해야 하니까."

용 실장과 안나를 면담하며 구유리 원장이 세운 플랜이었다. 용 실장의 간청에 못 이기는 척 특별히 무리를 해서라도 몸을 만들어주겠다고 약속했다.

마사지가 끝나고 회의가 있다고 했다. 용 실장도 동석할 거라는 원장의 말이 하루 종일 봉희를 따라다녔다. 안나와 싸운 정소율이 퇴소한 다음 날부터 용 실장이 며칠을 출근하듯 단식원에 들렀다. 모녀가 퇴소 후에 마음이 바뀌어 안나를 고소하거나, 언론에 사건을 제보해 곤란한 입장이 되었을 것이라 추측했다. 하지만 어디에도 그런 기사는 나지 않았고, 단식원에 드나드는 용 실장의 얼굴이 걱정을 떠안은 표정도 아니었다. 되려 좋아 보였다. 바빠서 고생스럽지만, 장사가 잘돼 상기된 대목

때의 상인 표정이랄까.

안나가 눕자 마사지사 김주연은 잠시 턱까지 내려둔 마스크를 다시 올리고 안나의 머리 끝에 앉았다. 안나의 얼굴을 부드럽게 마사지 하고, 클렌징을 한 다음 한결 매끈해진 얼굴 위에 뜨거운 타올을 올렸다. 부드럽고 능숙한 김주연의 손길이 닿는 동안 안나의 뒤척이던 몸이 차분히 가라앉았다. 머리 지압을 시작으로 얼굴에서 발가락 끝까지 두 시간은 족히 걸릴 터였다.

봉희는 30여 분 정도 지켜보고 마사지실을 나왔다. 1시간 30분은 넘어야 마사지가 끝날 터였다. 그때까지가 코치들에게는 휴식 시간이었다. 봉희는 외투를 입고 서둘러 나갔다. 단식원에서 가장 가까운 약국으로 가면 회의 시간 전에 돌아오는 건 문제없었다.

단식원 뒤편, 500미터 정도 떨어진 약국 문을 열고 들어가 알약을 내밀었다. 무슨 약인지 알고 싶다는 말에 젊은 남자 약사는 굳이 여기까지 찾아왔냐는 투였다.

"요즘 이거, 인터넷에 검색하면 다 나와요."

며칠 전부터 약국에 오려다 우여곡절을 겪은 일들을 생각하니 헛웃음이 절로 나왔다. 젊은 남자 약사는 알약을 돌려보더니 컴퓨터 앞으로 갔다.

"맞네, 이거 식욕 억제제예요."

곧이곧대로 요령 피우지 않고 성취해내는 운남이었다. 그래, 저게 맞지. 봉희의 살아온 방식이 옳았다는 걸 운남이 대신 입증해주는 기분까지 들었다. 살가운 수련생은 아니었지만, 나란히만 걸어도 운남이 자신의 손을 잡아주는 것 같았던 건 그런 이유 때문인지 몰랐다. 그런 운남이 몰래 식욕 억제제를 삼켰다는 게 믿어지지 않았다. 단식원에서 몰래 먹는 약이라는 게 다 그런 류의 것들이었지만, 운남의 주머니에서 나왔기 때문에 그게 식욕 억제제라고는 생각지 못했다.

대체 언제부터 그걸 삼켰던 것일까. 자신의 단식 경험을 떠올렸다. 말도 안 되게 답답해지는 순간을 봉희도 겪어본 일이 있다. 물을 한 모금도 마시지 않는데 단 1g도 빠지지 않는 시기가 온다. 최종 목표를 눈앞에 두고 몸이 가장 더딘 변화를 보이는 시간. 목표점에 가장 가깝지만 그만큼 까다로운 마지막 관문. 공기가 희박한 고산의 정상을 눈앞에 두고 그 몇 걸음을 더 옮기지 못해 실패한 산악인의 이야기를 봉희는 이해한다. 바로 그럴 때 약이라도 있으면 삼키고 싶어진다. 다음 계단 턱까지 가는 데 한참이 걸리는, 기형적으로 긴 계단을 걷는 것처럼 걷고 또 걷는 그 시기. 하지만 그럴 때 운남은 누구보다 우직하게 걸어나갔고, 그렇게 걷다 보면 분명 신발의 앞코가 다음 계단 턱에 툭, 하고 닿는다는 걸 경험한 사람이었다. 그런 운남이 식욕 억제제로 그 시기를 넘어가려고 했다는 게 믿기지 않았다.

봉희는 알약을 발견하던 당시의 기억을 떠올리며 단식원을 향해 걸었다. 바닥에 떨어진 알약은 그전 수련생의 것인지도 몰랐다. 하지만 분명 운남의 트레이닝복 주머니 속을 밖으로 뺐을 때, 작고 가벼운 게 떨어지는 소리가 들렸다. 하긴, 그 트레이닝복에 들어 있던 걸 본 일은 없다. 떨어진 건 다른 것일지도 몰랐다. 봉희의 생각이 여기에 미치자 발걸음이 다급해졌다. 운남의 방으로 들어가 혹 떨어진 다른 물건은 없는지 확인하고 싶었다.

잰걸음으로 단식원에 도착했다. 잠깐 나갔다 왔는데도 단식원에 흐르는 냄새가 훅 끼쳤다. 단식하는 사람들이 뿜어내는 냄새라고 했다. 봉희는 마사지 진행 상황을 살피기 위해 마사지실부터 찾았다. 문을 열자 마사지실에 고인 독한 냄새가 코를 찔렀다. 마사지사들 중 상대적으로 높은 연봉에도 불구하고 금방일을 그만두는 사람들이 많았다. 단식하는 사람들의 몸에서 나온 독소 냄새가 너무 힘들다는 이유에서였다.

구유리 원장은 세상에서 그 냄새가 가장 좋다고 했다. 단식이 잘되어간다는 증거라고 했다. 또한 그런 독소를 빼주는 일이 바로 우리의 역할이라고, 그러니 우리가 하는 일이야말로 세상에 기여하는 일이라고 늘 힘주어 말했다.

"그런데 우리가 칼을 대서 하니 그걸? 아니잖아. 독한 약을 먹여? 것도 아니야. 가장 자연스럽게 가장 건강한 방법으로 사람을 살리고 있다고, 우리가."

봉희는 그럴 때마다 유니폼을 입고 은행 창구에서 손님을 상대하는 것보다 자신이 하는 일이 더 가치 있다고 믿었다. 유능한 은행 직원보다 자신이 더 가치 있는 일을 하고 있다는 자부심. 봉희가 이 일을 더 잘하고 싶은 이유였다.

하지만 코치가 되었을 때, 친구들이나 가족들은 심드렁했다. 이상한 데 아니냐고, 가끔 묻기도 했다. 그럴 때마다 봉희가 느낀 건 섭섭함이나 화가 아니라 어떤 외로움이었다. 그들과 몸담은 세계가 다르고, 그래서 영영 이해받지 못할 거 같은 외로움.

공진표의 'Y의 마지막 다이어트' 프로그램 스태프로 확정이 되었을 땐 진심으로 기뻤다. 공진표는 구독자를 늘리기 위해 자극적인 소재의 영상을 올리는 사람이 아니었다. 재미와 공익성을 두루 갖춘 '건강' 분야에서 가장 영향력 있는 채널이었다. 그것으로 유명해진다던가 어떤 새로운 미래를 꿈꾼 건 아니었다.

다만 자신의 성취를 더 이상 설명하지 않아도 된다는 안도감이 있었다. 친구들과 가족들에게 이제 구구절절 설명하지 않아도 영상을 통해 충분히 설명될 거라는 기대감으로 충만했다. 그렇게 실패하지 않는 삶이 본격적으로 시작되는 것 같았다.

마사지가 끝난 안나를 데리고 원장실로 들어갔다. 응접 탁자에 올려진 찻잔을 잡던 용 실장이 안나가 오자 자세를 고쳐 앉았다. 그리고 그 옆에 한 남자. 공 피디였다. 공 피디의 눈이 빠르게 안나를 훑었다. 봉희는 원장의 말을 떠올렸다.

"싸가지는 없는데, 운이 억세게 좋네 이게."

그제야 사태 파악이 되었다. '새로운 주인공의 탄생.' 용 실장은 계속 공 피디만 바라보았고, 공 피디는 안나와 구유리를 번갈아 바라보며 머리를 쓸어 올렸다. 탐탁지 않다는 반응이었다. 안나는 바로 옆에 있는 용 실장에게 휴대폰 메시지로 닦달하는 중이었다. 참다못한 용 실장이 안나에게 말했다.

"안나야, 곧 설명할 테니까, 쫌!"

안나가 휴대폰을 주머니에 넣고 다리를 꼬았다. 방금 마사지를 마친 얼굴이 반질반질 빛이 났다.

"실장님, 안나 씨 데리고 나가서 이야기하세요. 본인 의지가 중요한 거잖아."

용 실장이 안나를 데리고 나갔다. 구유리가 공 피디의 잔에 차를 따랐다.

"애, 예쁘죠?"

"예쁘죠, 예쁜데 충분히 날씬하잖아요. 원장님, 저 상태에서 뺀들 임팩트가 있겠어요?"

"그죠?"

"저 애 보고 여자들이 공감하겠어요?"

원장이 이번에는 봉희를 바라보았다.

"양 코치 생각은 어때요? 우리 안나 씨, 괜찮겠죠?"

잠시 숨을 고르고 봉희가 입을 열었다.

"원장님, 운남 씨는요?"

공 피디가 반갑다는 듯 서둘렀다.

"그러니까 내 말이. 단서라도 줘봐요. 나라도 찾게."

봉희와 공 피디를 바라보는 원장의 표정이 싸늘했다.

"운남 씨 이야기 계속하면 저 정말 접습니다."

공 피디가 천장을 바라보며 한숨을 크게 쉬었다.

"아, 원장님. 진짜 저는 돌아버릴 거 같아요, 이 상황이."

"그러니까 선택하시라고요. 저를 믿으실지 접으실지."

"원장님, 그런데 왜 쟤대요?"

"애가 예쁘잖아. 우리 단식원에서 쟤가 제일 예뻐."

"아니, 다 뺐을 때야 예쁘면 너무 좋죠. 지금 예뻐서 어디다 써요."

"그러니까."

봉희는 원장이 대체 무슨 생각으로 안나를 'Y의 마지막 다이어트'의 새로운 주인공으로 미는 것인지 이해되지 않았다. 공피디의 말이 백번 맞는 말 아닌가.

"양 코치, 우리 안나 며칠 만에 뺀 거죠?"

봉희가 황급히 태블릿을 열어 안나의 체중 추이를 살폈다. 20일 만에 13kg을 감량했다.

"최근에 얼마까지 나갔지?"

"네?"

"아휴, 단식원 들어올 때 설문 내용 정리 안 했어요?"

봉희가 자료를 찾기도 전에 원장이 입을 열었다.

"단식원 들어오기 전에 78kg까지 갔더라구. 그건 뭐 지가 쓴 거니까. 거기서 한 5kg은 더해야 돼. 보통 빼고 말하니까. 암튼 그럼 80kg 가까이 나갔다는 거잖아, 최근에."

공 피디가 미간을 찌푸리며 원장을 바라보았다. 원장의 말을 이해하려고 애쓰는 게 보였다. 그때 원장이 입을 열었다.

"한 달이면 돼요."

원장이 휴대폰으로 용 실장을 불렀다.

"실장님만 오세요."

용 실장이 꽤나 진땀을 뺀 얼굴로 들어왔다.

"왜, 싫대요?"

"좋은 기횐데 결국 할 거예요. 일단 제가 수그렸어요."

"어려서 그런가?"

"네, 뭐가요?"

"절실함이 없네, 애가."

용 실장이 민망해하는 표정을 지었다. 원장이 말을 이었다.

"그건 뭐 용 실장님 능력이시니까. 금방 설득되실 거고."

원장이 봉희를 불렀다.

"양 코치."

"안나 퇴소 절차 밟아요. 자료 잘 정리해두고."

돌아가는 상황에 봉희는 어안이 벙벙했다. 구유리가 단호한 표정으로 용 실장에게 말했다.

"실장님, 찌워라 어째라, 한마디도 하지 마요."

구유리는 공 피디의 손을 잡으며 한 달이면 충분하다고 다시 강조했다. 한 달. 한 달이면 가능한 일. 그런 일을 도모하는 구유리 원장이 마치 태어나서 처음 만난 사람처럼 낯설었다.

망가진 슬리퍼에 꿴 발을 내려다보던 안나가 머릿속을 떠다녔다. 슬리퍼에 발을 꿰고 한 발 나아가기 위해 무릎을 들어 올렸을 안나. 발등을 감싸주던 명품 패브릭 밴드의 갈라진 틈으로 빠져나온 맨발만 허공에 남겨졌을 때, 그때 안나는 어떤 표정이었을까.

그런 질문의 끝에 운남이 기다리고 있었다. 안나처럼 고개를 숙이고 멈춰 있는 운남을 떠올렸다. 운남은 그날 밤 어떤 얼굴로 어디를 응시하다가 떠나버린 것일까. 운남을 이곳에서 한 발 더 움직이지 못하게 한 것은 무엇이었을까. 해결되지 않는 수많은 질문들이 봉희의 온몸을 타고 부풀었다.

"자기, 연예인 맞구나."

아침 운동을 마치고 단식원에 들어가려던 차에 문이 열렸고, 곧이어 원장의 목소리가 들렸다. 캐리어를 끄는 용 실장을 앞세우고 안나가 나왔다. 선글라스를 쓰면서 걸어 나오는 안나를 위해 구유리는 직접 문까지 잡아주었다. 공원에서 돌아온 수련생들의 수많은 눈이 안나에게로 향했다. 단식원에서 입던 실내복을 벗고 한껏 멋을 부린 차림새였다. 원장의 말처럼 안나의 직업이 연예인이라는 게 실감이 났다.

"안나 씨, 양 코치에게도 인사해야지."

특유의 심드렁한 표정으로 봉희를 향해 슬쩍 고개를 숙였다.

"아, 네. 그동안 감사했어요."

퇴소하는 날이라는 걸 알고 있었지만 이른 시간에 떠날 거라고는 예상하지 못했다. 더욱이 조금만 늦었다면 안나를 영영 놓쳐버릴 수 있는 타이밍이었다. 인사를 나눌 수 있었던 건 의지가 아니라 순전히 우연이었다. 서운한 감정이 생겼다.

용 실장이 캐리어를 차 트렁크에 싣는 동안에도 원장은 안나 곁을 떠나지 않았다. 중간에 퇴소하는 사람을 원장이 직접 배웅하는 일은 흔치 않았다.

"안나 씨, 들어올 때 모습에서 확 바뀌어 나가니까 좋다."

안나는 휴대폰에 코를 박고 있다가 원장을 바라보았다.

"잘 유지해야 돼. 여기서 배운 걸로 더 관리하면 더할 나위 없겠고. 용 실장은 아직 멀었다잖아."

원장이 안나의 등을 쓰다듬으며 말했다. 안나가 어깨를 뒤로 살짝 돌리며 거부하는 제스처를 취했다.

"차라리 혼자 관리하는 게 맘 편한 거 같아요. 혼자 할 수 있어요."

구유리가 팔짱을 끼고 안나를 향해 미소를 지어 보였다.

"그동안은 왜 안 했어요? 그렇게 잘하는데."

안나가 서늘한 표정으로 뒤돌아섰다. 안나를 태운 용 실장의 차가 단식원 주차장에서 큰길로 나가기 위해 후진 중이었다. 차가 단식원 바깥을 완전히 빠져나가기 전에 구유리가 발길을 돌리며 한마디 내뱉었다.

"기껏 빼줬더니, 얻다 대고."

그 누구보다 안나에게 할 말이 많은 사람은 봉희였다. 하지만 안나와는 단 한마디도 나누지 못하고 용 실장 차의 꽁무니만 바라보았다. 안나가 머리카락을 두 손으로 쓸어 올리다가 거칠게 고개를 좌우로 털어내는 게 보였다. 차가 우회전하며 큰 도로를 탔고 안나의 뒷모습도 사라졌다.

– 안나 씨. 고생이 많았죠.

답은 없었다. 안나의 번호가 정확히 맞는지도 모를 일이다. 하지만 이대로 보내면 안 된다는 생각이 봉희를 붙들었다.

– 정말 조심해야 하는데. 보식 수칙을 천천히 읽어봐요.

역시 답이 없었다. 주머니에 휴대폰을 넣고 뒤돌아서는데 문자 알림이 왔다. 안나였다.

– 다시는 갈 일 없을 거예요, 거기.

퇴소생들은 자신만만했다. 그러나 단식원 밖의 사정이 만만치 않다는 걸 깨닫는 건 시간문제였다. 구유리 건강힐링센터라는 이 무시무시하고 거대한 온실 속에서 안전하게 웅크리고 있을 때와는 차원이 달랐다.

"우리 다시는 만나지 말자."

단식원 퇴소식장에서 원장의 마지막 단골 멘트였다. 다시는 만나지 말자는 약속. 예전의 몸과 영영 이별하라는, 그래서 단식원에서 만나는 일은 없도록 하자는 거였다. 퇴소식장에서 원장은 늘 손을 높이 쳐들고 새끼손가락을 까닥까닥했다. 감량에 성공한 사람들은 수줍어하면서도 환한 미소를 지었고, 새끼손가락을 들어 올려 구유리에게 화답했다.

하지만 이 뜨거운 약속을 지켜내는 일은 어려웠다. 퇴소 후 처음 사나흘이야 조심할 수 있지만, 일주일도 지나지 않아 견고할 거라 믿었던 의지의 성은 무너져버린다. 약간의 맛과 질감이라도 가진 것이 들어가는 순간 이성은 몸에 우위를 내주고 만다. 음식이 이에 닿고 혀와 천장을 돌아다니며 부서지는 순간 사각지대에서 억지로 몸을 접고 있던 식욕이 숨을 내쉬며 살아난다. 그것은 예전보다 더 크게 몸집을 불려 달려든다. 말리면 말릴수록 더 커졌고, 부지불식간에 모든 것을 삼켰다. 1기 수련생 봉희도 그랬다. 퇴소 후 자정이 넘은 시간에 빵을 씹어 삼키고, 채 익지 않은 컵라면을 빨아들이는 날이 며칠째 이어지곤 했다. 그때의 봉희는 자신이 거대한 몸집의 맹수에게 목덜미를 물려 끌려가는 초식동물 같다고 생각했다.

악랄하고 영리한 맹수처럼 천천히 마른 땅을 내딛으며 다가온 그것에게 목덜미를 찍히고 말았을 때, 그래서 모든 것이 다 끝났다고 여겨지던 순간 생각나는 사람은 오직 구유리였다. 원장에게 다시 달려가지 않는다면 영원히 돌아올 수 없는 나락으로 떨어질 것 같은 두려움에 떨었다. 다시는 만나지 말자는 약속을 어겼지만, 원장은 다정했다. 그 처절한 실패의 기억이 다시 단식원 바깥으로 나가지 못하게 했다.

물론 단식원 안에서 평생 머물 생각은 아니었다. 내 몸을 내가 다스릴 줄 아는 법을 배우고 나가고 싶었다. 일종의 훈련소라고 여겼기 때문에 원장의 무리하거나 부당한 요구들에 대해서도 그럴 수 있다는 생각이 들었다. 더욱이 원장의 말처럼 귀한 일이었다. 사람을 살리는 일, 내가 몸담고 있는 이 세계에 기여하는 일. 봉희는 자신이 그런 일을 하고 있다는 것만으로 괜찮은 삶을 사는 것이라고 스스로 위안을 삼았다.

하지만 과연 그런가. 운남이 사라진 이후부터 줄곧 그런 의문에 시달려야 했다.

안나를 떠나보내고 단식원에 들어와 하릴없이 정미향과 농담을 주고받았다. 정미향이 걸려온 상담 전화를 받자 봉희는 코치 방으로 발길을 돌렸다. 계단을 혼자 오르면서 안나를 떠올렸다. 안나가 선전하길 바랐다. 승리까지는 아니더라도 선전하기를. 잘 싸워주었으면 했다. 혹 무너지더라도 천천히. 한 달이면 충분하다는 구유리의 그 계산을 조금이나마 무너뜨리길 바랐다. 그런 마음이 언제부터 싹튼 것인지는 알 수 없었다. 봉희는 자신의 그런 마음에 대해 계속 생각했다.

"어떻게 직진으로만 가니?"

안나를 내보내기로 했을 때, 원장이 한 달이면 충분하다고 공진표를 향해 단언할 때, 봉희가 손을 들었다.

"그런데요, 원장님. 이건 좀 아닌 것 같아서요."

그건 거의 본능에 가까웠다. 봉희는 정말 원장을 이해하고 싶었다. 구유리라면 정당한 이유가 있을 거라고 여겼다. 그러니까 구유리에게 설득당하고 싶어 질문을 던진 거였다. 단식 후보식을 통해 6개월 이상 체중을 유지해야 한다고, 그렇지 않고 다시 찌우는 건 건강에 치명타라고, 우울증까지 동반할 수 있다고 알려준 게 구유리였다. 그런 사람이 안나를 사지에 몰아넣는 건 도무지 이해되지 않았다. 어떤 이유든 납득할 만한 단서라도 찾고 싶었다.

"이렇게 내보내는 건 저희 센터 기본 방침과도 맞지 않는 거잖아요?"

말을 뱉고도 봉희 자신이 더 놀랐다. 최대한 조심스럽게 내뱉었지만, 결국 나온 한 문장은 따지는 말이었다. 그것에 대한 원장의 대답이 그거였다.

"어떻게 직진으로만 가니."

결국 안나를 위한 일이라고 했다. 동시에 안나를 통해 몸에 관해 공부하고, 몸을 다스리는 법을 대중들이 배우는 것이라고 했다.

"그래도 이런 방식은 좀 뭔가 아닌 것 같아요."

"그래요? 뭐가 아니라는 건데?"

분명 아니라고 생각했는데, 그게 뭐냐는 질문에는 머리가 딱 멈추었다. 원장은 용 실장에게 전화를 걸었다.

"실장님, 우리 코치님이 다른 묘안이 있다 그러네? 지금 좀 다시 와주세요."

나가려던 공진표도 다시 끌어 앉혔다.

"원장님, 그게 아니라……."

"양 코치, 왜? 설마 대안도 없이 그런 질문을 한 것은 아니 겠지?"

단 한마디도 더 하지 못하고 정적이 흘렀다. 나가보라는 원장의 말이 되레 고마울 지경이었다. 한 톨의 먼지보다 더 작아진 기분으로 원장실을 나왔다. 대안이 없냐는 말에 대비할 어떤 말도 준비하지 않고 질문을 던진 자신이 바보처럼 느껴졌다. 동시에 그런 질문조차 싹을 잘라버리는, 자신이 그동안 해온 말들을 배반하는 구유리 원장에 대한 회의감도 소용돌이쳤다. 원장이 뭔가 잘못된 사람일 수 있다는 의심이 점점 커지며 어떤 틈으로 스멀스멀 피어 나왔다.

 팀원들이 떠난 자리에는 새로운 사람들로 신속하게 채워졌다. 새 사람들이 오자 다시 시작하는 기분으로 움직였다. 하지만 코치 점수를 만회할 여력은 없었다. 안나가 빨리 돌아와 촬영을 시작하는 게 어느 정도 보상을 받는 길이기도 했다. 하지만 어쩐지 안나가 기다려지지 않았다. 누군가에 의해 안나의 몸이 너무 쉽게 디자인되고 조절되지 않기를 바랐다. 그것이 더욱 건강하고 아름다운 결과를 만들어낸다고 해도. 그것은 결코 사람에게, 이 세계에 기여하는 일이 될 수 없다고 느꼈다. 좁은 코치 방에 누워 봉희는 스트레칭 대신 천장을 보는 일이 잦아졌다. 그 천장에는 자신의 과거와 원장이, 그리고 안나가 떠다녔다. 그리고 그 생각의 끝에는 항상 운남이가 얼굴을 보여주지 않고 웅크리고 있었다.

 ─ 안나 씨, 잘하고 있나요?

 모두 네가 다시 살찌기를 바라고 있어. 그러니 보란 듯이 잘 유지해, 제발. 이 말은 차마 쓰지 못했다. 가끔 연락해본다는 게 일주일 내내 하루도 빠짐없이 연락했다. 어떤 접촉도 하지 말라는 원장의 지시를 어기는 일이었다. 무언가를 어기는 일에 봉희는 익숙하지 않았다. 익숙하지 않은 일들, 그런 일들을 만들어내는 낯선 기분이 두렵기도 했지만 막을 길도 없었다. 봉희가 연락을 하지 않은 날은 안나에게서 연락이 오기도 했다.

단식을 할 때나 그 후에 체중을 유지하는 것이 얼마나 외로운 일인지 봉희는 알았다. 세상 속에 섞여 있지만 전혀 다른 세계의 사람처럼 살아가는 심정이었다. 어떤 식으로든 기댈 사람이 안나에게 필요할 터였다. 안나가 단식원을 나오고서야 오히려 진짜 안나의 코치가 된 거 같았다.

─ 안나 씨. 한 번 폭식했다고 다 끝났다고 생각하면 안 돼요. 계속 몸을 달래고, 몸과 이야기를 해야 해요.

퇴소 후 5일이 넘어가는 저녁에 폭식을 했다는, 그래서 망한 거 같다는 안나의 문자에 그렇게 답을 했다. 다음 날은 다행히 보식 식단을 잘 지켰다고, 다시 잘해보겠다는 답을 받았을 때 보람을 느끼기도 했다. 하지만 몇 번 폭식했다는 문자가 오고 얼마 뒤 연락이 딱 끊겨버렸다. 안 봐도 무슨 상황인지 훤하게 보였다.

그동안 자주 있던 일들이었다. 단식 후속 서비스로 집에 돌아간 사람들에게 관리 전화를 해준다. 처음에는 전화를 잘 받던 사람들이 시간이 좀 지나면 갑자기 연락을 끊어버린다. 백이면 백 다 실패한 사람들이었다. 안나만은 그렇지 않기를 바랐다. 다른 바쁜 일이 생겼기를. 연습생이니까 휴대폰을 회사에서 압수했을지도 모른다고 애써 생각을 돌렸다.

― 새로운 운동을 시작하거나, 다이어트 소모임 같은 것을 만들어 봐요.

아무런 답이 없었다.

― 안나 씨. 몸을 너무 미워하지 말고요.

역시 묵묵부답이었다. 그렇게 단식원을 떠난 지 보름 만에 안나와의 연락이 끊겼다. 하루하루 자신을 미워하며 독을 집어 삼킬 안나가 상상되었다.

단식원을 나오고 얼마 지나지 않아 봉희도 괴로운 시간을 보냈다. 자정이 넘은 시간에 라면 한 그릇을 삼킨 뒤, 온갖 나쁜 언어를 동원해 해이해진 자신을 다그치기도 했다. 하지만 소용없었다. 안나도 어디에선가 아무도 보지 않는 곳에서, 자신을 향해 난도질을 하고 있을지 몰랐다. 그런 안나를 떠올릴 때마다 눈이 질끈 감겼다.

공진표는 'Y의 마지막 다이어트' 시작이 늦어지는 것에 대한 구독자들의 항의와 수많은 질문에 대응해야 했다. 업로드한 영상마다 사람들은 그것과 상관없는 Y의 마지막 다이어트에 대한 댓글을 달았다. 공진표와 구유리가 발 빠르게 새로운 주인공을 살찌우고 있다는 사실을 알 턱이 없는 사람들은 운남에 관해 묻기도 했다.

— 'Y의 마지막 다이어트'가 아니라 그냥 'Y의 마지막' 아니에요?

— 구독자 늘리려는 수작인 건 아니었길.

이렇게 비판하는 댓글부터 공진표의 진정성을 믿고 차분히 기다리겠다는 호의적인 댓글까지 다양했다. 공진표와 구유리의 채널을 넘나드는 사람들 사이에서는 'Y의 변명'이라는 신조어까지 나돌았다. 누군가가 하는 말이 변명처럼 들리거나 거짓말처럼 느껴질 때, '완전 Y의 변명이시네요'라고 누군가 말하기 시작한 것이 퍼진 거였다. 봉희는 공진표의 채널뿐 아니라 다른 SNS에 태그로 달린 'Y의 변명'을 보며 공진표의 영향력에 새삼 놀랐다.

공진표는 안달이 난 구독자들을 위해 다양한 영상을 업로드하느라 바빴다. 다행히 그중 두 개의 영상이 소위 '대박'을 쳐서 구독자들의 원성도 누그러졌다. 최근 30kg 감량에 성공한 남자 개그맨을 찾아가 인터뷰하고 '유지어터'로서의 삶을 취재에 올린 영상이 화제였다. 다양한 다이어트 보조제를 비교 분석하고, 특정 보조제의 위험성에 대해 잔인할 정도의 비판을 쏟아낸 영상도 반향이 컸다. 공진표 방송에서 비판을 받은 제약회사의 이름은 그날 실시간 검색에 오르기도 했다. 재미와 공익성을 추구한다는 채널 소개가 하나도 틀리지 않았다는 게 사람들의 평이었다.

구유리가 장담했던 그 한 달이 되어갈 때쯤 안나의 소식이 들렸다. 오디션 프로그램이 끝난 후 연습생 시절 기사처럼 기사 제목이 악의적이었다. '조금 통통해진 안나' 기사 아래에는 '조금 아닌데 완전 돼지 됐네'라고 악플이 박자를 맞춰 떠들어주었다. '입금 전 안나'라는 제목의 기사를 클릭했다. 연습실로 향하는 안나의 사진이었다. 단식원에 처음 들어왔을 때보다 더 뚱뚱해진 모습이었다. '안나 요요'라는 검색어가 실시간 검색어에 오르기 시작했다.

기사가 나가고 약속이라도 한 듯 용 실장이 몇 차례 단식원을 드나들었다. 'Y의 마지막 다이어트' 출연을 설득 중이라고 했다. 며칠 뒤 공진표가 단식원을 찾았다. 그러자마자 코치진 회의가 시작되었다. 그리고 'Y의 마지막 다이어트'의 주인공으로 홍안나가 최종 낙점이 되었다는 소식을 코치진 회의에서 발표했다.

패잔병의 얼굴로 돌아온 안나를 단식원 사람들은 박수로 반겼다. 안나가 얼굴을 붉혔고, 붉은 얼굴은 우울해 보였다. 말도 안 되는 짧은 기간에 요요를 겪은 사람들은 충격을 받는다. 충격은 분노로 바뀌고 그 화살은 결국 오롯이 자신에게 돌아간다. 자신에게 화살을 겨눈 사람의 표정이 좋을 리 없었다. 봉희는 한결 순해졌다고 칭찬받는 안나가 안쓰러웠다.

"안나 씨, 원래 힘든 거야. 그게 쉬우면 우리가 있을 필요가 없지."

원장은 안나를 위로했다.

"안나 씨가 그렇다고 의지가 없는 사람이 아니잖아, 그치? 진짜 의지 없는 사람은 여기서도 못 빼."

안나가 고개를 끄덕였다. 원장은 며칠 동안 매일 같은 시간에 안나를 면담했다. 구유리가 하는 일은 안나의 수치심을 상쇄시켜주는 일이었다. 다큐 촬영을 통해 의지를 다시 증명하면 된다고 다독였고, 고개를 끄덕이는 안나의 표정도 한층 더 밝아졌다.

본격적으로 촬영을 위한 사전 작업이 시작된 단식원에는 새로운 공기로 일렁였다. 출연하지 않는 사람들도 축제를 즐기는 것처럼 들떠 보였다. 칼같이 정확하고 단순한 단식원 생활에서 재밌는 이벤트였다.

공진표와 구유리의 채널에는 'Y의 마지막 다이어트-새로운 주인공의 탄생'이라는 제목을 단 티저 영상이 동시에 업로드되었다. 사람들의 궁금증은 하늘을 찔렀다. 안나의 뒷모습과 운동화, 땀이 맺힌 단정하고 둥근 이마가 화면을 가득 채웠다. 사람들이 새로운 주인공을 추리하기 시작했다. 놀이처럼 즐거워

보였다. 어느새 운남이는 거짓말처럼 사람들에게서 잊혀져 있었다.

프로필 촬영을 위해 스튜디오에 갔을 때는 마치 연예인이 된 것 같았다. 지하의 사진 작업실에서 코치진 개별 프로필 사진을 찍었다. 분장 팀이 와서 메이크업을 해주기까지 했다. 팔짱을 끼거나 허리춤에 두 손을 올리며 세상 누구보다 당당한 포즈를 취했다. 마지막으로 원장과 코치진들이 단체 사진을 찍었다.

그런 뒤 안나의 '비포 앤 애프터' 사진을 위한 비포 사진 촬영이 이어졌다. 가슴만 겨우 가린 탱크톱과 짧은 팬츠를 입은 안나가 탈의실에서 걸어 나왔다. 불룩 나온 배를 가리고 조명이 쏟아지는 무대로 향하는 안나를 모두 바라보았다. 코치진을 배경으로 안나가 맨 앞에 섰다. 차렷 자세의 어정쩡한 뒷모습을 바로 뒤 코치진들에게 훤히 내보이는 안나는 지금 발가벗겨진 심정일 터였다. 하지만 그런 것에는 아랑곳하지 않는 듯 포토그래퍼가 외쳤다.

"코치님들, 전사처럼요, 멋있게! 안나 씨, 여기 카메라 똑바로 보고!"

"자, 마지막 딱 한 번만요. 섬네일 용입니다."

사진작가 보조가 안나의 어깨를 잡고 코치진들을 향하게 몸을 돌렸다. 코치진들의 뒤에 서 있던 안나와 코치진들이 마주 보는 상황이었다. 영상의 간판 역할을 하는 섬네일 화면에 안나의 살찐 등이 가득 채워질 것이고, 그 등 한가운데 재생 버튼이 얹힐 것이다. 사람들은 티저 영상 속의 새로운 주인공의 얼굴을 확인하고 싶어 빠른 속도로 안나의 등을 클릭할 것이다.

안나가 숨을 크게 내쉬었다. 눈을 어디에 둘지 모르는 안나처럼 봉희 역시 어쩔 줄 몰랐다. 어깨가 한껏 올라갔다가 내려앉는 것만 보였다. 음악의 볼륨이 커졌고, 포토그래퍼는 과장되게 목소리를 높여 '오케이'를 외쳤다.

사진 촬영이 끝나고 바로 다음 날 1회분 촬영이 유리 단식원에서 시작되었다. 1회에는 안나를 비롯한 코치진들을 소개하고, 이 프로그램의 취지와 방식을 안내하는 내용이 주를 이룰 거라고 했다. 새벽부터 도착해 장비를 세팅한 촬영 팀의 첫 촬영은 새벽 5시 40분에 불이 켜지는 장면을 단식원 바깥에서 찍는 것이라고 했다. 카메라를 든 사람이 공진표 말고도 셋이나 더 있었는데, 아침 운동과 요가 시간 내내 수련생들을 따라다녔다.

촬영은 식사를 하고 낮 2시가 되자 재개되었다. 새로운 주인공 안나의 생활을 찍고 인터뷰 촬영이 시작되었다. 요가실에 차려진 인터뷰 방에 안나와 구유리, 그리고 봉희가 함께 들어갔다. 안나가 인터뷰 의자에 앉았고, 구유리와 봉희는 공 피디 뒤에 서서 그 모습을 지켜보았다. 안나가 어색한 표정으로 자리에 앉았다. 공 피디가 간단한 자기소개를 요청했다.

"안녕하세요. 홍안나입니다. 가수 데뷔 준비 중에 있구요. 음…… 네."

더 이상 할 말이 없다는 표정으로 짧은 인사를 끝냈다. 공진표가 다음 질문을 이어갔다.

"안나 씨, 요즘 많이 힘들었을 거 같아요. 데뷔도 계속 늦어졌잖아요."

"그죠."

안나가 다음 말을 이어가지 못하고 멈추었다. 금세 눈동자가 붉어지더니 눈물이 뚝뚝 떨어졌다. 봉희가 휴지를 찾아와 건네려 하자 공진표가 말렸다. 급기야 콧물까지 나와 안나가 손등으로 코를 틀어막았다. 그제야 스태프가 안나에게 휴지를 건넸다. 카메라는 계속 돌아갔다.

안나가 조금 진정되고 몇 가지 질문과 답이 오갔다. 공진표가 만족스러운 표정을 지었다. 다음은 원장 인터뷰였고, 원장실에서 촬영이 진행되었다. 몸과 단식 관련 서적이 가득한 책꽂이를 배경으로 구유리가 앉았다. 원장실의 통유리에 코치들과 수련생들이 붙어 촬영을 구경했다. 긴장한 구석 하나 없이 여유롭게 촬영을 이어나갔다. 원장 단독 촬영이 끝나고 소회의실에서 회의 장면을 찍어야 했다.

드디어 봉희 차례였다. 코치진들이 원장의 회의 탁자에 둘러앉아 안나에 대한 정보를 나누고 솔루션을 고민하는 모습을 찍는 것이었다. 컴퓨터를 텔레비전에 연결해 안나의 데이터를 띄우고, 안나의 기본 신체 점수와 상황을 브리핑해야 했다. 공 피디의 큐 사인이 떨어졌다. 일제히 자신을 향해 있는 카메라와 여러 눈들이 내뿜는 기운에 숨이 막힐 거 같았다. 누군가 장난을 하는 것처럼 아무 말도 떠오르지 않았다. 눈앞이 흐려지고 꽉 다문 입이 물리적으로 열리지 않았다. 여러 차례 NG가 났고, 사람들의 신경이 곤두서는 게 느껴졌다.

"코치님, 편하게 하세요."

공 피디가 편하게 하라고 할수록 마음은 더욱 불편해졌다. 조금씩 입이 열리긴 했지만 너무 경직되어 보인다는 이유로 촬영이 계속 중단됐다. 보다 못한 원장이 입을 열었다.

"아휴. 자기야, 무슨 나라 구하니. 뭐가 그렇게 부담인 건데? 그냥 편하게 해."

구유리의 말에 모여 있던 사람들이 피식 웃었다. 대단한 일을 하는 것도 아니면서 긴장 따위를 하는 자신이 미워졌다. 사람들 앞에서 면박을 준 원장이 원망스러웠는데, 그런 감정이 일자 가슴이 서늘해졌고 순간적으로 긴장이 사라졌다.

"그러니까 만점을 100점이라고 치면 안나의 몸 상태는 47점 정도라고 볼 수 있습니다. 체지방과 근력, 수분량, 밸런스 등등 모든 분야에서 평균 이하의 점수입니다."

자연스럽게 입이 열렸다. 봉희의 말하기에 맞추어 보건 코치가 자료 화면을 넘겨주었다.

"가장 건강한 방법으로 안나 씨의 몸을 만들어나갔으면 합니다."

마지막 멘트까지 성공했다. 사람들이 일제히 안도의 한숨을 내쉬었다. 단 5분도 안 되는 촬영을 위해서 장장 한 시간을 넘겼다.

"코치님, 그 정도면 잘하신 거예요."

진땀을 뺀 표정을 하면서도 자신을 위로해주는 공진표가 고마울 정도였다. 봉희의 브리핑이 끝나고, 보건 코치의 차례였다. 분홍빛이 살짝 도는 하얀 가운이 잘 어울리는 여자였다. 퇴근할 때 사복을 입은 모습이 도리어 어색할 정도였다. 먼지 한 톨 없는 보건실에서 공간과 한 몸인 양 찰떡같이 어울리는 모습도 늘 인상적이었다. 보건실의 온도는 언제든 23도 정도로 유지되었는데, 문을 열고 들어설 때마다 사계절 청량한 기분이 들었다. 보건 코치는 안나의 몸 상태가 의학적으로 얼마나 위험한지를 설명하는 역할이었다. 평소 단식원의 크고 작은 일에도 흔들림이 없는 인물이었다. 차갑게 느껴지기는 했지만 늘 성실했고 한결같이 사람을 대했다. 오랜 시간 동안 일관성 있는 사람이 주는 편안함이 좋았다. 입을 연 보건 코치를 바라보았다. 화장기가 거의 없는 얼굴인데도 피부가 무척 맑았다. 가끔 짧은 단발을 쓸어 올리는 손등은 아주 희다 못해 투명한 느낌까지 들었다.

"고지혈증에 간수치가 높아요. 안나 씨가 두통이나 이명을 자주 호소하는데, 이런 것들도 다 비만에서 기인한다고 봐야지요."

보건 코치는 평소와 같은 음색과 말투로 차분하게 말을 이어갔다. 저렇게 하면 되었는데, 우스꽝스럽게 긴장했던 자신이 바보처럼 느껴졌다. 단 한번의 NG도 없이 이야기가 자연스럽게 이어졌다. 이 회의 장면을 끝으로 오늘 단식원 촬영은 끝난다고 했다. 보건 코치의 말이 끝나고 자연스럽게 회의를 하는 장면을 연출해달라는 요청이었다.

"자, 이거 찍으면 정말 끝이요. 소리는 안 떠갈 거니까, 편하게 수다 떨면 돼요."

공진표가 환한 표정으로 코치진을 격려했다. 구유리가 이야기를 주도하며 자연스럽게 장면을 연출했다. 그리고 얼마 안 있어 공진표가 컷을 외치고 박수와 함께 수고하셨다는 인사를 했다.

그때 누군가의 목소리가 들렸다.

"지금 너무 급하다니까."

이곳의 공기와 전혀 어울리지 않은 목소리. 하지만 분명히 들은 적이 있는 목소리였다. 둥글게 앉은 코치들과 원장이 소리 나는 쪽으로 일제히 고개를 돌렸다. 목소리의 주인공을 보자 봉희는 아까 브리핑을 시작할 때보다 몸이 더 경직되었다. 눈 내린 지리산 자락 마을의 차고 맑은 공기가 열린 문 틈새로 휘몰아쳐 들어왔다.

"책임자 어디 있냐고, 여기 책임자! 내 딸 찾으러 왔다니까!"

서울가든. 강미 엄마. 그러니까 운남의 어머니였다. 그녀가 소회의실 진입을 막는 사람들과 실랑이를 벌이는 중이었다. 그 뒤에 남편으로 보이는 남자가 어정쩡한 자세로 여자의 곁을 지켰다. 강미 엄마는 스태프들에게 팔목이 잡힌 채 빠르게 주변을 훑었다. 원장이 일어났지만 강미 엄마의 눈은 봉희에게서 멈추었다.

"어! 아가씨, 나야, 나. 강미 엄마."

강미 엄마에게 쏠렸던 눈들이, 그녀의 시선을 따라 봉희에게로 향했다. 한껏 당겨진 화살의 끝이 자신을 겨누기라도 한 것처럼 봉희의 숨이 막혔다. 원장은 낯선 여인이 봉희를 향해 손을 흔들어 알은체한 순간부터 그녀의 정체를 알아차린 눈치였다. 원장은 봉희에게 시선을 한 번 둔 뒤 곧장 일어나 퉁퉁이 아주머니에게 다가갔다. 정중하게 팔꿈치와 어깨를 잡고 원장실로 그녀를 안내했다. 자기 몸보다 훨씬 큰 양복을 입어 몸집이 더 작아 보이는 남편과 정신이 멍해진 봉희가 그 뒤를 뒤따랐다.

"코치님, 누구예요? 저분들?"

공진표의 눈이 반짝였다.

"맞죠, 코치님?"

"네?"

"맞네, 닮았어. 내가 한 눈썰미 하잖아요."

공진표가 능글맞게 웃었다. 아닌 게 아니라 공진표의 그 눈썰미라는 게 놀랍고 무서웠다. 뒤돌아가려는 봉희의 손목을 잡았다.

"코치님, 잠시만요."

공진표가 자기 뒷주머니를 뒤졌다.

"뭐가 그렇게 급해요?"

코치진과의 회의 때 구유리에게만 건네던 것이었다.

"진짜 재밌는 게 있는 거 같은데."

공 피디가 봉희의 손에 명함을 쥐어주었다.

"연락 주세요. 코치님."

4. 균열, 미세하고 분명한

"아가씨, 여길 뭣하러 들어와."

운남의 어머니가 원장실로 안내한 봉희를 쏘아붙였다.

"우리 애 있는 데로 데려가라고."

봉희가 우물쭈물하는 사이 운남 어머니는 주위를 빠르게 살폈다.

"아가씨, 몇 층에 있는지만 알려줘. 내가 끌고 갈 거니까. 이놈의 기집애를 내가 아주 멱살을 잡아서라도."

"어허, 참. 아가씨한테 차분하게 데려다 달라고 하면 되지, 왜 호들갑을 떨어, 떨기를."

옆에서 연신 큼큼 소리만 내던 운남의 아버지가 점잖게 운남 어머니를 말렸다. 자신들의 금쪽같은 딸 강미가 당연히 여기에 있을 거라는 확신. 어머니의 당당함도 아버지의 차분한 모양새도 모두 그런 확신에서 오는 여유임이 분명했다. 그런 순진한 확신에 찬 부모에게 이야기를 어떻게 꺼내야 할지 도무지 답이 떠오르지 않았다.

"아가씨 아니고, 코치예요, 코치."

구유리가 봉희와 운남 어머니 사이를 가로막았다.

"코치고 나발이고 나는 그런 거 모르겠고. 얼른 우리 강미 여기로 데려오든지 강미 방으로 우릴 데려가든지 하라니까. 아가씨, 애들 사는 데가 몇 층이야, 응?"

시야를 가린 구유리에게 운남 어머니는 한 발 더 바짝 다가섰다. 물러설 기세가 아니었다. 구유리가 여자의 팔을 슬쩍 잡았다가 놓았다. 상대를 달래려는 제스처였다.

"설명해드릴 테니까, 자, 어머니, 아버지 앉으셔서 천천히 이야기하세요."

곤란한 상황이 생기면 예의 그렇듯이 원장은 투명 전기 포트의 전원을 누르고, 다반을 가운데에 둔 응접 탁자로 부모를 안내했다.

"뭘 처앉아서 천천히 얘기하라는 거야, 당신한테는 할 말 없고, 내 새끼 데려오라니까."

두꺼운 두 손을 양 허리에 올리고 깊게 숨을 쉬었다가 내뱉는 퉁퉁이 아주머니는 말 그대로 여장부였다. 함께 온 운남의 아버지도 그 옆에서 흔들림이 없었다. 응접용 소파를 등진 운남의 어머니는 앉을 생각이 없어 보였다. 하는 수 없다는 표정으로 구유리 역시 응접 탁자로 가지 못하고, 원장 데스크 의자에 다시 주저앉았다.

원장실 밖에서는 오세라가 원장실 유리문에 붙어 구경 중이던 여자애들을 몰아냈다. 운남의 어머니와 아버지가 오세라에게 떠밀려 지나가는 여자애들을 향해 고개를 돌렸다.

"세상에, 내 새끼나 넘의 새끼나 여기서 뭔 미친 짓들을 하는 거래."

봉희가 구유리의 눈치를 살폈다.

"어머니, 말조심하셔야겠다."

"뭐, 말조심? 뭐, 미친 짓 아니면 뭐 하는 건데?"

"운남 어머니! 그런 말 들을 곳 아닌데, 여기."

"내가 왜 운남 어머니야? 나 강미 엄마야, 강미. 우리 강미 데리고 여기서 뭔 짓을 한 거여, 대체."

"괴로워서 제 발로 들어온 애들 건강하고 예쁘게 만들어주는 곳이에요, 여기."

"이쁘게? 이쁜 게 다 말라 뒤져버렸나 보네."

운남의 어머니가 휴대폰 액정 화면을 손바닥으로 착착 때리며 말을 이었다.

"귀한 내 새끼 삐쩍 말라 비틀어지게 해놓고선, 그게 이쁘다는 거야 지금? 아가씨, 우리 강미가 왜 여기 있어, 아니 학교까지 그만두고?"

운남의 어머니가 휴대폰을 봉희에게 불쑥 내밀었다. 동네 친척 아이가 보내준 영상이라고 했다. 공진표 채널의 다큐 영상일 터였다. 건강에 대한 다양한 실험, 다큐 영상을 전문적으로 올리는 공진표의 채널은 다른 SNS는 물론이고 최근 공중파 방송에서까지 자주 인용되면서 영향력을 과시하는 중이었다. 그 영상이 운남의 어머니 손에 들어가는 건 어쩌면 시간문제였는지도 몰랐다. 'Y의 마지막 다이어트'도 그 업로드한 다큐의 성공으로 가능한 일이었다. 다양한 방법으로 몸을 다스리고 건강을 되찾는 사람들의 사례를 소개했는데, 대중의 관심이 대단했다.

특히 초고도 비만에서 정상 체중 범위로 진입 중인 운남의 모습에 사람들은 열광했다. 덩달아 구유리 원장의 유튜브 채널 구독자가 올라갔고, 정미향도 폭주하는 입소문의 전화 때문에 더욱 피곤해졌다. SNS에서 다큐 영상은 조각조각 쪼개져 퍼져나갔다. 그것이 그렇게 돌고 돌아 지리산 아래 서울가든까지 당도한 모양이었다. 운남 어머니의 손에 들린 휴대폰 화면에서는 운남이 후드를 뒤집어쓰고 공원 뒷산으로 오르는 중이었다.

"아니, 학교에 있어야 할 애가 왜 여기에 있냐고? 얼른 좀 데려와, 당장. 가둬다가 억지로 굶기는 데가 세상 천지에 어디 있냐고, 뭣하는 짓들이냐고, 이게."

운남 어머니 말에 구유리가 목소리를 높였다.

"요즘 세상에서 살찐 몸으로 사는 게 얼마나 비참한 일인 줄 아세요?"

"요즘 세상이 그러믄, 그냥 내 세상에서 살면 되는 거지. 뭔 영화를 누리겠다고 억지로 먹는 걸 끊어. 쓸데없는 말하지 말고, 우리 강미 어디 있냐고. 숨길 생각 말고 얼른 말해, 내 새끼 어디 있느냐고. 내놓기 전에는 나 여기서 한 발도 못 나가."

운남의 어머니는 흔들림이 없었다. 뒷다리에 힘을 꽉 주고 정수리로 구유리의 명치를 밀고 나가는 황소 같았다. 촬영 장비를 철수하는 스태프들이 지나다니는 게 보였다. 봉희가 떨리는 손으로 여자의 팔을 잡았고 입을 열었다.

"어머니, 저희도 찾고 있어요."

그때 구유리가 끼어들었다.

"여기에 없어요."

"여기에 없다니, 대체 그게 무슨 소리야. 그럼 어디를 갔다는 거야."

"중요한 촬영까지 잡아놓고 여길 떠났다니까요."

"그게 뭔 소리야, 우리 강미가 어딜 갔다는 거야?"

아주머니의 눈빛이 흔들리는 게 보였다.

"제가 코치까지 지리산으로 보냈잖아요, 떠난 앨 다시 붙잡아보겠다고."

운남 어머니가 봉희를 바라보았다.

"아가씨, 그때 왜 말을 안 했는데?"

봉희가 고개를 숙였다. 그때 지리산 서울가든에서 강미가 운남이라는 확신이 들었다. 하지만 강미와 운남, 그 간격을 메워가며 설명할 자신이 없었다. 자신의 무책임이, 꽁무니를 빼고 도망친 그날이 순간 부끄러웠다. 진짜 실패는 그런 것이라고 봉희는 생각했다.

"어디에 애를 숨겨놓고 이러는 거야, 당신들? 당신들, 말할수록 수상해. 애를 그렇게 만들어놓고, 몸이 온전하겠냐고."

아주머니가 그렁그렁한 눈으로 운남 아버지의 팔을 잡았다.

"애가 못 알아보게 빼쩍 말라버렸던데, 어디서 쓰러져 있는 거 아니야?"

그러더니 주변을 훑었다.

"당신들이 안 데려오면 내가 찾아."

앞뒤 볼 거 없이 원장실 문을 향해 걸어갔다. 그 뒤를 운남의 아버지가 따라 나섰다. 구유리가 봉희를 노려봤다.

"뭐 해요, 안 잡어?"

봉희가 아주머니를 붙잡으며 말했다.

"어머니, 운남 아니 강미 씨, 여기에 정말 없어요."

강미라는 이름을 처음으로 입에 올린 봉희의 기분이 묘했다. 말을 뱉으며 촉촉해진 봉희의 눈을 본 운남 어머니의 안색이 무너지는 게 느껴졌다. 운남이가 정말 이곳에 없을지도 모른다는 불안감이 얼굴에 가득했다.

상대의 전력이 약해진 것을 가만히 두고 볼 구유리가 아니었다.

"부모님들. 지금 부끄러워하셔야 돼!"

원장이 자리에 앉았다.

"딸자식이 몸부림치다가 제 발로 여길 온 건데. 그동안 뭐 했어요, 것도 모르고?"

운남의 아버지가 천장을 바라보며 눈을 껌벅였다.

"지금까지 그 애를 챙긴 건 우리예요."

"챙겨? 뭘 챙겨. 니들이 부모보다 내 자식을 더 챙겼겠냐. 챙긴 게 애가 그 모양이야? 그래, 그렇게 잘 챙겨서 대체 어디에 뒀냐니까! 얼른 당장 데려와, 내 새끼."

"어머니, 그거 제가 하고 싶은 말이에요."

"뭐?"

"당장 데려오세요. 우리도 찾고 있다니까요."

운남의 어머니가 봉희의 팔을 잡았다.

"아가씨, 정말 우리 강미 여기에 없어? 애가 어디로 사라졌다는 건데?"

"그 금쪽같은 당신 새끼가 튀었다니까."

"뭐, 튀어?"

"먹튀 몰라요? 먹튀?"

먹튀라는 말에 다시 봉희가 움찔했다. 운남의 어머니가 구유리를 노려보았다.

"애를 굶겨놓고, 뭐 먹튀?"

운남 어머니가 노려보던 시선을 응접 탁자로 옮기더니 황토색 다반을 들어 올렸다. 중국 어느 지방의 장인에게서 구입했다는 구유리의 애장품이었다. 혹여 깨질지 모른다며 청소하는 사람에게 손도 대지 말라고 주의를 준 다기들이 다반 위에 가지런했다. 그 채로 다반과 함께 들렸다. 원장은 어린 새끼 둥지를 독사에게 점령당한 어미 새처럼 공포에 질린 표정이었다. 겁이나 주려고 빈 공간에 던진 것도 아니고, 다반은 정확히 구유리를 향했다. 구유리가 재빠르게 한 발 옆으로 비켜서지 않았다면 큰 사고로 이어질 뻔했다. 원장 데스크 위로 다반이 내던져지면서 다기들이 요란한 소리를 내며 깨지고, 파편이 사방팔방으로 튀었다. 순식간에 원장실은 엉망이 되었다.

신고를 받고 출동한 경찰에게 운남의 어머니가 매달렸다. 이곳이 무척 수상하다고, 자식을 숨기고 주지 않는다고 토로했다. 포근한 인상의 나이 든 경찰이 팔짱을 끼고 운남 어머니의 이야기를 인내심 있게 들어주었다. 운남 어머니는 딸아이와 연락이 잘 닿지 않아 학교에 전화를 걸었다고 했다. 과 사무실의 조교는 중국으로 교환 학생 프로그램을 떠난 운남이의 숙소 전화번호를 묻는 어머니에게, 운남은 교환 학생이 아니라 자퇴생이라는 사실을 알려주었다.

"그 길로 식당문을 닫고 애 아빠랑 고속버스에 올라 탔다니까요."

남편을 앞세워 딸아이가 다니던 대학의 과 사무실에 들어갔다. 거기서 운남 어머니는 자퇴와 휴학이 엄연히 다르다는 것을 확인하고 다시 한번 주저앉았다고 했다. 자퇴서를 물릴 수 없겠냐는 운남 어머니의 말에 무뚝뚝한 과 조교는 관련 서류를 보여주며 그럴 수 없다고 못을 박았다.

"아니, 애를 어떻게 홀렸길래 그 좋은 학교를 그만두고 여기에 있느냐고요. 데려가려고 했더니 애가 없어졌다는 거야. 이거 분명히 우리 애한테 뭔 일 난 거라니까. 구유린가 뭔가 저 원장부터 경찰서로 데리고 가서 조사해야 된다니까요.”

“아이고, 사람 막 잡아갔다가 우리가 철창 들어가요.”

“애먼 사람 잡으라는 게 아니라니까, 어린애들 가둬다 밥도 안 멕이고 난리가 아니라니까.”

“여기 원장님 유명한데. 텔레비전에도 종종 나오시고.”

늙은 경찰이 머리를 긁적였다. 단식원 로비에 서서 한 시간이 넘게 운남 어머니의 이야기를 들은 경찰의 결론은 이랬다. ‘부모 몰래 자퇴하고, 살 빼러 왔다가 도망간 단식원 입소생.’ 어쩜 그렇게 간단할 수 있을까. 운남은, 우리의 운남은 그렇게 간단한 사람이 아니었는데 말이다. 운남의 어머니는 딸이 이 건물 어딘가에 감금돼 있는 게 분명하다고 힘주어 말했다. 이곳을 자신들 손으로 샅샅이 수색해보지 않으면 한 발짝도 나가지 않겠다고 말했다. 결국 운남의 부모는 경찰을 대동하고 유리 단식원을 1층부터 살폈다. 운남이 사라진 날 봉희가 그랬던 것처럼 사람이 들어갈 수 있을 것 같지 않은 창고 문과 심지어는 맨홀, 물품 보관대, 서랍장까지 열어본 운남의 어머니는 단식원 정문 바닥에 그대로 주저앉았다.

“아가씨도 진짜 모르는 거야? 우리 강미 어디에 있는지?”

봉희가 하릴없이 고개만 끄덕이고는 운남 아버지를 향해 입을 열었다.

"메일이라도 보내볼게요. 답이 오면, 꼭 연락을 드릴게요."

운남의 아버지가 휴대폰을 열어 사진으로 찍어둔 메일 주소를 보여주었다. 뭉툭하고 거친 손이 달달 떨렸다. 주저앉은 운남의 어머니는 왜소해 보였다.

엄청난 일. 그러니까 운남이 사라진 게 엄청난 일이라는 것이 'Y의 마지막 다이어트'가 연기되고, 비상 회의가 열렸을 때보다 강렬한 실감으로 다가왔다. 불안과 부채감 같은 것들이 저 아래에서 출렁였다. 무언가 잘못되었다는 자각과 앞으로 잘될 거라는, 아니 잘되어야만 한다는 마음이 하루에도 수십 번씩 교차하며 어지러웠다.

– 빼박이던데, 맞죠?

공진표의 문자였다. 다큐 촬영과 운남 부모의 등장으로 어수선했던 단식원도 밤이 되니 고요했다. 문자 알림음이 차분해지려던 마음을 어지럽혔다. 공진표는 운남의 'ㅇ' 자도 꺼내지 않으면서, 천연덕스럽게 운남에 대해 말했다. 휴대폰을 뒤집어두고 복도와 화장실을 들락거렸다. 봉희는 방으로 들어와 태블릿 피시의 전원 버튼을 눌렀다. 할 일이 있었다. 메일을 보내보기로 운남 부모님과 약속했다.

"강미 털끝이라도 보이면 바로 연락 주소."

소득 없이 단식원을 돌아서며 운남의 어머니가 한 말이었다. 단식원을 뒤지면서 운남 또래의 여대생이 지나갈 때마다 운남 어머니의 기개가 꺾였다. 지리산 아래 서울가든의 그 통통이 아주머니가 아니었다.

"딸들아, 집에 가. 여기서 뭐 하는 거여. 못써."

휴게실에서 텔레비전을 보며 깔깔대는 여자애들을 보며 운남 어머니가 중얼거렸지만, 누구도 듣지 못했다. 단식원을 등지고 걷던 운남 부모의 뒷모습이 머릿속을 꽉 채웠다. 오늘 밤에는 차마 내려가지 못하고 근처 여관에서 하루를 보내겠다는 거였다. 외지의 여관에서 짐을 부리며 둘은 어떤 대화를 나눌까. 누구도 먼저 목소리를 내지 않고 조용히 양말을 벗고, 이불을 깔고 누워 천장에 대고 한숨을 연거푸 쉬는 운남 부모의 표정을 상상했다. 아무 일 없었다는 듯 새로운 주인공이 탄생하고, 단식원은 잘만 굴러갔지만, 봉희의 마음은 점점 무겁게 가라앉았다.

운남 씨. 부모님이 왔다 가셨어.
애타게 운남 씨를 찾고 있다고.

이 순간 운남이 알아야 할 건 이것뿐이라고 생각했다. 이런 저런 말을 더 보태고 싶지 않았다. 전송 버튼을 누르자 가슴이 내려앉았다. 어떤 식으로든 운남에게 닿을 것 같은 실감이 순간적으로 들었다. 바로 그 순간, 운남이 바로 자신 곁으로 온 것 같은 기분에 휩싸이기도 했다. 하지만 그게 쉽지 않은 일이라는 건 금방 드러났다. 시간이 지나도 '미확인'이라는 붉은 글씨만 보였다.

눈을 억지로 감고 이불을 뒤집어써도 잠이 쉽게 들지 않았다. 까무룩 잠 속에 빠지려던 순간 휴대폰 알림음이 울렸다.

– 코치님. 답장 좀 주십쇼.

또 공진표였다. 주인공이 바뀐 마당에 운남 부모의 등장에 반색하는 공진표의 저의를 알 길이 없었다. 영리하고 재빠른 사람은 역시 불편했다. 쉽게 속을 내비치는 것 같지만, 정작 중요한 건 귀신처럼 잘 감추는 사람들. 다른 사람이 방심한 사이 불리한 것들을 제거하고, 유리한 길을 신속하게 만드는 사람들이었다. 눈치도 빠르고 자신보다 한발 더 멀리 볼 줄 아는 사람과 보폭을 맞추는 일이 봉희는 늘 피로했다. 영리함, 재빠름 같은 것들은 태어날 때 장착했어야 했다. 후천적으로 훈련해서 얻을 수 있는 게 아니란 걸 오래전부터 알았다.

공진표에게 답장을 할 수 없었다. 한마디라도 해서 반응하는 순간 그의 의도 속으로 끌려 들어갈 게 뻔했다. 이제 그런 것들이 지긋지긋했다. 봉희는 침대에 누워 휴대폰을 들었다 놨다. 자리를 털고 일어나 책상에 앉아서도 휴대폰만 들여다보다가 아예 침대에 던져두었다. 책상에 엎드려 있다가 서랍을 열었다. 알약을 싼 종이와 검정 봉투가 보였다. 뜯어진 과자 봉투 속에서 묵은 기름 냄새가 올라왔다. 서랍 속에서 한 달을 훌쩍 넘겼을 터였다. 검정 봉투가 마치 작은 돌덩이처럼 보이기도 했는데, 무릎을 세워 두 팔로 감싸 안고 웅크린 운남이 연상되었다. 어디에 있는지 몰라도 운남은 서랍 속 봉투처럼 어둡고 좁은 곳에서 조용히 담겨 있을 터였다.

알약을 보자 봉희의 마음이 다시 무거워졌다. 아까는 운남에게 메일을 발송하고 순간적으로 편안함이 밀려오기도 했다. 더 이상 자신의 손으로 할 수 있는 일이 없다는 심정. 순간적이었지만 홀가분하기까지 했다. 하지만 다시 알약을 보자 중요한 숙제를 잊고 있다가 늦은 밤 떠올린 것 같은 낭패감과 부담감이 밀려왔다. 그리고 얼마 안 가 조바심이 났다.

서랍 속 알약을 보고 맨 처음 떠올린 건 보건 코치였다. 그녀가 있는 곳이 약이 있는 곳이었다. 단식하면서 보건실에 문턱이 닳도록 다니는 수련생들이 많았다. 운남도 몇 차례 보건실에 들러 쉬고 오는 눈치였다. 보건 코치가 결코 살가운 사람은 아니었는데도 그녀에게 심리 상담을 하러 가는 수련생들도 꽤 됐다. 상담사 역할도 제대로 했는지, 단식하다 지치거나 같은 방을 쓰다가 룸메이트와 투닥거린 수련생들도 보건실 문을 두드렸다.

몇 해 동안 그녀의 감정 기복을 목격한 적이 없다. 한결같은 사람이 주는 안전함 같은 게 좋았다. 수련생들도 봉희처럼 보건 코치에게 그런 편안함을 느꼈는지도 모를 일이었다. 누군가에게 쉽게 기대지 않는 운남이 최근 보건실을 여러 차례 들렀던 게 기억이 났다. 운남이 사라지기 전에는 더 빈번했다. 그때 보건실에서 나오던 운남을 붙잡아 이야기를 나누기도 했다.

"몸이 많이 안 좋아요?"

봉희의 물음에 운남은 입을 다물고 고개만 저었다. 운남의 눈이 빨갰다. 몹시 서운한 순간이었기 때문에 그 기억은 생생하게 남았다. 봉희는 그때 운남의 눈이 벌겋게 달아오른 것, 그 자체에 집중했어야 했다고 자책했다. 보건실에서 눈이 벌게져 나와놓고 단 한마디도 하지 않는 운남에게 그저 서운했다. 서운함을 넘어 순간적으로 위협으로까지 느껴졌다. '너는 더 이상 필요치 않아'라고 말하는 것과 다름없었다.

아침 운동 전에 보건실 문을 두드렸다. 문을 열자 서늘하고 맑은 공기가 얼굴에 밀려들어왔다. 보건실 침대에는 수련생 두 명이 수면 중이었다. 방에서 휴식을 취하면 된다는 진단에도 수련생들은 꼭 보건실 침대에 누웠다.

책에 코를 박고 있던 보건 코치 윤신양이 고개를 들었다.

"몸이 안 좋으세요?"

보건 코치의 첫마디였다. 자신과 보건 코치와의 관계를 그대로 보여주는 말이라고 봉희는 생각했다. 몸이 안 좋은 것 외에 보건실을 찾아올 이유가 없는 사이였다.

"여쭤볼 게 있어서요."

봉희는 이 말을 내뱉을 때조차 무엇을 어떻게 물어봐야 할지 정리되지 않았다. 무턱대고 알약을 들이밀면 안 될 듯했지만 주머니에 손이 갔다. 종이에 싼 것을 탁자에 올려놨다.

"이게 왜요?"

윤신양이 봉희에게 물었다. 봉희가 입을 열었다.

"운남이 방에서 이게 나왔어요. 원장님께는 아직 말도 못 꺼냈어요."

윤신양이 몸을 뒤로 젖혀 앉았다. 아까와 달리 몹시 심드렁해진 표정으로 알약을 바라보았다.

"네, 그런데요?"

순간적으로 정신이 멍해졌다. 하지만 원장에게 자주 그랬듯이 '어, 그러니까'를 반복하고 싶지 않았다. 봉희는 왜 이곳까지 문을 두드렸는지를 떠올렸다. 운남을 찾기 위해서였다.

"이걸 운남이가 삼킨 거라면, 작은 단서라도 될까 싶어서요."

보건 코치는 이렇다 저렇다 말도 없이 빤히 봉희를 바라만 보았다.

'그래서 어쩌라고.'

이 말을 표정으로 내뱉었다. 평소 늘 차분한 사람이었다. 호들갑스럽게 반응해줄 거라는 기대는 당연히 없었다. 하지만 그녀의 심드렁한 표정에 어딘가를 날카롭게 찔리는 것 같았다. 봉희가 겨우 입을 열었다.

"선생님, 이게 어떤 약인지 궁금해서요."

"전공했다고, 다 아나요?"

"운남이 가끔 여기를 들렀잖아요……."

"여기 뭐, 심심하면 들러, 사람들이."

"꾀부리는 사람도 아닌데, 웬만하면 아파도 참고 그랬거든요. 그런데 종종 보건실에 들르는 것 같더라고요."

"아니, 그거야 담당 코치가 더 잘 알아야죠, 여기에 얼마나 많이 오는지 알아요?"

봉희의 말문이 막혔다.

"소운남 씨에 대해서는 더 아는 게 없어서."

윤신양이 자리에서 일어나 책상으로 갔다. 인사도 없이 나가라는 말과도 같았다. 운남의 방에서 나온 약이라고 하면, 적어도 약 쪽으로 몸을 숙여 자세히 들여다볼 거라고 예상했다. 하지만 보건 코치는 어떤 포즈도 취하지 않았다. 그게 어쩐지 부자연스럽게 느껴졌다. 그리고 누구도 아닌 운남이지 않은가.

"식욕 억제제라고 하더라고요."

"네?"

보건 코치의 얼굴이 일그러졌다. 몇 해 동안 본 적 없는 표정이었다.

"양 코치님."

서늘한 목소리였다. 차가운 얼굴과 너무 잘 어울려서 무서울 지경이었다.

"아까 분명 어떤 약이냐고 물었잖아요. 알고 물어본 거예요?"

"아, 그러니까…… 그게……."

"나, 지금 기분 나빠도 되는 거죠?"

봉희의 가슴이 턱 내려앉았다. 평소 같지 않은, 그러니까 뭔가 차분하지 못한 보건 코치의 반응에 뭔가 있다는 게 느껴졌다.

"날 떠본 거잖아."

보건 코치의 조용하지만 차가운 목소리가 봉희의 얼굴을 할퀴는 것만 같았다.

"그게 아니고. 동네 약국에서 식욕 억제제라고 하는데, 정확하지 않은 거 같아서 다시 여쭤본 거예요."

"순서가 틀렸지. 그 이야기를 먼저 하고 묻든지 해야지. 실수하신 거야, 지금."

여러모로 막막했다. 막다른 골목. 뚫고 지나갈 수 없는 벽 앞에 선 기분이었다. 보건 코치의 서늘한 입김에 자꾸만 뒷걸음질 치고 싶어졌다. 앞으로 나아가다가 자꾸 다시 돌아오는 패턴이 아로새겨질 것만 같았다. 송동만이 플라스틱 자를 튕기며 다그치던 목소리가 날아와 박혔다.

"뒷심. 어? 봉희야, 뒷심!"

희한하게도 막다른 골목에서 만난 송동만이 얼어버린 봉희의 어깨를 힘껏 밀어주는 기분이었다. 어떻게 그럴 수 있는가.

봉희는 그냥 지금 자신이 느끼는 바를, 하고자 하는 말만 하기로 했다. 막무가내라고 해도 어쩔 수 없다. 멈추는 것보다는 그 편이 훨씬 나았다. 망해도 같은 방식으로 망하고 싶지 않았다. 그러니까 그런 생각들이 봉희의 머릿속을 둥둥 떠다녔다.

"화."

보건 코치가 화,에서 멈춘 봉희를 바라보았다.

"잘 안 내시잖아요."

보건 코치는 화를 내는 사람이 아니었다. 차가워지는 건 봤어도 화를 내는 경우는 몇 년간 본 일이 없었다.

"화 안 나게 생겼어요? 다짜고짜 뭐 하는 거죠?"

예전에 봉희라면 '화 안 나게 생겼어요'에 대한 답을 준비하느라 머리가 다시 멈췄을 것이다. 그런데 그런 건 필요 없다고 여겨졌다. 그냥 할 말을 한다. 뭐 그런 심정.

"운남에게 물었어요. 약에 대해. 답장이 곧 올 거예요."

"그래서 어쩌자는 거예요?"

봉희는 그냥 계속 말을 했다. 서두르지 않되, 멈추지 않기. 예리하게 돌파해나갈 수 없으니 그냥 할 말을 하기.

"공 피디에게서 계속 연락이 와요. 뭔가 있다고 생각하는 것 같아요."

"코치님."

"운남에 대해서 계속 궁금해해요, 공 피디님은."

똑똑한 사람은 달랐다. 봉희가 던진 이야기 사이사이를 알아서 메우고 이해했다. 자연 치유와 관련된 신설학과 교수 자리 지원서를 쓰느라 연가를 썼다는 이야기를 정미향에게 슬쩍 들은 적이 있다. 이곳 단식원에서 일하면서 박사과정까지 마쳤다. 교수로 가는 게 유력하다는 이야기를 들었을 때 놀라움보다는 역시 그랬구나, 이런 심정이었다. 적당한 친절함으로 실은 '나는 너희와 달라. 이곳에 평생 있을 사람이 아니거든'이라고 줄곧 말해왔는지도 모른다. 자신의 길을 찾아가는 데 걸림돌이

될 문제였다. 공 피디와 연결될 때의 파급력을 충분히 알고 있는 사람이었다.

"코치님. 나 할 말 없어, 불쾌하고. 나가요."

보건 코치가 문자로 봉희를 다시 불러들인 건 그렇게 봉희를 내보낸 지 1시간도 지나지 않아서였다. 첫마디는 이거였다.

"코치님이나 저나, 힘이 있나요?"

"네?"

"우리, 월급 받는 사람이라고. 누구겠어요. 일 시킨 사람이."

아침 회의 탁자에 원장의 신간을 한 권씩 두느라 정미향이 바삐 움직였다. 미리 도착한 코치들이 원장에게 축하 인사를 건넸다. 공 피디의 'Y의 마지막 다이어트' 업로드에 발맞춰 출간하기로 되어 있던 구유리의 두 번째 책이었다.

'Y의 마지막 다이어트'는 티저 영상에 이어 교체된 주인공이 전면에 나선 1회도 흥행 성공이었다. '안나의 진심, 통했다', '안티마저 응원의 박수' 따위의 제목을 단 기사가 떠돌기 시작했다. 오디션 프로그램 출연 당시 출시된 안나의 음원은 역주행 중이었다. 예전에 출간한 원장의 책도 증쇄를 찍었으니 이번 신간의 성공은 당연해 보였다.

"이번 책 더 대박 나시는 거 아니에요?"

정미향이 코치들 자리에 책을 한 권씩 두고 남은 한 권을 들고 나가며 장난스럽게 말했다.

"대박 나려고 만들었나 뭐."

"대박도 나면 좋죠."

평소 같으면 그 정도에서 웃고 말았을 원장이 달뜬 목소리로 정미향과 농담을 더 주고받았다.

"대박 나서 뭐 하게? 부자 되게?"

"부자도 되면 좋죠."

원장이 책을 들고 자기 자리로 돌아가며 한마디 더 했다.

"부자 되려고 했으면 이거 안 했지. 나 다른 거 하면 더 잘 벌수 있어."

"알죠, 우리 원장님 능력자. 짱, 짱."

정미향이 들고 있던 책을 턱으로 잡으면서까지 두 손을 들고, 넉살 좋게 구유리를 향해 엄지를 치켜세웠다. 구유리가 소리 내 웃었다.

마음이 환해질 만한 화사한 색감의 표지에 '아름다운 단식 생활'이라는 제목이 적혀 있고, 그 아래는 작게 이런 문장이 있었다. '자연스럽게 비우며 아름다움에 닿는 법.'

코치들이 모두 모였고, 주요 회의 주제는 2차 촬영이었다. 원장은 공 피디가 전해온 영상 성공 소식을 먼저 알렸다. 2차 촬영부터는 안나의 체중을 재는 영상이 추가된다고 했다. 안나는 일주일간 성실하게 임했다. 영상에 대한 대중의 긍정적인 반응과 높은 관심이 탄력을 가져다준 것이 분명했다. 공 피디는 제3의 Y들이 보내오는 영상을 검증하고 정리하느라 정신없는 일주일을 보내는 중이었다. 애초에 기획 의도가 바로 대중과 함께하는 몸 만들기였다. Y의 방식을 따라 건강하고 자연스러운 방법으로 큰 성취를 보인 사람이 안나와 함께 상금을 받기로 했다.

단식 워밍업 단계는 닷새간 단식 준비식으로 식사를 했다. 일주일도 되지 않았는데 안나는 3kg을 감량했다. 영상에 공개한 안나의 식단을 따라 한 사람들이 SNS에 결과를 공유했다. 'Y의 간증'이라는 재밌는 태그들이 늘어났다. 그걸 클릭하면 안나 식단으로 닷새 만에 2~3kg이 빠진 이야기를 간증하듯 늘어놓은 피드도 많았다.

"그런 관심이 지금 우리 센터로 이어지고 있어요. 당연한 수순인 거죠. 이럴 때일수록 우리 코치님들 정말 정석대로, 성실하게 움직여주시고요. 마지막 한 가지 더, 안나만 중요한 거 아니잖아요. 다른 수련생들의 불만이 생길 여지가 충분히 있습니다. 세심하게 살펴주세요."

회의가 끝나고 보건 코치, 오세라와 봉희만 남았다. 안나 전담 팀이었다. 구유리는 안나의 상태를 자세히 전달받았다. 또한 센터 2호점을 위해 건물을 매입했다는 소식을 셋에게 슬쩍 흘리며 비밀을 지켜달라고 당부했다. 봉희는 가슴이 일렁였다. 수많은 구성원 중 이런 내밀한 이야기를 듣는 세 명 안에 속했다는 것이 자랑스럽기도 했다.

이런 식의 소속감과 자부심을 선물해준 단식원이었다. 세상에서 맛본 거절, 업신여김으로 받은 상처가 여기서 치유되는 중이라고 봉희는 생각했다. 저만치 밀어낸 구유리 품으로 제 발로 성큼성큼 다시 들어가고 싶었다. 하지만 동시에 그런 마음이 봉희는 두려웠다.

"양 코치는 잠깐 남아서 이야기 좀 해요."

보건 코치와 오세라가 나가자 원장이 입을 열었다.

"고생 많죠? 차 한 잔 더 할래요?"

봉희가 괜찮다고 하자, 원장은 자기 잔에만 차를 따랐다.

"내려갔대요?"

"네?"

"그 부모들."

"네, 식당을 비워두실 수 없으시겠죠."

신간 출간 탓에 한껏 달떴던 얼굴이 누그러졌다.

"매일 연락이 와요, 소식 물으시느라."

"은근 스트레스네, 이거. 또 언제 들이닥칠지 아느냐고."

"윈남에게 계속 메일은 보내고 있어요."

"답도 안 온다면서? 확인도 안 하는 거지?"

봉희가 고개를 끄덕이자 원장이 차에 입을 적셨다.

"안나가 잘하고 있고."

원장이 다시 차를 따랐다.

"윈남이는 걔네 가족한테 찾으라고 해야지. 양 코치는 안나에게 집중해."

봉희는 딸을 찾지 못하고 고향으로 돌아가는 윈남 부모의 뒷모습을 떠올렸다. 지난 밤에는 윈남의 부모가 찾아와 자신의 멱살을 잡는 꿈을 꾸기도 했다. 원장이 저렇게 평온하게 따뜻한 차를 마시는 건 맞지 않다고 봉희는 생각했다. 더욱이 보건 코치의 말이 사실이라면 원장은 저렇게 평온할 자격이 없었다. 봉희는 자리를 털고 일어나며 입을 열었다.

"뭔가 이유가 있을 거 같아요."

원장이 입술로 향하던 찻잔을 멈추고 봉희를 바라보았다.

코치 방으로 들어와 원장의 신간을 펼쳤다. 첫 문장부터 원장의 목소리가 들리는 것처럼 생생한 책이었다. 마치 유리 단식원 입소식장에 와 있는 기분이었다. 서러운 마음을 잡아 어루만

지며 다시 그런 삶을 살지 말자고 힘주어 말하면 백이면 백 다 넘어갔다. 가끔은 멘트가 좀 세기도 했지만, 그런 강함이 오히려 안정감을 줬다. 구유리와 함께라면 새로운 삶으로 가는 길을 성큼성큼 건너갈 수 있을 것 같은 기대감. 책의 서문을 읽는 독자들은 봉희가 입소식 때 느낀 감정을 느끼고 홀린 듯 마지막까지 넘길 것이다. 편집자가 대박 예감이라고 했다던데 빈 소리가 아니었다.

두어 페이지를 읽는데 문자 알림이 울렸다. 그러고 보니 오전 9시였다. 매일 아침 9시면 운남의 아버지가 봉희에게 문자를 보냈다. 이른 아침부터 당장이라도 전화를 걸고 싶은 마음을 애써 누르며 9시를 기다리는 운남 부모님의 마음을 생각하니 안쓰러웠다.

─ 아가씨, 우리 강미 소식 없어요?

─ 편지를 한 번 더 보내볼게요.

휴대폰을 내려놓고, 다시 메일함을 열었다. 기대 없이 수신 확인을 열어보았다. 확인 시간이 떴다. 운남이 메일을 열어봤다는 표시였다. 귀밑에서 시작된 열이 허벅지까지 돌았다. 수신확인만으로도 가슴이 벅차올랐다. 간절함이 어떤 식으로든 운남에게 가닿은 것 같았다. 봉희는 메일 창을 열어 운남에게 보내는 두 번째 편지를 썼다. '운남 씨'라고 쓰는 순간 가까이 왔던 운남이 흐릿해지는 것 같았다. 운남을 지우고, 강미 씨라고 썼다.

아가씨, 우리 강미 소식 없어요?

운남에게 인사도 할 새 없이 봉희는 첫줄에 운남 아버지의 문자 내용을 그대로 적었다.

강미 씨, 오늘도 아버지에게서 문자가 왔어요.

자판을 누르는 손끝에 힘이 들어갔다. 운남이 어딘가에서 무사히 지내고 있다는 게 일단 안심이었다. 운남이 돌아올 상상을 하니 마음이 한없이 가벼워졌다. 부모가 운남, 아니 강미의 손을 붙들고, 안 가려고 한다면 머리채라도 붙들고 지리산 아래 마을로 데려가고 말 것이다. 솔직히 혹이 떨어져나가는 기분이 들기도 했다. 다시 시작할 수 있다는 개운함 같은 감정이 밀려왔다. 어떻게든 운남과 연락이 닿아야 대책을 세울 수 있었다. 밑바닥에서 1초도 쉬지 않고 일렁이는 불안을 이제 그만 날려버리고 싶었다.

강미 씨, 이 연락마저 안 받으면

내가 도울 수 있는 게 하나도 없어요.

멱살을 잡아 올렸던 것도, 실은 어떻게든 성과를 내기 위한 일개 코치의 고군분투 중 하나였노라고 말할까 하다 멈추었다. 우선은 운남과 닿아야 했고, 불안을 잠재우고 싶었다.

일개 코치인 내가 지금 뭘 할 수 있겠어요?

한마디를 덧붙여 쓰고는 전송 버튼을 눌렀다.

5. 지금 그게 중요해요, 응?

운남이었다. 눈과 입에 까만 테이프를 붙여놓은 것처럼 모자이크 처리된 사진. 한눈에 운남이라는 걸 알았다. 운남의 소식을 기다리며 원장의 신간을 다시 펼친 봉희의 시선이 그 사진에 오래 멈췄다.

단식원 입소식 진풍경 중 하나는 '비포 앤 애프터' 사진 촬영이었다. 퇴소하는 여자들이 '애프터' 사진을 찍고 촬영실을 줄줄이 나오면, '비포' 사진 촬영을 위해 줄 서 있던 입소생들은 이제는 작품이 되어버린 퇴소생들의 매끈한 몸을 바라보며 두 팔로 자기 뱃살을 감싸곤 했다. 웬만한 사람들은 입소 행사의 하이라이트 '원장님 말씀'에서부터 이미 경도됐다. 하지만 마지막까지 단식원에 들어온 걸 후회하며 갈팡질팡하는 사람도 많았다. 환불받고 그냥 집으로 갈까, 고민하던 사람들이 이 사진 촬영장에서 마음을 굳히곤 했다. 원장은 자신이 설계한 최고의 일정이라며 자랑처럼 말하곤 했다.

원장의 이번 책에는 곳곳에 수련생들의 신체 사진이 실렸다. 입소와 퇴소 때 촬영한 사진이 대부분이었다. 운남처럼 전신이 실린 사진도 있었지만, 부분 사진도 많았다. 얼굴부터 목, 어깨, 팔뚝, 배를 거쳐 무릎에서 발목까지 모든 부위가 잘린 채 실렸다. 단식과 다양한 프로그램을 통해 매끈해진 신체들이 단식 전 혐오스럽게 찍힌 신체들과 나란히 실렸다.

"절이 싫으면 중이 떠나는 거지."

휴게실에 신간이 비치되자마자 자신의 몸이 실렸다며 항의하러 온 수련생 이준희에게 원장이 한 말이었다. 원장은 입소지원서를 찾아 들이밀었다. 열 몇 개가 넘는 동의, 비동의 항목 중 '출판, 방송 등에 단식 활동 관련 사진이 사용될 수 있습니다'라는 항목에 빨간 싸인펜으로 밑줄을 그었다.

"자기 손으로 체크한 거잖아."

분명 제대로 읽어보지도 않고 무의식적으로 동의 칸에 체크를 했을 것이다.

"그래도 이건 아니지 않나요?"

지원서를 들이 밀자 조금 수그러지긴 했지만 쉽게 물러설 것 같지 않았다. 하지만 싫으면 떠나라는 원장의 말에 생각보다 빨리 백기를 들었다. 1차 단식에 성공을 하고, 퇴소 후 몸이 조금 쪄서 다시 입소한 이준희였다. 나가라는 말이 두려운 건 당연했다. 원장은 냉정한 표정을 거두고 백기를 든 이준희를 다시 다정하게 달랬다.

"준희 씨. 아휴, 아무도 몰라 자기인 거. 누가 뭐라 그러면 데려와, 나한테."

그리고 마지막 한마디.

"지금 그게 중요해요? 응?"

붉으락푸르락해서 들어온 이준희는 결국 수줍은 미소를 지으며 원장실을 나갔다.

봉희는 종종 원장의 그런 수완이 부럽기도 했다. 이준희 외에 다시 찾아오는 사람은 없었다. 찾아왔다고 한들 원장은 어떤 식으로든 그 기세를 꺾어놓고도 남을 사람이었다.

하지만 정말 알약을 운남에게 건네라고 지시한 사람이 원장이라면, 그 사실 앞에서도 원장은 당당할 것인가. 보건 코치가 눈치를 준 것처럼 원장이 운남에게 약을 쥐어주었을까. 책을 읽는 내내 생각은 계속 딴 곳으로 흘렀다.

'이 책이 나오기까지 수고해준 구유리 건강힐링센터를 이끌어가는 주역들, 오세라, 양봉희 코치를 비롯한 모든 코치들에

게 고마움을 전합니다.'

마지막 저자의 말에 적힌 자신의 이름을 오랫동안 빤히 쳐다보았다. 인쇄되어 박힌 자신의 이름을 보자 가슴이 뛰었다. 조금씩 성큼성큼 앞으로 나아가는 기분이 나쁘지 않았다. 원장은 그럴 사람이 아니었다. 보건 코치가 면피하기 위해 원장을 들이댄 거라면 그것에 속아서는 안 된다고 봉희는 생각했다. 냉철하게 상황을 판단하고 지켜보아야겠다고, 그렇게 유능하고 영리한 사람이 되고 싶었다. 자신의 이름이 정갈하게 종이에 얹어진 게 너무도 신기했다.

휴대폰으로 자신의 이름이 나오는 부분을 사진으로 찍으려는 순간, 휴대폰 화면에 문자 미리보기가 떴다.

─Y의 부모님을 만나고 싶습니다.

답장을 하지 않았는데도 공진표는 끈질겼다. 앞으로 시달릴 걸 생각하니 갑갑했다. 안나 코치로서 공진표와 자주 대면해야 하니 계속 묵묵부답으로 일관할 수도 없는 일이었다. 그리고 정말 궁금했다.

─궁금해서 그러는데요, 왜 그러시는 거예요? 지금 Y는 안나 씨잖아요.

바로 답장이 왔다.

─원래 Y는 운남 씨잖아요. 코치님. 벌써 잊었어요? 우리의 Y를.

공진표는 여유가 넘쳤다. 얼마나 안다고, 우리의 Y라니. 기가 막혔다.

— 지금 Y 영상 대박이고, 바쁘시잖아요. 그런 와중에 왜 운남을 찾으시냐고요.

— 코치님.

한참 있다가 다시 문자가 왔다.

— 저는 더 재밌는 걸 원해요.

— 뭔 소리인지 못 알아듣겠어요.

— 대박보다 재밌는 걸 원한다고요. 저는 그런 사람이랍니다. ㅋ

ㅋ. 마지막 문장의 이 'ㅋ'이 봉희는 불쾌했다. 늘 자신만만하게 걷고 말하는 그가 불편하고 이상하게 주눅이 들었다. 봉희에게 부탁을 하는 입장이지만, 어쩐지 봉희는 자신보다 공진표가 우위에 있는 것만 같았다. 그의 저의가 제대로 파악되지도 않았는데, 그는 아무런 정보도 없이 운남의 부모를 알아보고 여유 넘치게 성큼성큼 치고 들어왔다. 'ㅋ'으로 보여준 그의 여유가 섬뜩하기까지 했다.

운남의 부모, 원장 그리고 공진표가 팔을 뻗으면 닿는 지점에서 자신을 옭아매고 있는 기분에 휩싸였다. 정확히 무엇으로 포박하려는지 알지 못했지만, 불안은 멈추지 않았다. 아무 일도 일어나지 않았지만, 엄청난 일이 일어나는 중인 것 같기도 했다.

봉희가 책을 덮고 태블릿 피시를 열었다. 사방이 막힌 곳에서 보이는 유일한 틈처럼 다급하게 메일함을 열었다. 그리고 거짓말처럼 그 틈에서 운남이 보였다.

YUNNAN 윈난

보낸 이의 이름을 보자마자 가슴이 내려앉았다.

답장이었다. 그토록 기다리던 운남의 답장. 깊은 숨을 내쉬었다. 운남의 부모가 다녀간 뒤 어떻게든 소식이 닿기를 간절히 빌었다. 주저앉은 그들에게 달려가 운남의 소식을 전해주는 상상을 자주 하곤 했다. 살아 있는 것만으로 부모는 안도할지도 모른다. 어떻게든 운남을 끌고 갈 것이고. 곰처럼 우직한 운남이가 이러쿵저러쿵 단식원을 두고 문제 삼는 일을 하는 것도 어울리지 않았다. 운남이 무사히 메일을 보낸 게 반가우면서도, 한편으론 괘씸하기도 했다.

'제목 없음'이라고 적힌 메일을 클릭했다. 운남의 표정처럼 간결하고 짧은 메일이었다. 운남의 목소리가 들리는 것만 같았다.

코치님, 저희 부모님께 단식원에 오지 말라고 전해주세요.

거긴 너무 위험한 곳이잖아요.

날이 밝자마자 운남의 아버지에게 어제 온 메일을 사진으로 찍어서 전송했다. 답이 없었고, 봉희는 전화를 걸었다.

"어, 아가씨!"

놀라워하는 목소리였다. 문자로 온 사진을 확인하지 못한 것 같았다.

"아버님, 사진 못 보셨어요?"

"무슨 사진, 응?"

"어제 메일이 왔어요. 운남 씨 아니 강미 씨에게서."

운남의 아버지는 다급한 목소리로 아내에게 이 소식을 전했다. 전화기에서 강미의 어머니 목소리가 들렸다. 곧이어 운남의 어머니가 전화를 차지했다.

"아가씨, 우리 강미, 어디, 어디에 있는데, 응?"

"그건 말해주지 않았어요."

"아가씨, 나 그 편지 직접 봐야겠어. 그 원장이란 여자가 뭔 수 쓴 거 아녀?"

어머니의 목소리가 떨리는 게 느껴졌다.

"아버님 휴대폰으로 사진 보내드렸어요. 그게 전부예요."

"아니, 직접 봐야겠다고 직접. 아가씨, 우리가 당장 갈게."

아침부터 단식원에 들이닥쳐서 좋을 게 없었다. 봉희는 운남의 부모를 겨우 달래서 근처 카페에서 만났다. 원장에게 메일이 온 것을 가장 먼저 알리지 않은 탓도 컸다. 더욱이 봉희는 아직이 소식을 원장에게 알릴 생각이 없었다. 정보를 먼저 흘려서좋을 건 아무것도 없다는 걸 요즘에서야 깨닫는 중이었다.

"전화를 해보라고, 아가씨."

카페에 들어서자마자 운남 어머니는 휴대폰부터 봉희에게들이밀었다.

"어머니, 전화가 온 게 아니고요. 메일이 왔어요. 컴퓨터로."

"요즘 젊은 사람들은 컴퓨터로 오든 뭘로 오든 잘만 찾아내드만."

운남 어머니가 미련을 버리지 못하고 휴대폰을 계속 만지작거렸다.

"일단 그 편지부터 좀 보여줘요, 아가씨."

사진으로 보냈지만 그것으로는 성이 차지 않은 모양이었다. 태블릿 피시를 부모 앞에 내보였다. 다섯 줄도 안 되는 짧은 편지를 둘은 아주 오랫동안 들여다보았다.

"살아는 있어, 이것이."

"아가씨, 우리 딸 어디다 숨겨놓고 그런 거 아니지?"

운남 어머니의 말에 아버지가 점잖을 떨며 봉희의 눈치를 살폈다.

"아이참, 그 원장 선생인가는 텔레비전에 나오고 그런다는데 그런 짓을 하겠어? 그러면 제 신상도 편할 리 없는데?"

"딸자식 어디 있는지 머리카락 하나 못 찾고, 남부끄러워서 어디 가서 말도 못하네, 아가씨."

"살아는 있어, 이것이."

운남 아버지는 자신보다 더 단단한 넓고 두터운 아내의 어깨를 연신 두드리며 위로했다.

봉희는 카페 문을 나와 터미널을 향해 나란히 가로수 길을 걷는 두 사람을 지켜보았다. 초저녁 어둠에 오히려 더 선명해진 나뭇가지들이 비현실적으로 느껴졌다. 뒤돌아 걷다가 저만치 보이는 단식원은 어쩐지 더 낯설게 느껴졌다. 지나가는 자동차, 상점 앞에서 짐을 부리는 택배원이, 초저녁의 서늘한 공기를 가르며 태연하게 걷는 자신마저 생경했고 그것이 정확히 무슨 기분인지조차 알 수 없었다.

날이 빠르게 따뜻해졌다. 운남과 그의 부모가 봉희의 머릿속을 휘젓고 다니는 순간이 잦았다. '살아는 있어, 이것이.' 운남 부모의 이 한마디가 매일 생각났다. 원장의 책 속에 조각나 전

시되어 있는 몸들. 단식 전 셀룰라이트 때문에 울퉁불퉁한 운남의 허벅지 사진도 봉희를 괴롭혔다. 알 수 없는 불안이 낮게 깔려 우울했다. 봉희는 일부러 아침 운동 시간에 팔다리를 더 힘차게 움직이고 목소리를 높였다. 포근해진 공기를 가르며 힘차게 걸을 때는 순간적으로 긍정적인 예감이 들기도 했다.

아침 운동을 마치고 로비로 들어서자, 인쇄물을 토해내는 프린트기 소리가 요란했다. 정미향은 그 옆에서 종종대다가 봉희가 소리를 내자 호들갑스럽게 알은체를 했다. 인터넷 서점의 판매 순위를 캡처한 모니터 화면이 눈에 들어왔다. 양손을 허리에 올리곤 모니터 화면에 보이는 화사한 색감 그대로 출력되는 인쇄물을 한참 바라보던 정미향이 입을 열었다.

"꼭 컬러로 뽑으라는 거 있지."

건강 분야 1위, 종합 순위 8위였다. 이전에 출간한 두 권의 책도 꾸준히 팔리는 눈치였지만, 단기간에 10위 안에 진입한 건 처음이었다. 'Y의 마지막 다이어트' 업로드에 발맞추어 출간하자는 마케팅부의 계산이 맞아떨어진 셈이었다. 서로 시너지를 내는 게 분명해 보였다. 봉희는 5층에 붙일 프린트물을 받아 들었다.

휴게실 게시판에 종이를 붙이고, 나머지는 화장실과 정수기 바로 위에 부착했다. 의심이 들거나 지칠 때 이런 것들이 다시 움직일 힘을 줬다. 봉희는 새삼스럽게 입소생 시절을 떠올렸다. 구유리가 모든 일을 도맡아 했던 시절이 까마득했다. 이곳을 이렇게 성장시킨 구유리가 대단했다. 무엇인가를 성취한 사람과 함께한다는 것은 그동안 겪어보지 못한 짜릿함을 주기도 했다.

게시물을 붙이고, 휴식을 취하기 위해 방에 들어갔다. 한 시간 뒤엔 요가 수업에 참여해야 했다. 침대에 그대로 누워 심호흡을 했다. 아무리 깊게 숨을 마시고 다시 내뱉어도 편안해지지 않았다. 마음에 걸리는 게 없는 단순하고 평화로운 순간이 최근에는 거의 없었다. 잠깐이라도 그런 시간을 누리고 싶었다. 아무 일도 일어나지 않는 순간. 그런 시간이 꿈같았다.

'살아는 있어, 이것이.'

운남 아버지의 목소리가 들렸다. 모습을 비추지 않고 대신 부모를 설득해달라는 운남의 저의가 궁금했다. 돌아와도 된다고, 혹 책임질 일이 있을까 봐 그러는 거냐고 물어볼까? 걱정할 건 없다고 달래야 하나. 아니면 조금 더 세게 나가야 할까.

─ 원장 인터뷰 하러 단식원에 갑니다.

공진표는 꾸준히 자신의 동선을 공개했다. 봉희와 뭔가를 같이하는 사람처럼 굴었다. 답장은 하지 않았다. '저는 더 재밌는 걸 원해요.' 운남의 부모가 들이닥치고 공진표가 보낸 문자가 생각나 봉희가 세차게 고개를 털었다. 운남에게 어떻게 편지를 보내야 할지 궁리하는 게 더 급했다.

'강미 씨가 오지 않는 이상, 언제고 다시 단식원에 찾아오실 거예요. 원장을 만날 거고……'

이런 종류의 문장을 머릿속으로 수십 번씩 지웠다가 다시 썼다.

– 효소 병 텅텅 비었는데요?

운남에게 보낼 메일 창 앞에서 멈춰 있을 때, 문자가 왔다. 봉희의 새로운 팀원 박민아였다. 원장이 단식 중 건강 유지를 위해 개발한 천연 효소였다. 미지근한 물에 희석해 마시면 공복감이 가라앉고 몸에 영양을 준다고 했다. 수련생들이 수시로 마실 수 있게 휴게실 한쪽에 팀별 효소 병이 비치되었다. 고상연에게 원액을 받아다 채워놓는 것이 코치의 일 중 하나였다. 효소 병이 비는 일이 다른 팀에서는 종종 일어났지만, 봉희는 병을 채우는 걸 단 한 번도 잊은 적이 없었다.

'다른 사람보다 부지런하고 꾸준한 게 유일한 장점입니다.'

은행에 취업할 때 성격의 장점을 쓰라는 자기소개서 항목에 봉희는 그렇게 썼다. 송동만은 '유일한'에 연필로 두 줄을 그었다.

"거짓말하라는 게 아니고, 장점이 이것밖에 없다는 걸 뭘 굳이 밝혀 이놈아. 응?"

가끔 운이 안 좋았던 것 말고 봉희 스스로 뭔가를 놓친 적은 없었다. 특히 이곳에선 그랬다. 누구보다 부지런했고, 일 처리에 빈틈이 없었다. 효소 병이 텅텅 비었다고 다그치듯 날아온 박민아의 문자가 봉희를 찔렀다. 그 와중에 운남의 아버지에게서 전화가 왔다. 운남의 행방을 물을 게 뻔했다. 답이 없다는 걸 알면서도 전화를 거는 부모의 마음은 이해가 갔지만, 짜증이 나기도 했다. 운남에 대한 불안이 같이 올라왔다. 일상이 통째로 흔들리는 기분이었다.

주어진 일을 잘 해내던 중이었고, 앞으로 더 잘하고 싶었다. 노력한 만큼 성과를 얻는 경험을 이곳에서 해나갔고, 그렇게 삶을 꾸려가려던 참이었다. 하지만 그날, 그러니까 운남이 사라진 이후 자신의 계획에 균열이 가기 시작했다.

효소를 준비해주는 고상연에게 급히 전화를 걸었지만 받지 않았다. 다급하게 문자를 보냈다.

― 대표님, 효소 가지러 지금 내려가도 될까요? 아예 떨어졌어요.

문자에도 답이 없었다. 단식 기간 동안 영양을 공급해주면서 지방 분해를 돕는다고 했다. 하루라도 거르면 큰일이라도 날 것처럼 효소 마시는 것을 강조했다. 구유리의 방침을 코치들도 받들었다. 절대 하루도 거르지 말라고 팀원들에게 신신당부한 건 코치였다. 정작 그런 코치가 효소 통을 비워놓은 것이다. 봉희의 이마에서 땀이 삐져나왔다.

"미향 씨, 대표님 어디?"

정미향이 고개를 저었다. 주방과 창고를 뒤져도 효소 원액을 찾을 수 없었다. 고상연은 여전히 답장을 하지 않았다. 박민아는 두 번째 문자를 보냈다.

— 아직인데요, 효소. 어디에 말해야 하는 건데요?

휴대폰을 잡던 손에 힘이 들어갔다.

"대체 어디 계신 건데?"

봉희의 신경질적인 목소리에 정미향이 놀란 눈치였다. 전화를 걸어보더니 연락이 닿지 않자 후문 쪽을 가리켰다.

"코치님, 뒤쪽 주차장 가봐요. 나무."

나무에 한쪽 다리를 일직선이 되게 올리고 눈을 감은 고상연이 보였다. 지나가는 사람들이 힐끔거렸다. 귀에 이어폰을 꽂은 것도 아닌데, 전혀 다른 세계에 있는 것처럼 편안해 보였다. 아침 운동 시간, 공원에서 수련생들을 기다리는 동안 고상연은 나무에 다리를 올리고 매일 끙끙댔다. 당시의 그 뻣뻣함을 생각하면 놀랄 광경이긴 했다. 저런 우스꽝스러운 걸 하느라 급한 연락을 받지 않았다고 생각하니 괘씸하기도 했다.

"대표님."

고상연이 봉희를 확인하고는 천천히 다리를 내렸다.

"어쩐 일이세요."

"효소가 다 떨어져서요."

"아, 잠시만요."

고상연이 뒷주머니 속 휴대폰을 꺼내 문자를 확인했다.

"작업장에서 오고 있네요."

"네? 조금 남은 거라도 가져갈게요."

봉희가 목소리를 높이며 이마의 땀을 닦았다.

"거의 바닥이라 치웠어요."

고상연이 봉희를 불렀다.

"코치님."

"네?"

"새것이 오면, 가장 먼저 가득 채워놓을게요. 걱정 마세요."

고상연의 편안한 표정을 보니 정말 걱정할 일이 아닌 것처럼 느껴졌다. 생각해보면 이렇게 초조해야 할 일도 아니었다. 조급함이 순간적으로 가라앉았다.

"난리라서."

"코치님이 오늘 병이 빈 걸 알아차리셨어도 어차피 못 채웠어요. 그리고 이거 급한 일 아닌데."

계단을 오르려는 봉희를 살피던 정미향이 살짝 목례를 하며 웃어 보였다. 그동안 정미향과 고상연에게 얼굴을 붉힐 일은 없었는데, 순간이었지만 좀 전에 신경질적인 모습을 보인 걸 생각하니 얼굴이 달아올랐다. 봉희는 정미향에게 눈인사를 하고는 계단을 오르며 박민아에게 문자를 보냈다.

– 새로운 효소가 작업장에서 오는 중입니다. 한 시간 이내에 채워질 예정이에요.

요가 수업은 이미 시작되었다. 오세라가 한 수련생의 자세를 잡아주는 모습이 보였다. 문을 열고 들어갈 기분이 아니었다. 봉희는 그대로 방으로 들어가서 태블릿 피시를 열었다. 메일 창에 세 문장을 적었다.

강미 씨 오기 전에는 부모님의 연락과 방문(지난번엔 경찰 출동함)이 계속 이어질 듯.
너무 완강해서 설득 불가.
어떻게 할래요?

전송 버튼을 누르고 마른세수를 했다. 분리가 필요했다. 더이상 이 일에 절절매고 싶지 않았다. 정말 그럴 일인가 자문하며 거울 앞에서 스트레칭을 했다. 몸이 불어난 게 보였다.

"남들은 알아차리는데 자기는 찐 줄 모르면 그건 자격이 없는 거예요, 그죠? 우리 코치님들은 스스로 자기 몸의 미세한 변화를 딱 알아차리는 정도는 돼야죠. 몸에 대한 예민함, 그게 없이 어떻게 남의 몸을 만져?"

원장의 말은 언제나 틀림이 없었다. 몸이 둔해지니 정신도 같이 무뎌졌다. 효소 병이 빌 때까지 알아차리지 못한 건 명백한 실수였다. 그것 하나로 자질을 평가할 수는 없다고 말하는 이도 있겠지만, 척도가 되기도 한다고 봉희는 믿었다. 어떨 땐 단면이 그것의 핵심을 알려주기도 하니까.

데스크의 정미향에게 전화를 걸어 단식을 신청했다. 코치들은 수시로 단식을 신청할 수 있었고 신청한 다음 날부터 3일간 단식 준비식이 제공되었다. 그 이후로 정해진 날까지 식사를 제공하지 않았다. 단식 과정은 정미향이 단식 프로그램에 입력했고 이는 코치 랭킹에 반영되었다. 일석이조였다. 몸도 관리하고, 코치 랭킹 점수에도 반영되니 말이다. 새롭게 시작하는 기분은 언제나 좋았다. 새롭게 시작할 수 있는 이곳이 그 어느 곳보다 소중하게 느껴졌다.

봉희뿐 아니라 이곳에 오는 사람들도 그랬다. 저마다의 사연이란 게 있지만 결국 새롭게 시작하고자 온 사람들이었다. 실패의 반복으로 무기력해진 몸을 이끌고 와서 새로운 삶을 찾았다. 타의로 왔던 사람도 웃고 돌아갔다. 새롭게 시작하려는 의지가 있는 사람들과 일은 할 만했다. 등을 슬쩍 밀어만 줘도 충분했다. 그들은 코치들을 보고 부러워하고, 퇴소하는 사람의 몸을 질투하며 힘을 얻기도 했다. 홀딱 벗겨져 적나라하게 드러난 자신의 살을 미워하는 것 역시 힘이 된다고 원장은 말했다.

"맘껏 질투하고 미워하세요. 그럼 뭐 어때? 그게 사는 길인데. 안 그래요?"

세미나에서 원장이 이 말을 할 때마다 봉희는 입소생들과 함께 늘 고개를 끄덕이곤 했다. 사는 길, 그러니까 제대로 사는 길, 사람처럼 사는 길. 무시당하지 않고 존중받으며 사는 길. 그것이 이곳에 있다고 봉희는 믿었다.

– 저는 어떻게 해야 할까요.

휴대폰에 메일 알람이 떴다. 저는 어떻게 해야 할까요. 미리보기에 뜬 내용이 전부였다. 문장을 곱씹다 보니 열이 올라왔다. 운남이 사라지고 겪은 일련의 일들이 떠올랐다. 순간적으로 약이 오르기도 했다. '뭐 하자는 거죠?' 이 문장을 썼다가 모두 지우고 물음표만 남겨뒀다.

– ?

전송을 눌렀다. 통쾌했지만 곧이어 가슴이 덜컥 내려앉았다. 봉희가 입술을 꽉 깨물었다. 콧바람이 뜨겁게 쏟아졌다. 정미향과 고상연에게 신경질을 낸 뒤 얼굴을 붉히고 계단을 올랐을 때와 비슷한 감정이 들었다. 몹시 부끄러웠다.

저는 어떻게 해야 할까요.

다시 메일을 열었을 때는 '어떻게'에 방점이 찍힌 진지한 질문처럼 보였다. 저는 어떻게 해야 할까요. 그것에 대한 답으로 '?'는 심했다. 급하게 수신확인을 눌렀다. '?'는 벌써 운남에게 가닿았다. 수신한 날짜와 시각을 봉희는 오래 바라보았다. 더이상 답은 오지 않았다.

6. 처음, 사과

"살살 달래야지. 그걸 날려버렸어?"

원장의 목소리에 날이 섰다.

"등짝을 세게 밀어야 달리는 애가 있고, 다독여야 되는 애가 따로 있는 거잖아."

오세라 팀 수련생이 사라진 모양이었다. '죄송해용, 세라 쌤. 넘 힘들어여'라고 짤막한 글귀가 적힌 포스트잇이 구유리 검지에 붙어 그녀의 입김에 위태롭게 흔들렸다.

"자기야, 이런 건 내가 못 가르쳐줘."

회의를 위해 다른 코치들이 들어오자 원장이 말을 멈추고 턱 짓으로 자리에 들어가라는 시늉을 했다. 손가락에 붙어 있던 걸 떼어 화이트보드 가운데에 붙였다. 오세라가 입김을 불어 앞머리를 흐트러트리며 앉았다.

"누구 한 명 떠나도 우리 센터엔 문제없어요. 알잖아, 코치님들도."

구유리가 놓친 말이 있는 듯 다급하게 말을 이었다.

"아! 코치들은 한 명도 떠나면 안 돼. 내 꺼야, 못 보내줘."

코치들이 웃자 오세라도 따라서 어색하게 웃더니 어정쩡하게 자세를 고쳐 앉았다. 구유리가 웃음기를 다시 거두고 입을 열었다.

"내가 우리 수련생을 두당 얼마로 보는 사람도 아니고, 응? 그렇지만 안타까운 거지. 우리가 여기에 있는 이유가 뭐예요."

구유리가 검지로 포스트잇 붙인 자리를 톡톡 두드리며 목소리를 낮췄다.

"얜 또 길을 잃은 거야, 길을. 그게 안타깝다는 거야."

회의 도중 조용히 들어온 공진표가 원장의 말에 고개를 과장되게 끄덕이며 카메라를 들었다. 안나의 영상이 시들해질 무렵, 특집으로 원장의 이야기가 나간다고 했다. 다이어트 방식에 대한 의구심과 안나와 원장에 대한 부정적인 댓글이 올라오기 시작했다.

"김연아도 안티가 있다며? 내 속 모르는 인간들이 하는 말, 나 신경 안 써."

시원하게 악플에 대해 정리했지만 신경 쓰이는 눈치이기도 했다. 원장은 전국에 퍼져 있는 동종 업계 운영자들의 혐의가 짙다고 말했다. 그런 분위기가 지속되면 안 된다고, 대책이 필요하다고 주장한 건 공진표였다. 아직 긍정적인 반응이 우세였고, 그럴 때 움직여야 한다고 했다.

"물 들어올 때 노 젓는 거죠."

공진표는 원장이 필요하다고 했다.

"철학, 원장님만의 철학이 이쯤에서 나와줘야죠. 솔직히 철학 없이 이 센터를 이렇게 성공시킬 수 없었을 거 아니에요."

얼마 전 그 제안을 원장이 흔쾌히 수락하면서 공진표는 촬영을 위해 수시로 원장실을 드나들었다. 회의가 시작되고 중간에 들어오는 것도 원장과 이야기가 된 모양인지 서로 눈인사만 하고 자연스럽게 맨 끝 벽에 붙은 의자에 착석했다. 회의가 끝나고 코치들이 나갈 때도 공진표는 원장실에 남았다.

원장실을 나오던 중에 어린 코치 한 명이 오세라의 팔짱을 끼면서 위로했다.

"괜찮아, 세라 언니?"

오세라가 높게 묶은 머리칼의 꽁지를 쥐고 위에서 아래로 훑으며 잡아 내렸다. 손아귀에서 벗어난 긴 머리칼이 좌우로 흔들렸다.

"아, 짜증."

오세라의 걸음에 맞춰 머리가 다시 좌우로 살살 흔들리는 게 보였다. 동료와 말을 주고받으며 걷던 오세라가 계단을 내려갈 때쯤엔 웃고 있었다. 봉희는 복도에 늘어선 낮은 서랍장 위에 털썩 주저앉았다.

"와, 아까 혼나던데. 멘탈 따봉이시네, 저분?"

공진표가 오세라 뒤통수를 향해 엄지를 날리며 봉희에게 다가왔다.

"보니까, 두 분 멘탈이 달라 좀."

오세라와 비교하는 공진표가 불쾌했다.

"무슨 멘탈 타령이세요. 상황도 모르면서."

공진표가 눈을 반짝였다.

"오, 그렇죠? 모르죠. 그 상황 이야기 좀 해줘봐요."

봉희가 자리를 털고 일어났다.

"멘탈은 피디님이 갑이에요."

"그렇긴 하죠. 아, 그건 그렇고 정말 뭐 있는데. 재밌는 거 진짜 있죠?"

봉희가 방문 앞에 설 때까지 공진표가 뒤따라왔다.

"재밌는 이야기 해주면."

봉희가 한숨을 푹 쉬고, 문고리를 잡아 돌렸다. 공진표는 물러서는 법이 없었다.

"그러면 나는 강철 멘탈 되는 법 알려드릴게, 코치님. 네?"

짜증. 입소생이 사라진 게 오세라에겐 '짜증'이었다. 봉희는 침대에 누워 눈을 감았다. 그 단어의 가벼움이 몹시도 부러웠다. 입소생 한 명이 사라지는 건 단식원에서 흔한 일이기도 했다. 코치에게 좋을 건 없었지만, 그렇다고 하늘이 무너질 일이 아닌 건 분명했다. 짜증. 적확한 단어라는 생각이 들었다. 그저 좀 귀찮고 짜증나는 일이 맞다. 문제는 자신은 왜 그 '짜증' 정도로 끝나지 않느냐는 거였다.

운남의 부모를 떠올렸다. 그들을 볼 때 불안했다. 하지만 그들이 나타나기 전에도 그랬다. 프로그램의 주인공이 안나로 낙점되어서 급한 불을 껐다. 안나는 심지어 봉희의 팀이었다. 다시 시작하면 될 일이었다. 하지만 운남은 매 순간 어떤 식으로든 돌아와 찝찝하고 집요하게 봉희를 괴롭혔다.

지리산을 돌아 운남이 사라지던 날로 기억이 돌아왔다. 그날 밤 촬영을 앞두고 토사물을 쏟던 운남의 멱살을 잡아 끌어냈던 기억. 봉희는 운남을 복도에 있던 체중계에 앉혔다. 아니, 체중계로 밀어버렸다는 게 정확할 것이다. 그런 일이 정말 있었나 의심이 들 정도로 아득했다. 하지만 운남이 사라지고 불길한 예감에 휩싸여 창문 아래를 바라보았던 기억이 또렷했다. 창틀의 차가운 기운이 아직도 손바닥에서 생생했다. 그때 그 차가운 금속을 왜 그렇게 꽉 잡아야 했을까.

저는 어떻게 해야 할까요.

메일 속 그 한마디는 어쩌면 그날 밤, 체중계 위에서 입가의 토사물을 손등으로 닦아내며 운남이 속삭인 말인지도 몰랐다. 봉희가 씩씩거리며 체중계의 숫자를 확인할 때, 운남은 그때 조용히 그런 말을 중얼거린 것은 아닐까. 봉희의 손이 떨렸다. 봉희가 책상으로 가서 서랍을 열었다. 잊고 있던 것은 그대로 자리를 지키고 있었다. 봉희가 손대지 않으면 어디에도 가지 않고, 어떤 모양으로도 변하지 않을 알약이 그곳에 있었다. 봉희가 그것을 한참 바라보았다.

강미 씨. 아니, 운남 씨.
그때는 분명 운남 씨였으니까, 운남 씨라고 할게요.
어디서부터 잘못된 건지, 뭐가 뭔지 아직도 정확하게 모르겠어요. 확실한 건 그대로 둘 수 없다는 것이고, 내 마음이 계속 불편하다는 거예요.

왜 그런 걸까, 계속 생각했어요. 먼저 사과를 해야 했어요. 내가 운남 씨에게. 사라지기 전날에 대해서 말이에요. 내 속 편하자고 그러느냐고 해도 어쩔 수 없어요. 일단 이게 내가 가장 먼저 해야 할 일인 것 같아요.

그날 운남 씨를 거칠게 다룬 것, 멱살을 잡은 것, 내던진 것. 그러니까 함부로 대한 것, 정말 미안해요.

전송을 눌렀다. 손에 일이 잡히지 않았다. 휴대폰으로 수신 확인을 체크했지만 운남은 읽지 않았다. 하루 일정을 모두 마치고 11시가 넘어 방으로 들어왔다. 들어 누워 수신확인 여부를 확인하기 위해 휴대폰을 들여다보았다. 운남의 답장이 미리보기로 떴다. 그 어느 때보다 가슴이 떨렸다.

– 미안해할 거 없어요. 어차피 망한 거였어. 오히려 고마울 지경.

전문을 확인하려고 메일함을 열었지만, 그게 전부였다. 점입가경이었다. 고맙다는 말은 또 뭘까. 그날의 일이 고맙다는 건 상식적으로도 이해되지 않았다. 잔뜩 화가 난 친구가 보낸 편지 같았다. 너무 서늘해서 계속 바라볼 수가 없었다.

봉희는 일어나 창을 열었다. 새벽 공기는 아직 서늘했다. 잠을 제대로 못 자 뻑뻑해진 눈에 찬 공기가 닿았다. 짧은 운남의 문장이 밤새 맴돌았다. 운남이 사라져버린 그날처럼 금속 창틀

을 두 손으로 꽉 쥐었다. 운남이 사라진 새벽이 몸의 온 감각을
관통하며 소환되었다.

"어차피 망한 거였어."

운남의 육성이 들리는 것 같았다. 봉희가 눈을 질끈 감았다.

모든 게 잘되어가던 참이었다. 그런 날들이 어떻게 운남에
게는 망해가는 날이었을까. 극심한 정체기에 진입했던 건 알았
다. 그러나 운남은 그 시기를 누구보다 잘 넘어가는 중이었다.
운남이 빛난 건 그런 시기를 우직하게 넘어가는 힘, 바로 그 때
문이었다. 징징대지 않고 묵묵히 할 일을 해내며 차곡차곡 쌓아
지는 시간의 힘을 보여줬다. 누구도 그런 면에서 운남을 이길
수 없었다.

운남 씨는 잘하고 있었어요. 누구보다 정확하게, 담담히.

나는 잘하는 게 없는 사람이거든요.

하지만 운남 씨 덕분에 나도 함께 잘하는 사람이 된 거죠.

자랑스럽고, 고마웠어요.

그런 운남 씨가 실패하면 나도 실패하니까

그날, 그래서 두려웠어요.

섣불리 그날 운남의 마음을 추리할 수 없었다. 하지만 분명

한 건 그날 밤에 운남은 무너졌고, 그렇다면 운남을 무너지게 한 무언가가 있다는 거였다. 그걸 묻고 싶었지만 어쩐지 겁이 나기도 했다. 더 깊게 들어갔을 때, 자신이 수습할 수도 없을 정도의 깊은 늪일까 봐 두려웠다. 그런 거라면 차라리 모르는 게 속 편할 일이었다.

하지만 편지를 쓰면서 봉희는 더 확실하게 알게 되었다. 운남은 자신에게 고맙고 자랑스러운 사람이었다. 그런 사람이 무너졌다면, 혹 어떤 늪으로 빠지고 있다면 손을 내미는 건 당연했다. 불안했던 건 바로 그런 걸 놓치고 있어서였는지도 몰랐다. 그런 것이야말로 실패한 삶이 아닌가.

무엇보다 더는 실패하는 사람이 되고 싶지 않았다. 그래서 깊은 늪일지도 모르는 곳에 한 발을 내디뎠다.

그날 무슨 일이 있던 거예요?
알약이 문제인 건가요?

전송을 눌렀다.

날이 밝자 차량 소리와 사람들의 목소리가 건물을 타고 올라왔다. 단식원 앞은 낯선 차량과 사람들로 어수선했다. 고소 작업용 리프트가 장착된 트럭이었다. 트럭에 랩핑된 '에버그린'이라는 상호가 보였다. 코치진 회의에서 들어본 적이 있는 이름이었다. 청소 대행업체에 예약한 게 벌써 한 달 전이었다. 겨우내 내렸다 녹기를 반복한 눈과 비로 오염된 외벽과 창문 청소를 하기 위함이었다. 입소문이 난 곳이라 한 달을 기다렸다. 원장의 성미에 한 달이면 꽤 인내심을 발동했을 터였다. 트럭 조수석에서 초록색 야구모자를 눌러쓴 남자가 내렸다.

"탑층부터 시작해서 밑층까지 내려올 겁니다."

젊은 사장은 활기차 보였다. 작은 키에도 전혀 약해 보이지 않았고, 피부가 맑았다. 자청해서 코치진 회의에 참석한 것이라며 원장은 그의 성실함을 추켜세웠다. 마이크를 건네받은 그는 작업 시작은 9시였지만, 일찍 단식원에 도착해 원장과 코치들에게 일정을 직접 브리핑하고 싶었다고 전했다.

"고소 작업대가 오르내리는 과정에서 소음이 조금 있을 수 있고요. 숙소 유리창 청소 때 저희 보고 놀라지 마시라고 다시 한번 전달 말씀 부탁드리겠습니다."

원장이 고개를 끄덕였다.

"건물 외벽과 유리창 청소는 이 건물만을 위한 게 아닙니다. 도시 환경을 깨끗하게 하는 일이기도 하거든요. 그런 자부심으로 일하고 있습니다. 아무쪼록 원장님과 코치님들의 많은 협조 부탁드리겠습니다."

90도에 가깝게 정중한 인사를 하고 마이크를 구유리에게 넘겼다. 사장은 인사하려고 구부린 자세 그대로 황급히 문 쪽으로 걸어나갔다. 그러자 그의 뒤통수에 대고 구유리가 들으라는 듯 크게 말했다.

"어린 사람이 예뻐죽겠다."

사장은 문을 열고 나가다가 한 번 더 원장을 향해 고개를 숙였다. 원장이 그를 치켜세우느라 목소리를 높였다.

"저 사람 있잖아. 억대로 버는 사람이야. 근데 봐봐, 사람을 존중하는 저 애티튜드, 응?"

젊은 사장의 애티튜드를 배우자는 거였다. 수련생들을 그렇게 대하자고, 한 명 한 명이 소중하다고 목소리를 높이며 아침 회의는 겨우 끝이 났다.

사장과 인부 둘은 바깥에서 분주하게 움직였고, 세 명의 여자 인부들은 실내 창을 닦기 위한 도구를 들고 들어왔다. 트럭 위에 실려 있던 리프트가 소리를 내며 올라왔다. 요가 수업을 기다리던 수련생 몇몇이 유리창에 붙어 올라오는 작업대를 신기하게 바라보았다. 안전모를 쓴 사람 둘이 작업대에 올라 난간을 잡고 하늘을 올려다보았다. 작업대 아래를 받치는 거대한 철골이 천천히 고개를 드는 거인의 목덜미 같았다.

오전 내내 창으로 물과 세제가 뒤섞여 흘러내렸다. 오후 요가가 끝날 무렵, 실내 쪽 창을 닦던 여자 인부들이 작업을 마쳤고, 바깥쪽 작업대도 아래로 내려갔다.

"창이 아예 없는 것 같아."

요가를 마치고 나가려던 수련생들의 시선이 한없이 투명해진 창문에 붙들렸다. 깨끗한 창을 관통해 도시가 훤하게 보였다. 한층 투명해진 유리창을 배경으로 수련생들과 안나가 사진을 찍었다. 그런 모습을 오세라가 찍었다. 그 자리에서 바로 센터 공식 SNS에 업로드했다. 오세라는 그런 걸 잘했다. 한때 정미향이 그 일을 도맡아 했지만, 곧 오세라에게 바통이 넘어갔다. 오세라는 순간을 잘 포착했다. 또한 어떤 사진이 사람들의 관심을 끄는지 아는 사람이었다.

오세라는 최근 'Y의 마지막 다이어트' 업로드에 맞춰 안나의 사진을 자주 올렸다. 영상 아래 안나의 외모에 대한 악플이 달리면, 민낯이지만 청초함이 빛나는 안나의 사진을 올려 응수했다. 안나는 주로 소속사 숙소에서 지냈지만, 최근에는 일주일에 절반 이상 4층 숙소에서 머물렀다. Y의 마지막 다이어트에서 놀랄 만한 성과를 내고 있지만, 몸의 변화가 점점 더뎌지자 단식원에 머무는 시간을 늘린 것이다.

감량이 더뎌지면서 안나는 더 열심히 춤 연습을 했다. 원장은 단식원의 최종 일과가 끝나는 9시 이후의 요가실을 내어주었다. Y가 되기 전에도 안나는 종종 요가실에서 몰래 춤을 추곤 했다. 실내조명을 켜는 것 외에 그때와 달라진 건 크게 없었다. 안나는 어두운 노란 조명 하나만 켰다. 어둠 속에서 몰래 춤을 추던 습관 때문인지 공식적으로 허락을 받고 공간을 쓰면서도 이어폰을 꽂고 춤을 추었다.

다양한 리듬으로 발소리가 들렸고, 옷감이 스치는 소리가 문 밖까지 들리기도 했다. 거침없이 팔다리를 뻗었다가 신중하게 거두는 순간이 예술적이었다. 음악이 없었는데도 몸의 움직임만으로 이미 음악을 만들어내는 셈이었다. 봉희가 가장 좋아하는 안나의 모습이었다. 그런 안나를 볼 때면, 여러 명이 숲에서 춤을 추는 영화의 한 장면이 떠올랐다. 사람들은 숲에 모였지만 각자의 이어폰을 꽂고 자신만의 춤을 춘다. 우스꽝스러운 몸짓이었지만 아무도 신경 쓰지 않는, 함께 모여 있지만 혼자 추는 기괴한 춤.

깨끗하게 닦인 유리창 앞에서 발랄하게 단체 사진을 찍는 안나를 바라보며 봉희는 그녀의 춤을 생각했다. 그녀의 춤을 생각하면 늘 따라오는 의문이 있었다. 요가실의 커다란 거울이 아닌, 창을 바라보고 추는 춤. 안나는 왜 거울을 곁에 두고 창을 바라보며 춤을 추는 것일까.

"하이고, 아가씨들! 여기 붙어 있으면 안 돼. 옷 버려. 얼른 떨어져."

요가 시간에 창을 닦던 여자 인부였다. 두고 간 도구를 챙기러 다시 올라온 모양이었다. 여자가 창문에 붙어 있는 수련생들을 황급히 떼어냈다. 여자는 한참을 두리번거리더니, 구석에 웅크린 초록색 헝겊 뭉치를 집어 들고 내려갔다.

외부 청소는 초저녁이 되어서야 마무리되었다. 5층에서부터 흘러내린 물과 세제가 한데 섞여 건물 밖 바닥에 흥건했다. 젊은 사장은 인부들과 함께 단식원 입구와 주차장에 흘러내린 물을 제거하느라 바빴다. 원장은 오세라와 봉희를 양쪽에 거느리고 건물을 한 바퀴 돌며 몰라보게 깨끗해진 외벽과 창문의 위용에 감탄했다.

"사장님, 우리 센터 또 생길 건데, 그때도 사장님이 꼭 와줘야 해."

사장이 모자를 벗고 악수를 청했다.

"불러만 주십쇼. 최선을 다하겠습니다, 원장님."

사장을 보내고도 꽤 오랫동안 건물을 돌며 걸었다. 원장은 내일 열릴 세미나 준비며 할 일이 많다고 했다. 자정이 넘어야 숙소에 들어갈 수 있다고 아이가 엄살을 피우는 투로 말했다.

"자기들 아니면 내가 누구한테 이런 말 하니."

원장이 오세라와 봉희를 옆에 끼고 건물을 돌며 2호점 계획에 대해 달뜬 목소리로 열을 올릴 때였다. 휴대폰 메시지로 메일 알림이 떴다.

　－ 코치님. 나는.

리모델링을 어떻게 할지 고민이라는 원장의 목소리, 오세라의 맞장구치는 소리는 두 손으로 귀를 꽉 막은 것처럼 차단되어 들렸다. 액정 화면을 향하는 검지가 떨렸다. 화장실 핑계를 대고 방으로 돌아와 책상에 앉았다. 다리를 접어 두 팔로 감고, 그렇게 의자에 웅크린 채로 봉희는 메일을 보고 또 봤다. 낮고 묵직했던 운남의 목소리가 들릴 것 같다가 멈춰버렸다.

작은 방이 갑갑하게 느껴졌다. 낮에 더없이 투명했던 요가실의 넓은 창을 떠올렸다. 요가실로 가서 불을 켰다. 훤하게 세상을 비추던 유리창은 밤이 되자 거울처럼 실내를 비추었다. 덩그러니 서 있는 자신을 봉희는 오래 바라보았다. 한창 몸을 관리할 때 쑥 들어가 보기 좋았던 옆구리에 살이 올라온 게 보였다. 봉희는 자신의 옆구리를 주먹으로 꽝꽝 때렸다. 마치 진흙으로 불상의 몸을 조형하는 사람처럼.

요가실 전면의 거울보다 창에 비친 그림자가 좀 더 살집이 있어 보였다. 요가 강사는 요가실 거울에 속지 말라고 자주 말했다. 봉희는 안나가 멀쩡하게 거울을 옆에 두고 창을 바라보며 춤을 췄던 이유가 어쩌면 그 때문일지도 모른다고 생각했다. 자신이 방금 삐져나온 옆구리를 꽝꽝 때렸듯이, 더 엄격하게 자신의 몸을 바라보고자 했는지도 모른다. 아직 갈 길이 먼 자신의 몸을 미워하고, 그것을 동력 삼아 더 강렬하게 움직였을 것이다.

다시 숙소로 들어가기 위해 불을 껐다. 실내가 어두워지자, 비로소 통유리 밖의 반짝이는 세상이 눈에 들어왔다. 봉희는 요가실의 어둠 속에 그대로 멈춰 있다가 창 너머 건물들의 실루엣과 불빛을 바라보았다. 그러다 휴대폰을 들어 다시 운남의 메일을 들여다보았다.

– 코치님, 나는.

다섯 음절로 멈춰버린 메일을 계속 봤다. 수수께끼 같은 운남의 말을 추리했지만, 도무지 떠오르지 않았다. 분명한 건 움직여야 한다는 것이었다.

봉희는 서랍을 열었다. 알약을 싼 종이를 주머니에 넣었다. 원장실의 문을 두드렸다. 원장이 자료에서 눈을 떼고 손목시계를 보더니 눈을 동그랗게 떴다. 늦은 시간 봉희가 원장실을 찾은 건 처음이었다.

"원장님, 운남에게서 메일이 왔어요."

"이제 와서? 어디라고 그래요?"

"그건 모르겠어요."

"아니, 왜 말을 안 하냐고, 그걸. 이상해, 걔."

구유리가 자료를 내려놓고 일어섰다. 깍지를 끼고 스트레칭을 시작했다.

"아까도 어슬렁댄 거 알아?"

"네?"

"그 아빠 말이야. 어후, 나 소름 돋았잖아. 아니, 멀리서 산다며. 대체 여길 몇 번이나 오는 거야, 그 양반들."

구유리가 눈을 감고 코로 숨을 크게 들이마시더니 깍지 낀 손을 풀며 숨을 천천히 내뱉었다. 그러다 자리에 털썩, 소리를 내며 앉았다.

"빨랑 와서 걔 부모나 좀 여기 못 올라오게 하라 그래."

"본인도 부모님이 단식원에 오는 거 싫대요."

구유리가 한숨을 쉬더니 응접 탁자로 가서 물을 끓였다.

"자기, 앉아서 한 잔 마셔."

구유리가 은색 차 봉투를 열자 비릿한 향이 올라왔다. 검붉은 마른 찻잎을 나무 숟가락으로 떠 주전자에 담았다. 봉희가 물이 끓는 전기 포트를 구유리에게 건넸다.

"걔 있잖아, 보니까 먹튀가 아니고……."

원장이 뜨거운 물을 주전자에 따랐다. 마른 찻잎에서 검붉은 색이 물감처럼 퍼졌다.

"관종이다, 관종."

봉희가 주머니에 손을 넣고 약을 꽉 쥐었다. 작은 찻잔에 가득 찬 붉은 찻물에서는 계속 연기가 올라왔다. 탁자 위에 원장의 책《아름다운 단식 생활—자연스럽게 비우며 아름다움에 닿는 법》이 보였다.

봉희가 책 위에 알약을 감싼 종이를 올렸다.

"뭔데?"

"운남이 그날 삼킨 거요."

"메일에 그런 말까지 해, 걔가? 근데 왜 어디 있는지는 말 안 하는데?"

보건 코치와 달리 원장은 알약 이야기에 흔들림이 없었다. 알약에 대해 이미 알고 있었다는 듯 태연하게 말하다니, 그저 놀라웠다.

"원장님, 저는 이해가 필요해요. 그러니까 저는 이해를 못 했어요."

원장은 차를 마시며 시선은 봉희를 바라보았다. 편안한 눈빛이 오히려 무서웠다. 태연한 구유리의 얼굴을 보자 벌써 지고 있는 기분이었다. 그러나 멈출 수가 없었다.

"원장님, 우리는 건강하게, 자연스럽게 몸을 만드는 곳이잖아요."

봉희는 벽에 걸린 표구된 액자를 바라보았다. 자연스럽게, 평화롭게, 끝내 자유에.

"자기야."

식어버린 붉은 차 위로 먼지가 둥둥 떠다녔다. 원장이 찻잔을 내려놨다.

"그거 천연 성분이다?"

7. 질문의 시작

    송동만은 하얀 분필을 가로로 잡아 칠판에 눕혔다. 한 음절을 자기 얼굴보다 크게, 붓글씨 쓰듯 정성스럽게 적었다. 두 글자를 쓰는데 선생은 손목을 자주 꺾었다.

    '성실'

    획의 시작과 끝이 모두 꺾여 적혀 어지러웠다.

    "이거 천연성분이다?"

    구유리의 말을 듣자마자 십 대의 마지막 여름날이 소환된 이유는 무엇일까. 봉희는 그때 무감하게 바라본 칠판의 글씨를 떠올렸다. 초여름부터 전례 없는 무더위로 온 동네가 절절 끓던 어느 날이었다. 몸통을 떨어대는 바깥의 매미 울음소리가 창을 뚫고 들어왔다. 봉희를 비롯한 면접특별대비반 예닐곱 명의 여학생이 듬성듬성 교실을 채웠다. 벽에 걸린 선풍기가 방향을 바꿀 때마다 똑, 똑 고개 꺾이는 소리가 선명하게 울렸다.

그날은 하절기 면접대비반의 마지막 수업이었다. 궁서체로 적혔던 하얗고 커다란 '성실'이란 글자. 면접뿐 아니라 직장에 들어가서도, 더 나아가 인생을 살면서 이 글자 하나만 기억하면 된다고 선생은 힘주어 말했다.

하지만 진짜 성실이란 게 무엇인지 선생은 보여주지 않았다. 그저 성실이라는 단어만을 반복했다. 학교는 늘 그런 식이었다. 끈기 있게 공부하라던 국어 선생에게 문법 원리를 끈질기게 묻자 여상에서 거기까지 알 필요 없다는 답이 돌아오기도 했다. 그러니까 성실과 끈기를 배우면서 멈추고 포기하는 법만 배웠다. 어쩌면 성실하게 통과하지 못했던 그날들이 떠오른 건 당연했다. '정성스러움과 참됨.' 국어사전에서 설명하는 '성실'의 뜻은 그랬다. 그러니까 성실 안에는 정직함도 포함되어야 한다. 그것을 몸으로 체험하지 못한다면 그것은 진짜 배우는 게 아니라고, 봉희는 그렇게 말하고 싶었다.

"원장님. 그게 천연성분이라고 해도요, 원장님이 말한 자연스러운, 건강한 방식은 아닌 거잖아요."

운남의 편지 이야기도 했다. 사람을 살린다는 이곳에서 누군가는 내몰렸다고. 좌절한 사람의 목소리 같다고.

"그러니까 뭔데. 운남이 걔가 걱정돼서 그러는 거야?"

"원장님은 걱정 안 되세요?"

"죽을 사람은 그런 편지 안 써. 모르겠니?"

"자연스럽게 체질을 바꿔나간다고 하셨잖아요. 그 어떤 약도 필요하지 않다고. 세상의 모든 다이어트 약은 사기라고. 그걸로 빠질 거면, 평생 죽을 때까지 그 약을 달고 살아야 하지 않겠냐고. 그렇게 말한 건 원장님이셨어요."

"양 코치!"

날 선 구유리의 목소리가 귀에 꽂히자 가슴이 뛰었다.

"애들이 어떤 심정으로 이곳에 들어오는지 몰라? 그래서 지금 이렇게 한가한 소리나 하고 있는 거니?"

원장이 한마디 더 던졌다.

"멀리 갈 필요 없어. 너는 어떤 마음이었는데?"

'무슨 수를 쓰더라도, 어떻게 해서든.' 하마터면 이 말을 소리내어 말할 뻔했다.

입소식 날 새내기 수련생에게도 마이크가 넘어간다. 일종의 각오의 한마디 같은 걸 하는 순서였다. 사람들의 입에서 나오는 결의에 찬 말에 늘 비슷한 수식이 붙었다. '무슨 수를 쓰더라도, 어떻게 해서든.'

스무 살의 시간과 맞바꾼 그 돈을 꽉 쥐고 유리 단식원을 올려다보던 그 마음. 마지막 것을 털어 배팅하는 도박꾼처럼 차분한 체했지만 벌벌 떨며 그 돈뭉치를 넘겼다. 어떻게 해서든 변해야 한다는 절박함. 더는 눈에 띄는 존재가 되고 싶지 않은, 존중받을 만한 몸이 되고 싶던 마음이 봉희에게도 있었다. 뜨끈해진 코끝을 잡고 한동안 말을 잇지 못했다.

원장은 이제 되었다는 듯이 다시 편안하게 찻물을 우렸다. '멈추지 말 것.' 봉희의 머릿속을 꽉 채운 건 그런 말들이었다.

"존중받는 몸이 되기 위해서는 그 시간도 존중받으며 통과해야 한다고 생각해요."

봉희의 말이 길어지자 구유리의 얼굴이 서늘해졌다. 원장은 코웃음을 쳤다. 벌벌 떠는 건 봉희였다. 처음이라서 그랬다. 누군가에게 자신이 하고 싶은 말을 제대로 해본 것이 정말 처음이었다.

"언제부터 너 이렇게 말이 많아졌어?"

언제부터였을까. 요즘 봉희도 자신에게 비슷한 질문을 자주 했다. 걷다가 갑자기 맨홀에 빠진 것 같은 순간도 있었지만 가만히 생각해보면 균열은 진작 시작되었다. 지하수가 지반을 서서히 녹여내듯. 언제부터였을까. 그 질문의 끝에 운남이 사라진 그 새벽이 있었다.

"봉희야."

구유리가 봉희를 불렀다. 양 코치도 아니고, 자기야도 아니었다. 순간적으로 구유리의 품에 쏙 빨려들 것만 같은 착각. 봉희가 양손을 꽉 말아 쥐었다.

"착해빠진 앤 줄 알았더니."

원장이 둥글게 말린 채 떨고 있는 봉희의 손등을 꽉 쥐었다. 원장의 손바닥에 자신의 떨림이 감지되었을 걸 생각하니 부끄러웠다. 잡힌 건 분명 손인데, 마치 억세게 목을 틀어 잡힌 것처럼 입이 열리지 않았다.

"내일 촬영 있는 거, 모르니?"

구유리가 시계를 바라보았다. 12시가 넘어가는 중이었다.

"일단 푹 자."

방에 들어가서도 원장에게 붙잡힌 손이 얼얼했다. 봉희는 자신이 이제 막 걸음마를 하는 아이처럼 허약한 존재 같았다. 한 발을 떼며 엉덩이를 바닥에 찧지 않기 위해, 약하고 짧은 한쪽 다리로 버텨내는 기분. 잠이 올 리가 없는 밤이었다.

피곤한 몸으로 분주한 아침을 맞이했다. 최근 안나의 감량 부진으로 화제성이 떨어지자 공 피디는 원장에게 공을 들이는 모양이었다. 지난번에 원장 인터뷰가 업로드되고 반응이 좋았고, 이번엔 '온라인 세미나'라는 이름으로 생방송 영상을 찍기로 했다. 원장이 강의를 하는 동안 구독자들의 실시간 반응이 화면 한쪽으로 올라오는 식이었다. '수많은 Y들의 마스터! 구유리 원장 실시간 세미나'에 대한 관심이 높았다. Q&A 시간에는 질문들이 빠르게 올라와서 일일이 확인을 하기 어려울 정도였다. 공 피디가 몇 가지 질문을 지목하면 원장이 그것에 대해 답을 했다. 질문자 중에는 유리 단식원 출신도 많았다.

– 원장님, 10kg 빼고 퇴소했는데, 하라는 대로 잘하고 있는데도 찌고 있어요. 왜 그런 걸까요?

"잘했어요?"

– 나름 열심히 하고 있거든요.

"그냥 잘하는 게 아니라, 정확하게 해야 빠져요. 알잖아. 정확하게 철저하게 지킨 거 맞는지 가슴에 손을 얹고 생각해봐요. 하라는 대로만 하면 돼."

공 피디가 여러 질문 중 하나를 더 뽑았다.

– 단식을 어떻게 해요? 죽어도 못하겠던데?

"절실하면 다 돼요. 뭐든지 절실한 사람이 이기는 거야. 먹고 안 먹고를, 내가 못하면 누가 조절해요. 우리는 의지가 있는 사람이야. 의지가 있는 사람이 그걸 죽어도 못하겠는 게 더 이상하지 않나요?"

구유리의 말에 사람들의 반응은 폭발적이었다. 재밌어하거나, 뼈 때리는 답이라며 반성을 하는 사람들도 있었다. '원장님 멋있어요'라며 팬임을 자처하는 사람들도 생겨났다.

– 너무 참으면 나중에 식욕이 폭발한다고 하는데요. 그런 사람 없나요?

"그게 바로 우리 단식원이 필요한 이유지요. 여기서 훈련하는 거죠. 자연스럽게 몸에 배는 거예요. 그러고 나가면 언제든지 내가 필요할 때 음식을 끊을 수 있어요. 덜고 비우면서 느낀 기쁨을 알잖아? 그러면 알아서 다 하게 되어 있어요. 건강해지지, 날씬해지지 이 좋은 걸 왜 안 하느냐고. 이게 다 자기 몸을 말이야, 귀하게 여기지 않아서 그래."

– 아멘.

질문자의 우스꽝스러운 답에 사람들이 웃었다.

촬영이 만족스러웠는지 구유리의 표정이 밝았다. 촬영이 끝나고 오세라와 봉희만을 불러 촬영 피드백을 받았다. 오세라와 봉희는 방송 중 올라온 질문 중 몇 가지를 더 추려내어 답변을 작성해 단식원 SNS에 올리기로 했다. 최종 정리된 자료를 올리는 걸 처음엔 정미향에게 맡기려고 했지만, 방송이 시작되고 입소 문의 전화가 쇄도해 1층 데스크는 이미 포화 상태였다. 안나의 첫 방송 직후보다 더 뜨거운 반응이었다.

"얼른 2호점 열어야지. 큰일 났다, 이거."

이미 대기 상태인 사람들도 수용을 못 하고 있으니 2호점을 여는 건 시간문제였다. 원장이 들썩이는 게 보였다. 원장은 오세라와 봉희에게 2호점 진척 상황에 대해서도 알려줬다. 사적인 이야기가 몇 마디 오간 뒤 회의가 끝났다. 나가보라는 말에 일어서는데 원장이 봉희를 불러 세웠다. 굳이 "봉희는 남아"라고 말했다.

오세라가 뒤돌아보았다. 고개를 세게 돌리는 바람에 하나로 묶은 긴 머리가 좌우로 크게 흔들렸다. 오세라가 나가자 원장은 봉희에게 종이 뭉치를 건네며 말했다.

"쓸데없는 거에 에너지 쏟지 마."

"네?"

"이거나 검토해. 이 사람아."

'구유리 건강힐링센터 2호점 기획안'이었다.

아침 운동을 위해 수련생들이 느리게 쏟아져 나왔다. 머리부터 발끝까지 파도가 휘몰아치는데 날은 맑고 밝았다. 일상이 흘러갔다. 단식원에 어떤 변화, 균열도 없이 같은 시간에 같은 포즈로 수련생들이 나오고, 고상연은 봉고차의 시동을 켰다. 엔진이 덜덜 돌아가며 좌석을 흔들자 봉희의 몸도 흔들렸다. 그 자리에서 탈탈 털려 물방울처럼 작아져 증발해버리고 말 것 같은 기분. 수련생 시절부터 코치까지 오래 몸담은 이곳이 순간순간 낯설게 느껴졌다. 가끔 운동 나가기 전에 들여다보는 거울 속 자신의 얼굴조차 순간적으로 낯설고, 양봉희라는 이름도 자신의 몸을 벗어나 바깥에서 맴돌았다.

운동을 마치고 돌아오자 정문 상단의 LED 광고판에 '이달의 코치 오세라 선생님 축하합니다'라는 문구가 흘렀다. 오세라의 전신 사진이 로비에 입간판으로 세워졌다. 차에서 내리면서부터 오세라 팀원들이 호들갑을 떨며 코치를 치켜세웠다. 오세라 사진 앞에서 똑같은 포즈를 취하며 단체 사진을 찍느라 로비가 어수선했다.

"양 코치님. 우리, 사진 좀."

오세라의 팀원 한 명이 사진을 찍어달라고 봉희를 불러 세웠다.

"얜 진짜 눈치가 없어."

나이가 더 있는 여자가 카메라를 봉희에게 넘기려는 여자애의 옆구리를 팔꿈치로 슬쩍 눌렀다.

"왜요, 왜. 괜찮아요. 이리 주세요, 찍어드릴게."

봉희는 카메라의 셔터를 눌렀고, 오세라와 팀원들은 어색하게 웃었다.

"미안, 양 쌤."

"왜, 뭐가요. 나 괜찮은데?"

카메라를 돌려주고 되돌아오면서 봉희는 원장이 건넨 2호점 계획서를 떠올렸다. 그 누구도 아닌 자신에게 쥐어준 그것. 봉희는 정말 괜찮았다. 방으로 돌아와 계획서 표지를 손바닥으로 쓰다듬었다.

– 효소 또 떨어짐.

지난번에도 효소가 바닥난 걸 알리며 불만을 표시했던 팀원 박민아의 메시지였다. 무례함이 넘치는 짧은 문자에 얼굴이 화끈거렸다. 또 빈틈을 보였다는 자괴감이 밀려왔다.

효소 물 저장 냉장고 앞까지 고상연을 따라 들어갔다. 붉은 빛이 슬쩍 돌지만 투명에 가까운 효소 물이 출렁이는 유리병을 건네받았다. 시큼한 그것의 맛이 연상되면서 혀 아래 침이 고였다. 휴게실로 들고 가 봉희 팀의 전용 병에 담았다.

구부리고 앉아 병을 최대한 기울였다. 유리병의 표면에 달라붙은 것을 털어내기 위해 병을 흔들었다. 차갑고 진득한 액체 한 방울이 봉희의 뺨에 튀었다. 차고 진득한 그것을 손등으로 닦았다. 처음 느껴지는 효소의 촉감이었다. 가끔 효소의 성분에 대해 자세하게 물어오던 이들이 떠올랐다. 봉희의 얼굴이 붉어졌다. 원장님이 몇 해 동안 심혈을 기울여 개발한 것이라고, 귀한 거니까 거르지 말라는 답으로 대신했다. 생각해보면 봉희는 한 번도 그것에 대해 궁금해하지 않았다. 그러니까 그런 자신이 스스로도 놀라웠다. 어떠한 궁금함도 없이 수십 수백 번 효소를 옮겨 담고, 그걸 마신 몸들의 수치를 재고 기록하고, 그러다 누군가의 멱살을 잡아 올린 걸 생각하니 어깨와 목덜미에 소름이 끼쳤다.

방으로 돌아와 구유리가 건넨 두툼한 2호점 계획서를 내려다보았다. 표지 전면에 2호점 조감도가 매끈하게 인쇄돼 있었다. 2호점 역시 통유리였다. 플라잉 요가 중인 수련생들이 다리에 끈을 감고 팔은 위를 향해 펼치고 있었다. 마치 발이 묶인 새처럼 보였다. 건물 앞을 천천히 걷는 사람들과 나무들도 보였다. 화사한 풍경이었지만 더 이상 그것이 봉희의 불편함과 두려움 같은 걸 해소해주지 못했다. 잠깐씩 가슴을 일렁이게 한 묘한 감정들로 해결될 문제가 아니었다. 봉희가 통유리로 된 2호점 건물 위에 손바닥을 올렸다. 손끝으로 매끈한 인쇄 면을 쓰다듬었다. 봉희는 뭔가를 그러잡기라도 하듯이 종이에 올려둔 손을 빠르게 움직여 주먹을 쥐었고, 순간 조감도가 찢기면서 사나운 소리를 냈다.

봉희는 곧장 원장실로 달려가 문을 두드렸다.

"어서 와요, 검토 좀 해봤어?"

2호점 조감도를 살펴봤느냐는 질문이었다.

"원장님, 그게 아니라 궁금한 게 있어서요."

"요즘에 뭐가 그렇게 궁금한 게 많니?"

원장은 다시 살펴보던 자료에 시선을 돌리며 말했다.

"알고 싶어요."

원장이 다시 서늘한 얼굴로 고개를 들었다. 봉희가 원장을 얼굴을 똑바로 쳐다보며 입을 열었다.

"아니, 알아야 되는 게 맞는 것 같아요."

한마디에 한 발짝씩 돌아갈 수 없는 길을 내딛는 기분이었다.

"뭐가 또 궁금해서, 응?"

"효소 말이에요. 저도 수련생들도 알아야 하는 거 아닐까요. 우리 몸으로 들어가는 거니까. 뭐로 만든 건지, 안전한 건지. 그리고 운남에게 건네신 약이요."

원장의 얼굴이 어두워졌다.

"운남이 걔 계속 연락 와?"

"뚝 끊겼어요."

"그러니까, 걔가 가만히 있는데 왜 니가 더 난리야?"

"원장님, 저는 코치잖아요. 수련생들 몸으로 들어가는 건 최소한이라도 알아야 하고, 알려줘야 하는 거라고 생각해요."

"그러니까 너 코치잖아. 너는 네 할 일 해."

원장이 들고 있던 자료를 거칠게 책상에 내던졌다.

"생각할수록 열받네? 수련생 놓친 거, 너야. 알아?"

"그 이야기를 하는 게 아니에요. 저도 사과하고 싶고요."

"사과? 해, 하라고."

구유리가 숨을 크게 내쉬었다.

"대신 내 껀 건드리지 말고, 응?"

봉희가 자리에서 일어났다.

"미리 경고했다, 난."

원장은 봉희에게 돌려받은 2호점 계획서를 함부로 찢더니 반으로 접어 부채질을 하며 숨을 골랐다. 봉희가 문고리를 잡고 나가려는데 한마디 더 했다. 좀 진정이 된 건지 목소리는 낮아졌다.

"오버하지 마."

그리고 한마디 더. 읊조리는 목소리였지만 정확히 봉희의 귀에 날아와 꽂혔다.

"뭣도 아닌 게."

'뭣도 아닌 게'라는 말이 방으로 돌아와 털썩 책상 의자에 주저앉을 때까지 봉희의 머릿속을 둥둥 떠다녔다. 그 말이 너무나도 강력했다. 정말 그 '뭣'도 아닌 자신이 무엇을 할 수 있단 말인가. 쓰라린 모멸감이 밀려왔다.

촬영이 있는 날이라 코치진 회의가 더 길어졌다. 촬영 전 안나의 몸 상태를 체크하고, 촬영장에서 공개할 내용을 추리고 정리하는 시간이 꽤 걸렸다. 민감한 상황에 대해서는 전체 회의 후에 구유리가 오세라와 봉희만 따로 불러 결정하곤 했다. 회의가 끝나고 봉희는 관성처럼 자리에 머물러 있었다. 원장이 오세라 옆으로 의자를 끌고 앉더니 봉희를 빤히 바라보며 말했다.

"안 나가고 뭐 하니?"

"네?"

"회의하려는 거 안 보여?"

오세라의 눈이 동그래지더니 봉희와 구유리의 안색을 살폈다. 자리에서 일어나 문을 열고 나가는 동안 귀가 뜨끈해졌다. 당장이라도 방송사든 신문사든 이런 데를 찾아 구유리를 고발하고 싶은 적의가 끓어올랐다. 하릴없이 1층으로 내려갔다.

정미향은 뭔가에 몰두하느라 봉희가 오는 줄도 몰랐다. 붓을 들고 한창 캘리그래피를 연습 중이었다. 수년째 이곳에서 일하며 착실하게 돈을 모으며 착하게 살아가는 정미향. 여기가 아니면 안 되는 사람들을 보라던 원장의 말이 다시 떠올랐다. 속도 모르고 정미향은 봉희를 발견하고 붓 쥔 손을 흔들며 환하게 웃어주었다.

아직 조악하지만 나름 멋을 부려 작품을 만드는 중이었다.

캘리그래피 수강을 받은 뒤로 정미향은 프린트해도 될 것도 굳이 손글씨로 써서 게시했다. 제대로 재미를 붙인 모양이었다.

"이런 문화생활, 첨이야. 이제 이런 것도 좀 배우면서 사람답게 살 거야."

캘리를 배우러 다니면서 봉희에게 자랑하던 일이 떠올랐다. 며칠 전부터는 다이어트 자극 문구를 써서 화장실 칸칸에 붙여놓기도 했는데, 수련생들과 코치들의 반응이 좋아 더 탄력을 받은 듯했다. 이번에는 시를 써보겠다며 자판을 두들겼다. 인터넷 검색창에 '좋은 시', '짧은 시', '감동 시' 따위를 적는 정미향을 뒤로하고 한창 촬영 중인 요가실로 올라갔다.

원장실 촬영까지 끝내고 나오던 공 피디가 먼저 말을 걸었다.

"원장님, 컨디션 별론데?"

친한 사이라도 되는 것처럼 종종 말끝을 났다. 1층 로비 정미향한테는 진작 그런 말투였다.

"요즘 안나 씨 감량이 신통치 않아서 그러시나?"

"어디 그럴 사람이에요?"

"그렇지. 그런 거에 흔들릴 멘탈이 아니지, 그 양반. 암튼 볼수록 대단해."

"피디님 보시기에도 원장님이 대단해요?"

"보통은 넘죠."

"뭐가요? 멘탈이요? 피디님도 멘탈 좋으시던데."

"원장님이 갑이죠, 갑."

"멘탈 갑인 사람을 어떻게 이길 수 있을까요? 미쳐야 되나?"

"뭘 이기려고 해요. 아니, 정말 이길 수 있다고 생각하는 거야, 양 코치님?"

공 피디가 몸을 돌려 봉희에게 기울였다.

"애초에 사이즈가 다르잖아, 둘은."

봉희가 자리를 털고 일어났다.

"그래도 싸울 거면 나한테 미리 말 좀 해줘, 재밌을 거 같아."

봉희는 단식원을 둘러보았다. 정미향이 앉은 데스크 앞에서 등을 구부리고 외출 사유서를 쓰는 수련생을 바라보다가 계단을 올랐다. 벽 코너에 세워진 체중계 앞에 조심스럽게 한 발을 얹는 수련생의 뒷모습을, 휴게실 소파에 몸을 구겨 넣고 휴대폰에 코를 박고 있는 여자애를 보았다. 새삼스럽게 시간이 자꾸 거꾸로 흘러 결국 또 운남이 떠올랐고, 공장 작업대 앞에 둥글게 몸을 말고 앉은 어린 자신의 뒷모습도 떠올랐다.

그리고 자꾸만 '뭣도 아닌 게'가 떠올라 다리에 힘이 풀렸다. 화장실로 들어가 한 칸을 차지하고 앉았다. 변기 뚜껑을 닫고 올라 앉아, 두 다리를 접어 꽉 끌어안았다. 고개를 숙여 무릎에 얼굴을 박았다가 고개를 들었다. 정면에 정미향이 솜씨를 발휘

한 캘리그래피로 뭔가를 써 붙여놓은 게 보였다. 눈이 눌렸다가 풀어지면서 천천히 선명해졌다. 누군가의 시를 발췌한 모양이었다. 검색창에 시를 검색하던 정미향이 생각나 미소가 지어졌다.

'어디까지 갈 수 있을까. 한없이 흘러가다 보면 나는 밝은 별이 될 수 있을 것 같고.'

왈칵 눈물이 쏟아졌다.

눈물을 쏟고 맨 처음 떠오른 사람은 고상연이었다. 봉희는 고상연을 찾아갔다. 고상연은 건물 뒤편 나무에 여전히 다리를 올리고 명상 중이었다. 〈세상에 이런 일이〉 같은 프로그램에 나와도 손색없을 유연성이었다. 구유리의 남편이고 이 건물의 대표였지만 원장과는 결이 다른 사람이라고 생각했다. 말이 별로 없었지만 따뜻한 사람이었다. 그런 점이 늘 믿음을 줬다.

"대표님, 아까 그 효소 말이에요, 그건 뭐로 만든 건가요?"

고상연이 나무에서 천천히 다리를 내렸다.

"그건 유리만 알아요. 며느리도 몰라요."

싱거운 농담조로 답을 하고는 이번엔 나무에 등을 툭툭 부딪쳤다.

"대표님이라면 알아야 하는 거 아니에요?"

봉희도 농담조로 대들 듯이 말했다.

"이걸 옮겨 담는 게 내 일이에요. 어련히 알아서 잘 만들었겠어요."

"제가 물었는데 원장님은 안 알려주시는 거예요. 그건 뭔가 문제가 있는 거잖아요?"

빙그레 웃던 고상연이 웃음기를 거두었다. 등을 툭툭 치던 것도 멈추고 근엄한 얼굴로 한마디를 내뱉었다.

"나, 구유리를 믿어요."

"네?"

"코치님도 식구잖아요. 식구가 원장을 못 믿으면 어떡해. 그게 무엇이든 유리는 진심을 담았을 거예요. 유리는 그런 사람이라고."

그러니까 그 말이 얼마나 큰 타격이었느냐면 순간적으로 머리가 멍해졌다. 말 그대로 둔기로 누군가 뒤통수를 세게 갈긴 기분이었다.

늘 따뜻하고 점잖게 대해준 고상연이었다. 눈이 내리던 새벽, 구유리의 말을 기꺼이 배반하고 따뜻한 믹스 커피를 건넨 사람. 누군가에게는 별거 아닐지 모르지만 그런 순간을 공유한 사람이었다. 수십 명이 생활하는 이곳에서 막연하지만 신뢰 같은 걸 느끼고 있는 사람이었다. 생각해보면 원장의 남편이자, 명목상이라지만 아무튼 이곳의 대표였다. 구유리의 말이라면 꾸벅 죽는 시늉이라도 하는 사람이었다. 그런 사람에게 막연하게 신뢰 같은 걸 혼자서 느꼈다는 게 웃겼다. 막연한 신뢰는 이렇게도 허약했다.

전의를 상실한 기분이었다. 마사지실과 세미나실에 들어가지 못하고 내내 방에 누워 있었다. 이성과 감정 모두 과부하가 걸린 것처럼 아무것도 생각해낼 수 없었다. 계속 천장만 바라보았다. 뭔가가 잡힐 듯 잡히지 않았다. 불을 끈 채로 가만히 어둠 속에 누워 있는데 전화벨이 울렸다. 단식원 일정이 끝나기 한 시간 전에 긴급 회의가 소집되었다. 좀처럼 저녁 회의는 열지 않았는데 의외였다.

"우리 센터 사상 초유의 일이 벌어져서, 이걸 어떻게 해야 할지 나 너무 당황 중이야."

구유리가 한참 뜸을 들이더니 입을 열었다.

"아니, 나 이거 참 어떻게 말해야 하니."

코치들의 눈과 귀가 구유리에게 쏠렸다.

"어느 팀원들이 단체로 코치를 바꿔달란다."

코치들이 어두워진 얼굴로 술렁였다. 정말 사상 초유의 일이 맞았다.

"이게 말이야, 코치 한 사람의 문제라고 생각하지 않거든. 이건 우리 센터 신뢰의 문제인 거잖아. 언제 이런 적이 있었느냐고."

원장은 팀원들에게 거부당한 수치의 주인공이 누군지 밝히지 않고 궁금증만 증폭시켰다. 코치들의 긴장감으로 회의실의 공기가 터져버릴 것 같았다.

"그냥 뭐 성격 안 맞고, 응? 그래서 그런 거면 내가 걔네 달래면 돼. 근데 사유를 보니까 너무 심각한 거야. 이건 뭐, 책임자로서 내가 할 말이 없는 거지."

원장이 손에 있는 종이를 코치들에게 보였다. 슬쩍 봐도 한 페이지 가득이었다.

"효소 물 비워놓는 건 일쑤고, 프로그램 도중에 멍 때리고 자리를 비우는 건 기본이라는 거야. 코치로서 실력과 성실함이 부족하댄다. 아니, 어떻게 우리 센터에서 이런 말이 나올 수가 있니?"

구유리가 두 손을 허리에 올리고 땅이 꺼져라 한숨을 쉬었다.

"누구 잘못이겠니. 잘못 가르친 내 잘못이지. 이걸 보고 이 코치가 원망스러운 게 아니라, 내가 부끄럽더라. 정신이 확 나더라니까. 나부터 정신 차릴 테니까, 여러분도 정신을 다시 정비하자고 이 밤에 부른 거야."

원장의 긴 정신 교육이 시작되었다. 코치들이 피로해진 게 눈에 보였다. 긴 연설이 끝나고 슬슬 마무리를 했다.

"일단 여기 팀원은 미안하지만 한 명씩 다른 코치들이 좀 맡아줘요."

코치들에게 한 명을 데려가는 게 반가울 리 없지만, 그 당사자가 아니라는 뜻이기도 해서 안도하는 얼굴이었다. 마치 오디션 프로그램의 탈락자 후보인 양 남은 코치들 사이에 불안한 기운이 가득했다. 새로운 팀원을 한 명씩 더 맡은 여섯 명의 코치들은 한결 부드러워졌다.

"양봉희 코치는 남아요."

모두의 눈이 봉희에게로 쏠렸다. 원장은 그들이 종종걸음으로 회의실을 빠져나가기도 전에 큰소리를 쳤다.

"이거 자질 있는 거 맞어?"

봉희가 떨리는 손을 들키지 않으려고 주먹을 꽉 쥐었다.

"오늘도 세미나, 마사지 시간에 없었다는데, 설마 그랬어?"

"네."

"다들 빨리 안 나가고 뭐 해요?"

미적거리며 구경하려던 코치들을 향해 원장이 소리를 질렀다. 그리고 차갑게 식은 얼굴로 봉희에게 말했다.

"너를 먼저 돌아봐, 응?"

원장이 종이를 봉희의 얼굴에 던졌다.

잠이 올 리 없었다. 수치스러웠고, 그런 수치를 안긴 원장에게 그 배로 돌려주고 싶었다. 하지만 동시에 무섭기도 했다. 공피디의 말처럼 원장은 애초부터 사이즈가 다른 사람인지도 몰랐다. 새벽이 되고 적막으로 가득 찬 단식원에서 봉희의 가슴은 계속 뛰었다. 자괴감과 분노 그리고 불안이 교차로 봉희의 온 몸속을 휘저었다. 지금처럼 간절하게 누군가를 의지하고 싶었던 적이 있었나, 할 정도로 기대고 싶었다. 새벽의 시간이 너무 외로웠다. 운남이 떠올랐다. 그 새벽, 기댈 사람이 필요했던 건 아니었을까. 멱살로 자신을 잡아줄 사람이 아니라, 그저 조용히 어깨를 두드려줄 사람이 필요했다면. 거기까지 생각이 이르자 괴로웠다.

"내 새끼라고 여기란 말이야."

원장은 늘 코치들에게 말했다. 자신에게 맡겨진 수련생들을 새끼처럼 대하라고 했다. 그런 새끼들을 원장은 다른 코치들에게 한 명씩 넘겨버렸다. 수련생이 없는 코치는 이곳에서 존재의 이유가 없다. 수치심이 봉희를 휘감았다. 어째서 나는 늘 마지막에 실패하는가.

공진표를 떠올렸다. 재미있는 이야기를 찾는 사람. 그리고 과감하고 똑똑한 사람. 혼자서 싸우는 일이 힘들다면 그런 사람에게 기대는 것도 나쁘지 않은 전략이었다.

"그런데 이거 많이 먹으면 큰일 나요. 처방받은 건 맞죠?"

운남의 호주머니에서 발견된 알약을 약국에 가져갔을 때, 약사는 분명 그렇게 말했다.

"이거 나중엔 우울증 와요. 텔레비전 못 봤어요?"

"네?"

"마약 성분."

공진표 피디에게 이 사실을 알리면 그는 분명 관심을 보일 것이다. 누구보다 냉철하게 그래서 잔인할 정도로 조목조목 원장의 잘못을 폭로해줄 사람은 현재 공진표밖에 없다. 그렇게 공진표를 떠올리고 있을 때 문자가 왔다.

— 봉희야. 너 나 원망스럽지, 지금?

원장이었다.

침대에 누운 채로 휴대폰을 들었다. 작은 방에서 휴대폰 불빛만 멍해진 봉희의 얼굴 위에서 조명처럼 쏟아졌다.

— 내 사람이니까 그렇게 한 거지, 알지?

당장이라도 달려가 원장에게 안기고 싶었다.

— 내 사람 아니면 혼냈겠니?

'죄송해요, 원장님. 저는 그냥 잘해보고 싶었어요. 제대로 시작하고 싶어서 그랬던 거예요.' 그렇게 답장을 쓴다면 원장은 분명 자신을 위로해줄 것이다. '내가 널 모르니. 그동안 누구보

다 열심히 한 거, 내가 잘 알지. 이제부터 더 잘하면 돼.'

어떻게 다시 원장에게 달려가고 싶은 마음이 생길 수 있을까. 봉희는 자신이 무섭다고 느꼈다. 그때, 들고 있던 휴대폰을 떨어뜨렸다. 휴대폰 모서리가 앞니 끝을 가격하며 떨어졌다. 날카로운 조각이 혀 아래로 떨어졌다가 목구멍으로 넘어가려는 순간 벌떡 일어나 손바닥에 뱉어냈다. 하얀 이 조각이 쪼개진 손톱 같았다. 윗입술에서 피가 났다. 휴지를 한 장 뽑아 이를 감싸고, 한 장 더 뽑아 입술의 피를 닦아냈다. 욱신거리는 앞니를 만져보니 조금 흔들리는 것 같기도 했다. 거울 앞에서 이, 하고 소리를 내며 입을 벌렸다. 조각난 앞니에 터진 입술. 꼴이 말이 아니었다.

더 이상 이렇게 살 수 없다는 자각. 당장이라도 짐을 챙겨 단식원 바깥으로 나가고 싶었다. 뒤늦게 문자 하나가 더 왔다.

– 홍안나에게 집중해.

8. 짜릿한 축제 속으로

만약 그 밤에 원장이 홍안나의 이름을 문자 메시지로 보내지 않았다면, 어쩌면 자신은 도망쳐버렸을 거라고 봉희는 생각했다.

– 홍안나에게 집중해.

끝까지 내몰아놓고 다시 따뜻하게 품는 기술. 수련생과 코치들을 관리하는 방식이었다. 당신의 의도를 이제 안다고, 그 제안을 덥석 물지 않겠다고 말하고 싶었다. 하지만 홍안나라는 이름을 본 순간, 동시에 운남이 떠올랐다.

안나를, 아니 안나라도 지키고 싶었다. 그것이 안나를 위한 것인지 자신을 위한 것인지 알 수 없었지만, 분명한 건 안나 곁에 있어야 한다는 강렬한 의지였다.

"봉희 쌤, 완전 반전이야. 다행이다. 쫓겨나는 줄 알았잖아."

안나와 촬영 준비를 하는 봉희에게 정미향이 다정하게 어깨를 잡으며 말했다.

"하여튼 원장님 츤데레. 가만 보면 대놓고 봉희 쌤 예뻐해."

봉희가 쓴웃음을 지었다.

"암튼, 반전."

원장실에서의 수모가 단식원 전체에 이미 쫙 소문난 모양이었다. 왜 아니겠는가. 단조로운 일상에 조그만 사건이라도 벌어지면 그 덕에 생기가 도는 곳이 여기 아니었던가.

지독한 감량 정체기에서 벗어난 안나가 촬영을 재기하는 날이었다. 한 달여 동안 안나는 정체기의 늪에 빠져 고군분투했다. 대중의 관심과 높은 감량에 탄력을 받은 그녀는 무서울 정도의 성취를 보여줬다. 처음엔 여럿이 밀어줘야 했지만, 어느새 스스로 에너지를 내어 거침없이 달리던 안나. 그러다가 단 1g의 감량도 없는 지독한 정체기에 빠졌다. 이때 혹시 식욕이라도 돌면 문제였다. 정체기에 대한 스트레스가 폭식으로 이어지는 수련생이 많았다.

전전긍긍. 혹여 안나에게 식욕이 돌까 봐 봉희는 계속 전전긍긍했다. 식욕을 제어할 수 없게 된 안나가 조용히 알약을 받아들게 될까 봐 그게 걱정이었다. 봉희는 자는 시간을 빼고 안나 곁을 지켰다. 곁에서 하는 일이라곤 안나의 어깨를 가볍게 두드려주는 일뿐이었지만.

"그래, 그렇게 밀착 마크하라고. 이제 좀 돌아왔네. 양봉희."

원장은 흡족해하며 봉희를 격려했다.

성제기 3주 동안 안나는 거의 누워만 있었다. 초저녁에 요가한 타임이 전부였다. 그때도 봉희가 할 수 있는 일은 안나 옆에 있어주는 것뿐이었다.

"채찍질할 때 되지 않았니?"

구유리 원장의 이 말에 조급해하지 않는 것. 그러니까 그런 일들.

드디어 정체기를 지나 1kg이 감량되었고, 그걸 발판으로 안나는 다시 힘을 얻었다. 영상은 3주 전 단 1g도 빠지지 않은 안나가 좌절하는 모습과 그럼에도 다시 시작하는 모습이 아름답게 편집되어 나갈 예정이었다. 정체기에 열심히 운동한 영상이 없으니, 1kg 감량으로 탄력을 받아 열심히 운동 중인 현재의 안나를 촬영하겠다는 거였다. 지금 촬영한 운동 장면은 2주 전 정체기 때의 영상으로 나간다고 했다. 스태프들은 시간과 날짜가 함께 표시되는 운동 방의 디지털시계를 황급히 치우고, 단서가 될 만한 것이 혹시나 남아 있지는 않은지 꼼꼼히 살폈다.

"안 그럼 드라마가 없잖아요."

공 피디의 의견에 대부분이 수긍했다.

"맞어, 나도 이제는 노잼이라는 댓글이 제일 무섭더라."

원장이 웃으며 거들었다.

원장까지 촬영에 투입되었다. 러닝 머신에서 30분간 빠르게 걷던 안나가 정지 버튼을 누르고 그 자리에 털썩 주저앉았다.

"죽을 거 같아요."

안나가 고개를 숙이고 눈물을 닦았다. 봉희는 당장이라도 안나의 손목을 끌고 나가고 싶었다.

"안나 씨, 힘들죠."

원장이 위로했다. 그러면서 포기하지 말 것을 강조했다.

"근데 이런 거 때문에 안 죽어. 걱정 마."

원장은 힘주어 말을 이었다.

"정체기 때는 그냥 하는 거야, 그냥. 계속 바보처럼. 누가 이기나 보자 이러고, 응?"

촬영이 마무리되고, 그제야 봉희는 안나를 부축해 방으로 데려갈 수 있었다. 안나의 방에 불을 꺼주고 돌아설 때 자괴감이 밀려왔다. 당장이라도 안나가 이곳을 떠날 것만 같아서 자꾸 뒤를 돌아보았다. 봉희는 코치 방까지 천천히 걸어가며, 과연 자신이 무엇을 원하는지 물었다. 운남처럼 안나를 이곳에서 잃을까 봐 걱정이 되기도 했지만, 동시에 안나가 떠나는 것을 바라는지도 모르겠다고 봉희는 생각했다.

정체기 영상은 최고 조회 수를 기록했다. 댓글 역시 최다였다. 사람들은 안나의 몸을 부러워했고, 그녀의 굳센 의지를 칭찬했다. '보면서 많이 울었어요.' 이제는 Y와 함께 웃고 울었다. 안티 댓글은 현저히 줄었다. 간혹 부정적인 댓글이라도 하나 올라오면 다른 사람들이 가만두지 않았다.

– 겁나 징징대네.

안나의 정체기 영상에 이 댓글을 올린 사람은 역풍을 맞았다. 악플 세례도 모자라 안나 팬들에게 신상까지 털렸다.

"알아서들 조져주니까."

공 피디는 그렇게 말했던가.

– Y는 잊은 건가요, 다들?

봉희를 멈추게 한 건 이 댓글이었다. 봉희는 아직도 운남을 기억하는 사람이 있다는 것이 놀라웠다. 영상 3회부터는 운남은 완전히, 깨끗하게 잊혔다. 그런데 누군가 Y를 기억해냈다. 알 수 없는 불안이, 어떤 부채감이 스멀스멀 또 올라오기 시작했다. 운남의 마지막 메일이 떠올랐다.

'코치님, 나는.'

여기서 멈춘 운남의 문장을 봉희는 매일 하나씩 채워보았지만, 도무지 답이 무엇인지 알 수 없었다.

코치님, 나는 실패한 건가요.

코치님, 나는 잘못이 없어요.

코치님, 나는 모두 원망스러워요.

코치님, 나는 돌아가지 않을 거예요.

혼란스러울 때마다, 그러니까 운남에 대한 생각이 밀려올 때마다 봉희는 안나에게 집중했다. 안나를 잘 챙기는 일이 운남에 대한 부채감을 더는 일이라도 되는 것처럼. 그러면서도 자신에게 묻는다. 과연 안나를 지키는 일로 운남에 대한 부채감을 덜수 있을 것인가. 그럴 수 있는가, 그래도 되는가.

50kg의 벽을 깨고 48kg이 된 안나는 운동의 강도를 높였다. 45kg이 되면 새로운 앨범을 내겠다는 공약을 소속사가 대대적으로 홍보했다. 사람들은 진심으로 안나를 응원했다. 안나의 성공을 곧 자신의 성공처럼 느끼는 것 같았다.

약속한 촬영분 1회가 남았다. 이 마지막 회를 어떻게 장식할 건지를 두고 스태프들은 오랜 회의를 거쳤다. 마지막 회의 파급력을 아는 업체들에서는 엄청난 광고비를 제시하며 PPL을 제안해왔다.

"생방으로 가죠."

공 피디의 제안에 회의실이 술렁였다.

"완벽한 축제였으면 합니다. 짜릿하고 드라마틱하게 마무리합시다."

그와 함께라면 당연히 그런 드라마는 가능할 것이라는 믿음. 그 믿음이 스태프들에게 있었다. 그 믿음은 긴장감을 즐거운 흥분 상태로 바꾸어놓았다.

"피디님, 나 정말 자기가 맘에 들어."

원장이 장난스럽게 공 피디를 치켜세웠고, 스태프들이 웃으며 손뼉을 쳤다. 봉희는 축제의 열기로 가득 찬 도시에서 소외를 자처한 왕따 시민처럼 고개만 숙였다.

이 축제를 위한 주인공 Y의 의상을 고르는 데에 많은 시간이 걸렸다. 이십 대를 겨냥한 힙하고 고급스런 아우라의 브랜드를 선정했다. 저지 옷감의 탱크톱과 레깅스. 안나가 대망의 마지막 코스 산악 훈련 때 입을 의상이었다.

탱크톱은 안나의 가슴과 잘록해진 허리를 감쌀 것이다. 하체 역시 딱 달라붙는 레깅스였다. 얼룩말 무늬의 레깅스를 공 피디가 제안했지만, 원장이 극구 만류했다.

"피디님, 우리 안나 안티 늘어."

원장은 올 블랙 색상으로 가자고 제안했다.

"좀 고급스러우면서 섹시해야지."

스태프들이 고개를 끄덕였다.

공 피디는 예고편을 만들자고 했다.

"좋아요. 예고편 찍으면서 생방 리허설하는 거지."

마지막 생방 촬영 장소는 단식원 새벽 운동 장소가 아닌 5분 정도 차를 더 타야 도착하는 살림산으로 정했다. 단식원 입소생들이 평소 아침 운동하는 곳은 경사가 너무 완만하다는 게 이유였다.

"여러 가지로 그림이 안 나오니까."

공 피디의 말이었다.

살림산은 완만하다가 산 정상 200여 미터를 앞두고 급경사로 끝까지 이어진 산이었다. 처음에 웃고 들어갔다가 울고 나오는 산이라고, 하산하는 여자들이 하는 말을 들은 적이 있다.

"괜찮을까요?"

살림산의 급경사를 공복 상태의 안나가 오를 수 있을지 걱정이었다. 원장은 낮은 목소리로 봉희의 이름을 불렀다.

"양봉희!"

낮은 목소리지만 귀를 찔렀다.

"네가 쟤 인생 책임질래?"

"네?"

"네가 앨범 내주고, 인지도 올려주든가."

안나의 미래 앞에서 더는 할 말이 생각나지 않았다.

생방송 예고편을 위해 살림산 초입 주차장에서 내렸다. 주차장에서 등산로 입구로 향하는 길 왼편에 작은 폐교 하나가 보였다. 오래전 문을 닫은 듯한 초등학교 교문에는 묵직한 자물쇠가 채워져 있었고 철문 안으로 보이는 울타리에는 수풀이 스산하게 우거져 있었다. 우람한 거목들이 한여름의 녹음을 뽐내고 있었지만, 그것 역시 산뜻한 분위기를 만들어내지는 못했다.

"이런 폐교에서 야밤에 우리 안나 씨 담력 테스트 영상 하나 찍었어도 대박인데."

공진표가 실없는 이야기를 하고 있을 때, 봉희는 학교 안에서 누군가의 그림자가 쓰윽 지나가는 것을 봤다. 너무 놀란 봉희가 고개를 털고 시선을 다시 돌렸지만 아무것도 보이지 않았다. 예고편 촬영이 시작되었지만 봉희의 머릿속에서는 아까 그 폐교에서 본 그림자의 모습이 떠나지 않았다. 건물 뒤쪽으로 들어간 뒷모습을 분명히 보았다. 순간이었지만, 착각이라고 하기에는 너무도 생생했다.

예고편에 대한 반응은 뜨거웠다. 프로그램의 인기가 절정에 다다랐다는 실감이 들었다. 유튜브 구독자들은 뭘 해도 열광했고 놀랄 만큼의 지지와 성원을 보내주었다. 그런 대중의 반응은 안나, 공 피디, 단식원 사람들에게 엄청난 에너지를 가져다주었다. 원장은 수시로 공진표 채널에 들어가 적극적으로 모니터를 하고 댓글 반응을 살폈다.

예고편을 모니터하던 원장이 오세라와 봉희를 불렀다.

"이런 애는 어떻게 하면 좋니?"

줄곧 부정적인 댓글을 달던 그 아이디, '영원한 Y'였다.

– 05:15 정말 그게 가능한 일?

원장은 힘을 주어 몸에서 완전한 자유를 찾자고 역설 중이었다. '몸의 주인은 우리잖아. 나잖아.' 그 5분 15초 부분에 대한 댓글이었다.

"생방에서 그럴까 봐 걱정이야. 생방에서는 댓글이 막 올라오잖아, 실시간으로."

"악플이라고 하기엔 애매해서 지우지도 못해요."

오세라가 심드렁하게 말했다.

– 안나 파이팅. 잘하고 있어.

호의와 긍정으로 가득 찬 댓글들에서 유독 서늘하고 뾰족한 한마디가 있었다.

– 함부로 몸을 대하지 말라고 한 건, 당신이었어.

악플인지 뭔지 모호한, 그래서 서늘한 한마디가 봉희의 머릿속에 맴돌았다.

아이디는 역시 또 '영원한 Y'였다.

"안나 씨, 우리 너무 무리하진 말자."

생방을 앞둔 봉희의 말에 안나가 대답했다.

"얼마 안 남았잖아요."

운남이 구유리의 작품이자 봉희의 충실한 수련생이던 시절이 떠올랐다. 안나의 무표정은 마치 운남을 보는 것만 같았다. 그때 봉희는 운남이 고통이란 걸 모르는 우직하고 믿음직스러운 수련생이라고 생각했다. 그러나 어쩌면 운남은 계속해서 '코치님, 나는'이라는 말을 입속에서 삼키고 있었는지도 몰랐다. 코치님, 나는. 운남은 무슨 말이 하고 싶었던 것일까.

'얼마 안 남았잖아요.' 안나의 말을 곱씹었다. 안나의 몸무게는 46.3kg이었다. 공복에 살림산을 등반하고 수분까지 쫙 빠지면 충분히 45kg대에 도달할 수 있을 것이다. 그래, 안나의 말처럼 얼마 안 남았다.

생방송 두 시간 전 스태프들이 살림산 초입에 모였다. 분주한 사람들 틈에서 봉희는 폐교를 바라보았다. 지난 예행연습 때 눈에 잠깐 스친 여자의 모습이 떠올랐다. 당장이라도 폐교에 들어가 샅샅이 살펴보고 싶었다. 하지만 저런 곳에 운남이 있을리 없었다. 이렇게 가까이에, 섬뜩한 곳에서 운남이 머물 이유는 없었다.

'코치님, 나는.'

운남의 목소리가 들리는 것 같아 봉희는 부러 빠르게 고개를 가로저었다. 지금은 마지막 촬영을 위해 집중할 때였다.

"와, 연예인은 연예인이다, 정말."

여자 스태프가 차에서 내리는 안나를 보며 감탄사를 내뱉었다. 출장 메이크업과 헤어 전문가의 손을 거친 안나는 별처럼 빛났다.

"시발."

카메라를 든 남자가 팔짱을 끼고 있는 다른 남자 스태프에게 조용히 읊조린다는 게 봉희 귀에도 들렸다.

"싸겠다. 오늘."

봉희는 몸의 곡선이 그대로 드러난 안나의 뒤에 섰다.

"안나 씨, 힘들면 말해야 해요."

봉희의 말에 원장도 거들었다.

"그래, 무리하면 안 된다, 자기야."

안나가 포기할 거라고 생각하는 사람은 단 한 명도 없었다. 원장의 말도 유사시에 면피하기 위한 형식적인 한마디라는 것을 봉희는 이제 안다.

"걔가 선택한 거야."

원장은 알약에 관해 물었을 때, 몇 번이고 이것을 강조했다. 안 봐도 눈에 훤했다. 운남에게 약을 건넬 때도 단호한 목소리로 말했을 것이다.

"네가 선택한 거다?"

등산로 초입에서 안나와 함께 몸을 풀었다.

"대박! 대기자들 숫자 봐."

휴대폰에 코를 박고 모니터를 하던 스태프가 외쳤다.

"자기야, 댓글 좀 봐. 응원하느라 난리다, 난리."

원장이 스트레칭을 하는 안나 앞에 휴대폰을 들이밀었다. 생방송 화면이 열리지도 않았는데 수많은 대기자가 댓글을 달았다. 댓글이 쏟아지듯이 빠르게 화면에 지나갔다. 빨리 영상을 시작하라는 투정부터 안나를 응원하는 사람들. 반응은 다양했지만, 하나같이 호의적이었고 열광에 차 있었다.

안나가 메이크업과 헤어 상태를 최종적으로 점검했다. 공진표의 우렁찬 목소리와 함께 생방송이 시작되었다. 안나가 등산로 초입에서 스트레칭을 시작했다. 매끈한 안나의 몸이 펴지고 접힐 때마다 댓글에는 감탄의 목소리가 쏟아졌다.

－ 골반 라인 예술이다. 오, 미스 맥심 스페셜 편인데!

－ 안나, 이참에 아이돌 접고 레이싱 모델 해도 되겠다.

－ 나의 여신, 홍안나! 제발 한 번만 만나주라.

완만한 길을 갈 때 안나를 앞에서 비추던 카메라는 경사진

길을 만나자 안나의 뒷모습을 찍었다. 안나가 다리를 올리고 힘을 줄 때마다 화면의 절반은 안나의 엉덩이로 채워졌다.

– 몸매, 대박. 안나 언니, 너무 부러워요.

– 저기다가 존나 BIBIGO 싶다.

댓글 삭제를 당하지 않으려고 상스러운 말을 영타로 처리한 댓글도 있었다.

– 너무 엉덩이만 비추니까 불편함.

이런 댓글에는 악플이 달릴 틈도 없었다. 수도 없이 쏟아지는 댓글들에 소리 없이 묻히고 사라졌다.

어느새 안나의 이마와 목덜미에 땀이 흘렀다. 하지를 향해가는 무더위에 땀은 당연했다.

"탤런트인가 보다, 어휴 너무 이쁘다. 아가씨."

하산하는 중년 여자들이 안나를 바라보며 혀를 내둘렀다. 스태프가 여자들을 카메라 프레임 바깥으로 보내려는데, 공진표가 말렸다. 그중 한 명이 가방에서 얼음물을 꺼내 안나에게 건넸다. 구유리가 황급히 그것을 차단했다.

"어휴, 이쁜 아가씨 땀 좀 봐요, 그리고 얼굴 허옇잖어. 쓰러지겠어요."

민망해하며 말을 던지는 여자를 향해 구유리가 엄격한 표정을 지으며 검지를 자기 입에 갖다 댔다.

코스의 중간을 넘기도 전에 안나가 나무 그늘에 털썩 주저앉았다. 탈진 직전이었다. 안나를 말리거나 그녀에게 물을 건네는 사람이 없었다.

"도중에 절대 뭐 삼키게 하면 안 돼. 명심해요."

구유리 원장은 생방송 전날 모든 스태프에게 단단히 일러뒀다. 하지만 안나가 너무 위험해 보였다. 구유리의 말을 들었다가 위험해진 건 운남 하나로 충분하다고 봉희는 생각했다. 봉희는 단식원에서 챙겨온 물병을 꽉 쥐었다. 따끈했던 물이 식어 미지근해졌다. 나무 아래에 주저앉은 안나에게 물병을 건넸다. 일부러 화면 프레임 안으로 들어갔다. 누구도 말리지 못하도록.

싸늘한 구유리의 시선이 봉희의 목덜미에 꽂혔다.

"차가운 것보다는 나을 거예요."

안나가 잠시 망설이더니 물병을 잡았다. 구유리가 카메라 밖에서 우스꽝스러운 포즈를 취했다. 구유리는 안나를 바라보며 고개를 위아래로 연신 흔들었다. 그러면서 입을 벌렸다가 다물었다 했다. 입 모양은 퉤, 퉤. 물을 뱉으라는 시늉이었다. 원장은 자신의 메시지가 안나에게 전달되도록 최선을 다해 몸짓으로 소리쳤다. 축제의 마지막은 체중을 재는 일이기 때문이다.

미지근한 물을 붕어처럼 머금던 안나가 눈을 감았다. 안나는 초인적인 힘으로 목구멍을 닫고 있을 것이다. 수만의 눈이 그녀를 지켜봤다. 장밋빛 미래가 눈앞에 있었다. 그녀의 눈꺼풀이 떨렸다. 캑. 기침하듯 소리를 내며 입 밖으로 물을 쏟았다. 미처 바깥으로 빠져나오지 못한 물에 사레가 걸렸는지 안나가 카메라를 등지고 돌아서더니 거칠게 기침을 했다. 마치 술에 취해 오바이트하는 모습처럼 보였고, 꺽꺽 우는 사람의 뒷모습 같기도 했다.

눈이 벌게진 안나가 다시 일어나 몸을 풀었다.

– 나 같으면 삼킬 각. 안나 멘탈 대박.

– 저걸 참아? 독하네.

– 오, 악마의 유혹을 참아냈어.

댓글 창은 물을 마시지 않은 안나를 칭찬하는 목소리로 가득 찼다. 안나가 물을 삼킬까 봐 전전긍긍했던, 그래서 우스꽝스러운 몸짓을 날려야 했던 구유리의 얼굴은 붉그락푸르락했다. 반면 공진표의 반응은 달랐다.

"오, 봉희 쌤, 한 건 했어! 재밌었어."

에피소드를 만들어준 봉희를 향해 엄지를 날렸다.

"오버하지 마."

구유리가 억세게 봉희의 어깨를 잡았다. 그녀의 손톱 하나가 봉희의 맨살을 날카롭게 눌러 아렸다.

이제 산길은 완만한 오르막길이 끝나고 막 급경사의 험로가 시작되었다.

"안나 씨. 힘들면 좀 쉴까? 무리하면 안 돼요."

원장이 마음에도 없는 말을 했다. 안나는 단번에 고개를 저었다.

안나는 심호흡을 크게 하고 급경사 구간을 향해 한 발 뗐다. 안나의 가슴골에 땀방울이 또르르 흘러내려갔다. 카메라를 든 사람이 그 장면을 클로즈업했고, 아까 엉덩이만큼이나 풍성한 가슴골은 사람들의 입에서 오르내렸다.

"어떡해, 다리 풀렸나 봐."

스태프의 다급한 목소리가 들렸다. 안나가 그 자리에서 주저앉았다. 깨끗하고 빛나던 운동복에 흙과 나뭇잎이 엉겨 붙었다. 봉희가 달려가 안나를 부축했다.

"안나 씨, 힘들면 멈춰도 돼요."

안나는 고개를 내저었다.

댓글 창은 난리였다.

— 또 저러네. 지대로 악마의 유혹이다.

— 저 사람 누구야. 다른 채널에서 온 엑스맨인가.

봉희에 대한 적대감으로 댓글이 도배되기 시작했다. 그걸 구유리가 보여줬다.

"니가 하고 있는 짓이 뭔가 봐."

그러자 공진표가 구유리를 말렸다.

"뭐라고 하지 좀 마요."

"애 하는 거 좀 봐."

"원장님, 재밌는 건 원래 좀 위험한 거예요."

공진표의 말에도 구유리는 눈을 흘겼다.

"적당히 해."

안나가 흙먼지가 풀풀 날리는 옷을 입고 조난당한 사람처럼 주변의 것을 붙잡고 겨우 올라갔다. 그러다 식물 줄기를 잡다가 끊어진 줄기와 함께 굴렀다. 하지만 안나는 포기하지 않았다.

"다 왔어, 다."

정상을 백여 미터 앞두고 원장은 뒤에서 응원의 목소리를 높였다. 그러더니 갑자기 걸음을 멈추었다. 원장은 눈을 가늘게 뜨고 위쪽을 바라봤다. 원장이 혼잣말처럼 속삭였다.

"저거, 뭐니?"

봉희와 몇몇 스태프가 원장의 시선을 따라 고개를 들었다. 처음에는 원장이 보고 있는 대상을 찾지 못했다. 그때 스태프 한 명이 떨리는 목소리로 말했다.

"진짜, 뭐야 저거?"

카메라가 그것을 향해 비추었다. 카메라맨이 위쪽으로 올라가면서 '그것'이 점점 클로즈업이 되는 형국이었다. '뭐야?'가 아니라 '누구야?'로 물어야 한다는 건 모두가 스무 걸음 정도를 더 올라가고서였다. 정상을 백여 미터 앞둔 곳에 누군가 서 있었다. 부들부들 떨리는 마른 다리가 아니었다면 그것이 숨이 붙어 있는 생명체라는 것조차 알지 못했을 것이다. 불쏘시개를 구하러 산에 오른 눈 어두운 사람이 있었다면 다리며 팔을 비틀어 끊어갔을 것이다. 초록의 잎들이 빛나는 여름 나무들 사이에서 말라 죽은 고사목 같은, 그러나 분명 사람의 모양을 한 누군가가 산을 오르는 무리를 응시하고 있었다. 지저분하고 처참한 행색이었다.

"산에 웬 노숙자야? 치워봐, 빨리!"

원장은 바로 옆에 있던 오세라의 허리를 팔꿈치로 누르며 말했다. 방송에 소리가 나갈까 봐 소리를 한껏 낮추었지만 신경질적인 기색을 감출 수 없었다.

그 사람을 향해 비키라는 손짓을 하던 오세라가 낮고 떨리는 목소리로 말했다.

"단식원 옷?"

구름이 이동하면서 해가 가려졌다. 왼쪽부터 천천히 조명이 꺼지듯 그림자가 졌다. 그늘에서도 단식원의 단체복은 분명하게 보였다. 방금 유리 단식원에서 그대로 나온 사람처럼 단식원의 실내화까지 신은 모습에 봉희가 돌처럼 굳었다.

가까이 다가오는 무리를 향해 이번에는 그 사람이 미끄러지 듯 내려와 안나 코앞에 섰다. 악취에 사람들이 고개를 돌렸다. 옷걸이에 걸어놓은 것같이 단식원 옷이 펄럭였다. 반팔 티셔츠와 반바지에 드러난 팔다리의 굵기가 동일했다. 무릎뼈만 둥글 게 툭 튀어나온 다리는 말 그대로 과학실에서 보던 뼈 모형을 보는 것 같았다. 해골 모형에 까만 거죽만 씌어놓은 듯한 얼굴 은 축축한 눈이 깜박일 때마다 소름이 돋았다. 볼이 푹 꺼진 얼 굴에서 기이하게 튀어나온 이가 유독 도드라져 보였다. 달싹거 리는 입속에서 희미한 한마디가 새어 나왔다.

"집으로…… 가……."

안나를 똑바로 응시하며 힘겹게 말을 뱉었다. 기이하고 지 저분한 모습에 코를 찌르는 악취. 사람들은 그 사람이 혹여 자 신을 덮치기라도 할까 봐 한 발짝씩 뒤로 물러섰다. 숨을 뱉듯 겨우 새어 나오는 소리였지만, 봉희는 그 목소리를 듣자 가슴 이 내려앉았다. 처참한 얼굴에 낯익은 얼굴이 겹쳐졌다. 봉희 가 덜덜 떨리는 손을 꽉 말아 쥐었다. 그때 또 들리는 힘겨운 목 소리.

"여긴 위험하잖아."

안나와 기이할 정도로 마른 여자의 투 샷이 생방송으로 송출

되었다. 댓글이 폭주했고, 시청자가 순식간에 더 늘었다. 눈 밝은 시청자들이 댓글을 남겼다.

– 소오름, 걔 아니야?

사람들이 웅성대기 시작했다.

– 누구, 누구?

– 이 상황, 뭐예요?

– 아는 분 설명 좀! 아 현기증 나.

– 원래 Y였던 애. 파일럿에 나온.

– 쌉소름…….

– 기절각.

영원한 Y. 봉희는 영상마다 서늘한 댓글을 달았던 아이디를 떠올렸다. 운남이었다.

"뭐?"

원장의 새된 목소리가 들렸다. 오세라가 댓글 창을 보여주며 운남의 존재를 알렸을 터였다. 봉희가 천천히 운남을 향해 한 발을 내딛었다. 떨리는 다리가 너무 위태로워 보였기 때문이었다. 당장이라도 꺾이고 부러져 조각난 채로 뒹굴 것만 같았다. 그늘을 만들었던 구름이 빠르게 지나가고 마치 조명이 켜진 듯 주변이 환해졌다. 그 환한 공기 속에서 운남의 모습은 더 처참했다. 나뭇잎과 가지 사이로 새어 나온 날카로운 한 줄기 햇빛이 긴 칼처럼 운남의 정수리를 내리꽂았다.

"Y는 나니까."

봉희가 고개를 저으며 운남을 향해 걸었다. 운남이 한마디를 뱉을 때마다, 마치 마지막 숨을 소비하는 것만 같았다.

"넌 살아."

이 마지막 한마디를 뱉고 운남이 쓰러졌다. 사람들이 꽥 소리를 질렀고, 당황한 나머지 카메라맨이 팔을 내렸다. 봉희가 간신히 운남의 두 어깨를 잡았다. 무릎이 꺾인 운남을 따라 봉희도 같이 주저앉았다. 운남의 무게는 얇은 여름 이불 한 장처럼 가벼웠다.

땅을 향해 흔들리는 카메라는 허둥대는 사람들의 다리를 여과 없이 실시간으로 송출했다. 곧이어 안나가 쓰러졌다. 사람들의 허둥대는 다리 사이에 비친 의식을 잃은 안나의 얼굴에 시청자들이 경악했다.

─ 지렸다.

─ 소오름.

─ 납량 특집 영화야, 뭐야.

─ 몰카 아니야, 몰카?

순식간에 일어난 일에 봉희는 말하는 법을 잊은 사람처럼 아무 말도 못 하고 운남을 안은 채 주저앉아 있었다. 두피가 하얗

게 보일 정도로 빠진 머리카락은 떡이 진 채 먼지와 뭉쳐 있어
서 역한 냄새를 풍겼다.

"운남 씨, 이게 무슨 일인데?"

봉희가 조용히 물었지만 아무런 답이 없었다. 그저 운남의
부모님이 했던 말만 귓전에 울릴 뿐이었다. 딸이 보내왔다는 짤
막한 메일 한 줄에 던진 그 한마디.

"살아는 있어, 이것이."

9. 남은 자들

한동안 봉희는 뇌가 기능을 정지한 것처럼 아무 생각도 나지 않았다. 무슨 일이 벌어진 거야? 답이 안 나오는 이 질문 하나만 머릿속에서 둥둥 떠다녔다. 쓰러진 둘을 데리고 다시 산을 내려오는 기막힌 상황 속에서 봉희는 운남의 말을 계속 떠올렸다. 참혹한 신체에서 남은 마지막 기운을 모아 뱉어낸 말들.

"집으로 가, 여긴 위험하잖아. Y는 나니까 넌 살고."

정상이 얼마 남지 않은 안나를 똑바로 응시하며 했던 말. 동선을 모두 파악하고, 먼저 와서 안나를, 아니 스태프들을 기다리고 있었다. 아니 생방송을, 그러니까 세상의 모든 Y를 기다리고 있었던 것인가.

"아가씨, 우리 강미는?"

강미. 운남의 진짜 이름은 강미였다. 소강미. 코끝을 찌르는 차고 독한 병원 냄새가 사라지고, 처음 이 이름을 들었던 지리산 아랫마을의 차가운 겨울 공기가 실려왔다. 식당 한쪽 벽에 자랑스럽게 꾸며진 사진 속 우등생 강미의 무심한 표정, 그녀의 발자국이 닿았을 그곳의 토양. 그 흙과 눈이 섞여 공중으로 피어오르던 냄새까지 한꺼번에 달려들었다. 잃어버린 것이 무엇인지, 얼마나 무서운 일이 생겼는지 '강미'라는 이름 하나로 실감이 났고, 봉희는 아무 말도 할 수 없어서 다시 주저앉았다.

"죄송합니다."

이 말에 운남의 어머니가 기절했다. 어머니, 전 힘이 없었어요. 제가 할 수 있는 일이 뭐가 있었겠어요. 봉희는 운남의 어머니를 흔들어 깨우며 속으로 외쳤다.

그 이후로도 자책감이 괴롭게 짓누를 때, 변론하듯 봉희는 그렇게 속으로 외쳤다. 난 아무것도 안 했어, 아니 못 했어. 그럴 때마다 운남이 마지막 숨과 맞바꾼 말들이 머릿속을 침투해 괴롭혔다. 운남 씨, 난 아무것도 못 했어. 그리고 이내 그 말이 죄의 고백과 다름없다는 걸 깨달았다.

"누구도 만나지 말고, 어떤 말도 꺼내지 않습니다."

사건 직후, 구유리가 촬영팀과 단식원 코치진을 모아 처음 한 말이었다.

"이 일에 대한 입장은 제 입을 통해서만 나갈 겁니다. 그 누구도 개인적인 행동은 하지 마세요."

생방송에서 두 명의 Y가 쓰러졌다. 두 명은 모두 인근 지역의 대학병원 응급실로 이송되었다가 한 명은 정신과 보호병동으로 나머지 한 명은 중환자실로 옮겨졌다. 이 책임에서 구유리와 공진표 그리고 자신이 벗어날 길은 없다고 봉희는 생각했다. 하지만 구유리는 재빠르게 상황을 수습해나가기 시작했다. 가장 먼저 구유리는 사경을 헤매고 있는 운남에게 말도 안 되는 프레임을 씌우기 시작했다. '먹튀와 관종.'

"불행 중 다행이지."

공진표와 원장, 봉희 이렇게 셋만 모여 회의를 할 때 구유리가 낮게 읊조렸다.

"죽을 뻔한 애가 안나라고 생각해봐."

원장은 생각도 하기 싫다는 듯 말끝에 몸을 떨었다. 안나의 팬클럽을 움직이게 하자 원장의 의도는 꽃을 피웠다.

─ 지가 먹튀 해놓고, 이제 와서 누구 신세 조지려고 나타난 거야.

수천의 사람들이 이 댓글에 '좋아요'를 눌렀다.

조용히 사건을 덮고자 하는 원장의 발목을 잡는 것도 있었다. 이번 사건을 파헤친다는 영상이 다양한 채널에서 만들어지고 배포되었다.

"그나저나 우후죽순 이 망할 유튜버들 어떡해."

"원장님, 저도 유튜버예요."

"공 피디는 다른 레벨이지. 어디에 갖다 대."

〈마수리의 재미있는 세상〉이라는 채널에서는 'Y는 누구인가'라는 영상이 업로드되었다. 운남을 안다는 사람들이 변조된 음성으로 그녀의 과거를 이야기했다.

"이번에 안나랑 난리난 영상으로는 몰라봤죠. 그런데 예전에 다큐 영상 있잖아요. 그거 보니까 예전 얼굴이 있더라고요. 근데 왜 가명을 썼지. 원래 이름은 소강미인데……."

소강미 부분에서는 '삐' 처리가 되었다.

"그 애를 어떻게 기억하냐고요? 뭐, 딱히 생각나는 건 없고, 그냥 비건 동아리에서 탈퇴한 애?"

그러자 옆에 앉은 동기가 말한다.

"탈퇴가 아니고 쫓겨난 거잖아. 4학년 언니가 미안하지만 나가 달라고 한 거니까."

신입생을 유치하는 데 힘들다는 이유였다. 처음부터 나가달라는 건 아니었다.

"미안하지만, 유치 부스에 나오지 않는 게 좋겠어. 이렇게 말했어요. 나 아직도 기억해."

한쪽이 거든다.

"그러니까 살찐 네가 있음 역효과라는 거지."

운남이 부스를 떠나고 그 선배를 타박한 사람도 있다고 했다. 하지만 그 선배가 던진 말에 아무도 입을 열지 못했다.

"솔직히 우리 격 떨어지는 건 맞잖아? 아니야?"

1학년 3월 신입생 유치 부스에서 가입 신청서를 쓰던 날이다. 강미는 분명히 환영받았다고 기억되던 그때, 선배들은 당혹스러운 눈초리로 강미를 바라봤다. 그 이후 강미는, 그러니까 우리의 운남은 디테일한 순간순간 세상이 던지는 잔인한 거절을 맛보았을 것이다. 그간 눈치 없이 지나쳐버렸던 무례한 눈빛과 말들. 상대가 차마 감추지 못하는 당혹스러운 표정. 그런 것들이 한꺼번에 소급되어 매서운 화살이 되어 꽂혔을 게 분명했다.

"그런데 그렇다고 학교를 관둬요? 그 어렵게 들어간 데를?"

진행자가 묻는다.

"그게, 사람들이 걔를 '무돼'라고 불렀어요."

화면에 자막이 뜬다. 무대(x), 무돼(o)

"무돼?"

"아, 나 진짜 지금도 화끈거리잖아. 그때 생각하면."

여자가 두 손으로 호들갑스럽게 부채질을 하더니 그날의 기억을 재생시켰다. 수만 명이 모인 축제 무대에서 사회자는 동아리 홍보 시간을 준다고 했다.

"동아리원 다섯 명 이상, 선착순!"

이 말을 듣자마자 부스 안에 있던 강미의 동아리원들이 무대를 향해 뛴다. 그때 누군가 부스를 떠나고 있는 강미의 손목을 잡았다. 그리고 외친다.

"다섯 명이래, 다섯 명. 뛰어."

억세게 잡힌 손을 떼지 못하고 강미는 무대에 올라갔다.

"자, 그냥 홍보 시간을 줄 수는 없어요. 그죠?"

넉살 좋은 사회자는 다섯 명의 동아리원들의 과와 이름을 묻는다. 제일 끝에 있는 강미에게는 이름도 묻기 전에 밑도 끝도 없이 말한다.

"니가? 에이, 거짓말. 너 몰래 고기 먹지?"

수만의 사람들의 웃음소리가 함성처럼 울린다. 댄스곡이 깔리고 사회자가 외친다.

"한 사람도 빠짐없이 댄스 타임! 다섯 명 모두 춰야 홍보 시간을 드립니다."

"근데 개가 추라는 춤은 안 추고 무대 밖으로 나가는 거예요. 그리고 몇 발 안 가서 무너진 거죠."

강미는 하필 이음새가 불량인 무대 쪽을 밟았고, 버둥거리다가 바닥과 함께 무너져버렸다.

"걔다, 걔. 그 축제 무대."

운남을 가리키는 말에 유희가 얹어지고 잔인한 별명이 탄생하고 말았다. '무돼. 무대를 부셔버린 돼지.' 캠퍼스 어디를 가든 이 목소리가 들렸을 것이다. 누군가는 목소리로 뱉었을 것이고, 누군가는 시선으로 뱉었을 것이다. 혹은 누구도 뱉지 않은 말을 강미 스스로 들었는지도 모른다.

'Y는 누구인가' 이 영상을 계기로 운남에 대해 관심을 가지는 사람들이 많아졌다.

― 헉, 공부 되게 잘했나 봐.

― 동네 수재였대요.

― 아까운 애 하나 잡았네.

놀랍게도 사람들의 관심 포인트는 그랬다. 불행을 겪은 운남이 명문대 출신이라는 말에 관심이 시작되었다. 그제야 운남의 삶은 아까운 인생이 되었다. 그곳에서 겪은 운남의 사연에 공분을 보냈다. 마치 자신들은 단 한 번도 무례해본 적 없는 것처럼 분노했다. 운남을 쫓아낸 선배의 신상을 털고, 그녀의 SNS를 공격했다.

운남을 옹호하는 사람들이 생겨나자 안나의 팬들은 더 결집

했다. 다 된 밥에 재를 뿌리고 남의 축제에 똥물을 뿌린 애. 안나의 팬들에게 운남은 그런 사람이 되어버리고 말았다. 'Y는 나니까, 넌 살아'는 어느새 'Y는 나야, 넌 꺼져!'로 변질되어 유통되었다.

"원장님, 이건 아닌 것 같아요."

봉희가 여론 돌아가는 걸 보고 원장에게 간곡하게 부탁했다.

"원장님께서 나서서 안나와 운남 이야기를 하셔야 하지 않을까요?"

원장은 귓등으로도 듣지 않았다.

"야, 냅둬. 가장 쓸데없는 걱정이다, 너."

"네?"

"연예인 걱정, 아픈 사람 걱정. 다이어트하다 죽은 사람 봤어?"

구유리는 끝까지 운남과 안나를 기만했다.

놀랍게도 여론은 확실하게 구유리 편으로 돌아섰다. 그런 여론 몰이에 톡톡히 한몫을 한 건 단식원 사람들이었다. 구유리가 그렇게 말하는 '우리 식구들'. 단식원이 문을 닫는 게 무서웠을 것이다. 뭔가 석연치 않은 점이 있다는 걸 예감하고 있었지만, 믿고 싶지 않아 하는 눈치였다.

"나, 밖에서는 절대 못 빼."

휴게실에서 대화하는 수련생의 말을 봉희도 들었다. 이 일로 원장이 잘못되고 단식원 문이 닫히는 것이 지금 벌어진 일보다 더 끔찍하다고 여겼다. 단식원 사람들은 자발적으로 운남에게 비난의 화살을 돌렸다. 참 부지런히 움직였다. 그들은 온갖 댓글에 참여하며 가까이에서 본 원장이 얼마나 대단하고 훌륭한 사람인지 피력했다.

혼자서 이 상황을 바꾸기에는 역부족이었다. 봉희는 종종 공진표를 떠올렸다.

"재미있는 이야기 들려주면, 멘탈 세지는 법을 알려드릴게."

공진표의 말을 떠올렸다. 그는 재밌는 걸 원하는 사람이니까 자신의 제안을 받아들일 거라고 믿었다. 지금껏 공진표가 찍었던 구우리의 세미나 영상에 자신의 증언을 교차 편집해 내보내는 계획. 원장이 자신과 단식원을 치켜세우며 소리를 높일수록 더 크게 자폭하게 되는 영상.

"자연스럽게 그 어떤 인위적인 것 없이 내 몸의 주인이 될 수 있다는 거죠."

이런 원장의 말 뒤에 한마디를 덧붙이는 상상을 했다.

"원장이 운남에게 보내온 건 알약이었습니다."

그리고 공진표의 전화번호를 오래 바라보았다.

"질문하지 않고, 하라는 대로만 한 것, 내 몸을 함부로 미워하고 당신의 몸을 함부로 대한 것. 사과합니다."

거기에 자신의 사과도 함께 보낼 수 있다면 금상첨화였다. 공진표 역시 이런 식의 이야기를 기다린 것인지도 몰랐다. 운남의 부모가 쳐들어온 날부터 재밌는 걸 원한다고 봉희를 떠본 게 공진표였다.

하지만 메시지를 썼다 지웠다만 반복했다. 전송을 누르는 데까지 결심이 서지 않았다. 자신의 아이디어가 어떤 속임수 같다는 느낌을 지울 수 없었다. 그러니까 결국 구유리 원장의 방식과 다를 게 없다는 생각.

무엇보다 이제 누군가에게 기대고 싶지 않았다. 혼자 끝까지 가보는 것. 가장 두려운 선택을 하는 것이 최소한의 예의라고 봉희는 생각했다. 다시 구유리나 공진표의 손을 잡는 것. 그러니까 쉬운 선택을 하는 것이야말로 뒷심이 없는 거라고, 그거야말로 실패한 것이라고 생각했다. 그것은 그 누구도 아닌 자신의 새로운 삶을 위한 선택이기도 했다. 그동안의 흔들림이 만들었던 균열이 고마웠다. 그게 아니었다면 이 순간의 균열 역시 구유리의 회유로 봉합되었을 터였다.

이러한 선택과 결심에도 불구하고 편안해지고 싶은 유혹이 극심해지기도 했다. 할 일을 하는 것은 어려운 일이었다. 허약한 자신을 그냥 인정하고 포기하고 싶어질 때도 있었다. 도망치고 싶을 때, 그러니까 모든 것을 던져버리고 싶을 때마다 봉희는 살림산으로 향했다. 실은 가장 가고 싶지 않은 곳이었다. 살림산에서 내리면 그날의 악몽이 되살아나는 것 같았다.

살림산 입구에 도착하자, 봉희의 머릿속을 누군가 강한 압력으로 꽉 쥐어짜는 기분이었다. 안나와 운남이가 쓰러졌던 곳까지 오르고 다시 내려왔다. 시간은 저녁 7시였지만, 낮이 긴 계절이라 아직 어둠이 내려앉지 않았다. 생방송 준비로 놓쳤던 살림산 초입 폐교로 발을 옮겼다. 생방송 리허설이 있던 날 학교 건물 사이로 들어가는 사람을 분명 보았다. 운남이었다. 그때라도 달려가 확인했다면 얼마나 좋았을까. 교문 앞에 다다랐을 때는 봉희의 눈이 질끈 감겼다.

본 건물의 출입구는 단단히 잠겨 있었다. 역시 잘못 본 것일까. 그날 순간적으로 스친 운남을 놓쳤다는 자책이 사라지는 것 같았다. 돌아서려다 본관 뒤편 하얀색 작은 건물 앞까지 가보았다. 운남이 사라진 방향이었다. 학교의 관사로 보이는 곳이었다. 기대 없이 투명한 현관문을 밀어보았다. 문은 힘없이 열렸다. 운남아, 그때 그 사람이 정말 너였던 거니. 가슴이 내려앉았다.

101, 102호 문은 열리지 않았다. 2층으로 가서 202호의 문고리를 잡고 돌리자 문이 열렸다. 단식원 1인실보다는 약간 큰

원룸이었다. 문을 열자마자 작은 싱크대가 보였고, 책상과 의자 하나가 벽 한쪽에 놓여 있었다. 초저녁의 푸른빛이 더 어둡게 실내에 가라앉고 있었다. 스위치를 눌렀지만 전기가 들어올 리 없었다. 어떻게 이런 곳에서 지낼 수 있단 말인가. 봉희는 기가 막혀 그 자리에 멍하니 서 있었다.

누구도 살 수 없고, 아무도 없는 곳. 그런데 그 방 창문 아래 은백색 캐리어가 보였다. 운남의 방에서 운남처럼 늘 우직하게 버티고 있던 그것. 봉희가 캐리어를 들어보았다. 운남의 것이 분명했다. 그날 쓰러진 운남처럼 가벼웠다. 달그락거리는 소리가 났다. 캐리어를 열어보니 작은 휴대폰 하나가 보였다. 전원이 나간 그것을 손에 꼭 쥐고 건물 밖으로 나왔다. 뒤늦게 찾아온 어둠이 어떤 것도 구분할 수 없게 학교를 꽉 채웠다. 봉희가 건물을 다시 돌아보았다. 이렇게 가까이에서, 이렇게나 어두운 곳에서 있었다. 운남을 생각할수록 기가 막혔고, 휴대폰을 쥔 손이 부들부들 떨렸다. 교문 밖 가로등의 빛을 바라보며 뛰었다.

"아이고, 아부지!"

"어후 깜짝이야."

교문에서 뛰어나오는 봉희를 마주치고 두 여자가 호들갑스럽게 놀라며 소리를 질렀다. 그러는 통에 봉희는 손에 쥔 휴대폰을 떨어뜨릴 뻔했다.

"아가씨, 저기서 운동했어?"

"네? 네."

"어휴, 요즘 우리 동네 사람들은 운동장 안 걸어."

"네?"

"저기에 귀신 나온다고 소문났잖아. 몰랐어, 아가씨?"

여자들은 멀어지면서도 봉희에게 다시는 학교에 들어가지 말라고 당부했다.

"우리처럼 이 앞에 빛 들어오는 데만 몇 번 돌아. 아으, 으스스해."

살림산 초입 주차장과 공터 주변의 가로등이 빛났다. 사람들이 삼삼오오 그곳을 빙빙 돌았다.

─ '얼마나 처먹으면 이렇게 되나? 무거워서 이거 어떻게 들어?' 죽고 싶었지만, 바로 죽지 않은 이유는 바로 이런 말을 듣게 될까 봐. 죽으면서까지 이런 말을 듣게 될까 봐. 삶의 끝에서조차 존중받지 못할 거란 게 너무 무서웠기 때문이에요. 죽으면 끝이라는데, 웃기죠?

운남의 휴대폰에서 마지막으로 임시 저장된 편지였다.

─ 그러니까 저는 죽기 위해서 단식원에 들어온 거예요.

사람을 살린다는 단식원에 운남은 죽기 위해 들어왔다는 거였다.

– 몸을 최대한 말리고 가볍게 죽고 싶었거든요. 내가 선택해서, 시원하게 가고 싶었어요. 어리석다고 할지 모르지만, 자유로워지고 싶었어요. 존중받고 싶었고. 더 가볍게 아름답게 몸을 만들고 죽어버리자. 완벽한 Y가 돼서 영원히 사라지는 거. 그게 영원히 존중받는 거잖아요. 그런데 촬영을 앞두고 2주 전부턴가 조금씩 식욕이 당기는 거예요. 뭘 해도 해결이 안 되는 거죠. 보건 코치님을 찾았고, 조심스럽게 제안을 하더라고요. 그때 알약을 받은 거예요.

봉희가 눈을 감았다. 구유리와 보건 코치는 운남이 알약을 받아 들고 나갈 때까지 세 번이나 같은 말을 반복했다고 했다.

"네가 선택한 거야. 네가."

– 훨씬 쉽더라고요. 음식 생각이 나지 않고, 보식 기간에 먹는 음식도 맛이 전혀 느껴지지 않을 정도로 식욕이 없어졌어요. 촬영 전날 낮에 쉬면서 텔레비전을 보는데, 시한부 인생을 사는 말기 암 환자가 나오는 거예요. 몸에 완전히 패배한 사람의 그 표정이 무섭고 슬펐죠. 그런데 그 사람이나 저나 뭐가 다른지 모르겠는 거죠. 삼키려던 약을 주머니에 넣었어요. 그런데 그걸 안 먹으니까 식욕이 저녁때부터 올라왔어요. 미친 사람처럼 단식원을 훑었어요. 미향 씨 책상 서랍을 여니까 믹스 커피가 몇 봉지 있는 거예요. 그걸 가져와서 탔어요. 그런데 한 모금 마시자마자 속이 뒤집혔어요. 그래서 화장실에 주저앉았고, 그때

코치님이 절 발견한 것이고요. 내 몸을 내가 어떻게 할 수 없는 좌절감. 모든 게 끝나버린 느낌. 코치님 웃기죠. 죽으려고 들어간 단식원에서 다시 좌절했다는 게. 그러니까 코치님, 나는.

운남은 어쩌자고 이 긴 문장을 모두 삭제하고 '코치님, 나는' 만을 보낸 것일까.

봉희는 원장에게 갔다. 원장이 알약을 운남에게 남긴 확실한 증거. 운남의 편지에 정확히 적혀 있지 않은가.

원장실의 문을 두드렸다. 더 머뭇거리는 것, 물러서는 것은 예의가 아니었다. 운남에게도 자신에게도. 문을 열자마자 봉희는 원장에게 말했다. 말의 순서는 따지지 않고, 그냥 생각나는 말을 내뱉었다.

"원장님, 우리는 존중받는 삶을 살고 싶어서 이곳에 온 거예요."

"야밤에 무슨 봉창 두드리니?"

"좋은 일을 하고 있다고 믿었습니다. 사람을 살리고 세상에 기여하는 일이라서 자랑스러웠어요. 그래서 이곳에서, 원장님 곁에서 일한 거예요."

"그런데? 그래서 잘해왔잖아. 대체 왜 이러는 건데? 새삼스럽게, 어?"

"원장님, 사과해주세요. 운남에게, 모든 Y에게. 물론 저도 사과하고 싶고요."

"얘가 진짜 미쳤나. 운남 이름 좀 올리지 마. 걔 때문에 우리가 얼마나 손해본 줄 알아? 이제 와서 무슨 사과? 미쳤니, 너?"

"원장님, 저는 사과할 거예요."

원장은 수그러들지 않는 봉희의 기세에 놀란 듯했다. 달래듯 말을 이었다.

"봉희야. 우리는 식구야. 우리한테 딸린 사람들이 한둘이니. 우리, 여기서 다시 도약해야 해. 잘못된 게 있으면…… 그래 좋아, 고칠 수 있어. 노력할게. 하지만 지금은, 지금은 때가 너무 안 좋잖니. 이 일도 잘 수습해나가고 있고, 2호점도 곧 개원이야. 알잖아."

2호점. 봉희의 머릿속에 2호점의 깔끔하면서도 고급스러운 조감도가 떠올랐다.

구유리가 식은 찻물을 들이키고 차분하게 한마디를 던졌다.

"나, 다음에 누구겠니."

달콤하고 무거운 공기가 순간적으로 어깨를 짓눌러 그 자리에 주저앉히는 것 같았다. 나 다음에 누구겠니. 구유리 다음 자리를 꿰찼을 때 걷어들일 수 있는 것을 상상하다 보면 인생이 통째로 뒤집어질 것 같은 기분 좋은 현기증이 일어나기도 했다. 자신의 아랫배를 30센티미터 자로 팅겨 때리던 송동만에게 가서 명함을 건네는 상상만으로도 가슴이 벅차올랐다. 도무지 뭘 하고 사느냐고 의심하는, 혹은 별 볼일 없는 일이라고 무시하던 가족들에게 당당해지고 싶었다. 원장이 뭔가를 모면하려는 게 아니고, 정말 자신을 적임자라고 생각해서 제안한 거라면? 수많은 코치 중 가장 맡길 만한 사람이라고 여긴 거라면, 정말 그런 거라면…… . 그런 생각이 들자 순간적이지만 강렬하게 가슴이 뜨겁게 부풀어 올랐다. '코치님, 나는.' 하지만 운남의 마지막 말을 떠올리면 마음은 다시 서늘해졌다.

그것은 진짜 새로운 시작이 아니었다. 구유리의 품에서는 어떤 새로운 시작도 불가능하다는 것. 운남이 사라지고 봉희가 깨달은 것은 그것이었다. 진정한 사과 없이는 새로운 시작도, 잃어버린 무언가를 찾는 일도 불가능했다.

원장은 끝내 고개를 내저었다. 봉희는 방으로 돌아가는 내내 주문처럼 운남의 마지막 말을 읊조렸다. 코치님, 나는. 코치님, 나는.

휴대폰을 열고 영상을 찍었다. 그리고 채널 하나를 만들었다. 채널명은 '시작점'이었다. 시작점. 어쩌면 존재했다는 것조차 모르고 사라질지 모르는 시작점. 하지만 어딘가로 향할 때 분명히 존재해야 되는 시작점. 뭣도 아닌 게. 구유리의 말처럼 뭣도 아닌, 그러나 무엇이 될지도 모르는 시작점.

"안녕하세요. 저는 안나와 운남의 코치, 양봉희입니다. 수련생이 둘이나 쓰러질 때, 저는 아무것도 하지 않았고 하지 못했습니다. 이것은 변명이 아니라, 죄의 고백입니다. 운남과 안나를 두고 싸우지 말아주세요. 둘을 존중해주세요. 운남은 죽음에서조차 존중받지 못할까 봐 그렇게 기이하게 말랐던 겁니다. 그리고 이것. (알약을 보여주며) 운남의 주머니에서 나온 것입니다. 구유리 원장이 건넨 것입니다. 사람을 살리는 일이라서, 조금이라도 이 세상에 기여하는 일이라서 저는 이곳이 자랑스러웠습니다. 하지만 이곳은 우리의 몸을 함부로 대했습니다. 이곳에서 저는 코치라는 이름으로 원장을 따랐습니다. 궁금해하지 않고, 의심하지 않았습니다. 무지했습니다. 사과를 하고 싶습니다. 하지만 어떻게 사과해야 할까요. 정답은 모르겠지만 두 가지를 약속합니다. 스스로 하겠고, 가장 힘든 선택을 하겠습니다. 그것이 안나와 운남을, 나아가 제 자신을 존중하는 일이라고 생각합니다."

영상을 올리고 봉희의 손이 덜덜 떨렸다.

봉희가 캐리어에 짐을 챙기고 단식원 바깥으로 나왔다. 몇 해를 이곳에서 지냈다. 계단을 하나씩 내려갈 때마다 목구멍이 꽉 막혔다. 4층에서 수련생들의 코 고는 소리가 들렸다. 이곳을 달아나는 데 방해하는 건 아무것도 없는 새벽이었다.

1층 로비의 정미향 자리를 바라보았다. 이제 좀 사람답게 살아보려고. 자신의 선택 때문에 그녀의 일상이 흔들린다고 생각하니 가슴이 무거워졌다. 새벽에 올린 영상이 아무런 파급 효과도 없이 초라하게 사라져버린다면. 늘 그래왔던 것처럼 위기를 발판 삼아 구유리가 더 승승장구하게 된다면. 영상을 내리고 다시 시작할까. 그렇게 목덜미를 잡아당기는 힘도 만만치 않았다. 이 공간에 어떤 기운이, 보이지 않지만 분명히 물리적으로 움직이는 힘이 있다는 걸 깨달았다. 지금 이 순간을 후회하면 어떡하지? 결국 또 뒷심이 없는 사람이 되는 것이라면. 세상 밖으로 나가 다시 살이 붙고, 끔찍했던 과거로 돌아가버린다면. 정문을 열기 위해 유리문에 등을 대자 그런 두려움이 강렬하게 피어올랐다. 한 발 떼어야 한다는 강렬한 의지와 남고 싶은 마음이 그 짧은 시간에 왔다 갔다 했다.

어떻게 사람이 이리도 순간순간 정반대의 생각이 교차될 수 있는 건지 스스로 놀랐다. 문이 열리자 시원한 바깥 공기가 봉희의 몸을 감쌌다. 캐리어를 들고 밖으로 나오자 문이 잠시 흔들리더니 고요하게 닫혔다. 바닥을 긁는 캐리어 소리가 새벽의 정적을 한꺼번에 깨뜨릴 것만 같았다. 봉희가 뒤로 돌았다. 캐리어 손잡이에 팔을 기대고 단식원을 올려다보았다. 어떤 미련

들이 그리고 두려움 같은 것들이 자신을 붙잡을 것만 같았다. 봉희는 부러 성큼성큼 앞으로 걸어나갔다. 캐리어의 바퀴 소리가 빨라졌다.

막상 단식원을 나와도 갈 곳이 없었다. 가장 가기 힘든 곳을 향해 봉희가 걸었다. 봉희는 교문 쪽 화단 한구석에 캐리어를 두고 살림산을 올랐다. 며칠째 벌어진 일들 탓에 음식이 하나도 들어가지 않은 몸으로 산을 탔다. 안나와 오르던 산길 한 걸음 한 걸음에 발목이 베이는 기분이었다. 안나야, 위험해. 과감하게 안나 손을 잡고 하산할 수는 없었을까. 할 수 있는 게 망설이는 것뿐이던 자신이 원망스러웠다. 이제는 흔들리더라도 망설이지 않겠다고 봉희는 결심했다.

급경사가 시작되는 지점과 가까워지자 정신이 아득해졌다. 종잇장 같은 몸으로 맨발에 실내화를 신고 어떻게 여기를 올랐던 걸까. 안나와 함께 위험한 산행을 하는 자신을 운남은 어떤 시선으로 바라보았을까. 운남은 무슨 말이 하고 싶었던 것일까. 그런 질문을 하며, 봉희는 운남이 서 있던 자리에 아주 오래 앉아 있었다.

"저기요."

중년의 부부가 봉희의 어깨를 조심스럽게 짚으며 말했다.

"서둘러야 할 건데?"

"네?"

"지금이야 이렇게 밝지만, 어두워지는 건 금방이잖아요."

봉희가 자리를 털고 내려갔다.

교문 화단에 캐리어는 그대로였다. 누군가 만지거나 옮겨놓은 흔적 없이 그 자리 그대로였다. 봉희는 그걸 끌고 운동장을 가로질렀다. 한낮의 열기로 바싹 마른 운동장에 흙먼지가 일었다. 짙푸른 어둠 속에서 캐리어를 끌고 운동장을 돌고 또 돌았다. 운남도 이곳에서 이렇게 하릴없이 캐리어를 끌고 운동장을 돌았을까.

등산하느라 무리가 간 다리가 서설로 접히었고, 열 걸음에 한 번 무너지듯 내려앉았다. 무릎이 꿇어지는 자세로. 다시 일어나 후들거리는 허벅지를 한 손으로 꽉 잡아 버티었지만, 다리는 속절없이 접혔다. 캐리어를 세우고, 다시 그것에 기대어 봉희가 일어서기를 반복했다. 쿵. 무릎이 꺾이며 땅에 찧는 소리가 운동장을 울렸다.

완벽한 어둠에 잠긴 운동장에 봉희가 쓰러져 누웠다. 학교 밖 거리의 가로등마저 꺼지고, 풀벌레 소리와 맹꽁이 소리가 무더운 여름밤의 공기를 갈랐다. 봉희는 운동장에 누워 휴대폰을 켜고 자신의 채널로 들어갔다.

조회 수는 32였고, 어떤 댓글도 달리지 않았다. "뭣도 아닌 게." 원장의 말이 돌아와 꽂히는 것 같았다. 하루살이와 모기들이 휴대폰 액정 화면 주변으로 모여들었다.

산새 소리에 잠을 깼다. 흙냄새가 봉희의 코를 찔렀다. 아침이었다. 살림산 초입 화장실에서 세수를 했다. 운동장에서 노숙하며 묻은 흙과 풀 따위도 털어냈다. 몸에서 미약하게 냄새가 나기 시작했다. 음식물이 며칠째 들어가지 않은 입은 텁텁함을 넘어 썼다. 화장실 세면대 수도꼭지에서 나오는 차가운 지하수로 입을 헹궜지만 청량함은 순간이었다. 안나가 스트레칭을 하던 공터를 지나 산길로 천천히 발을 옮겼다. 밤사이 모기에 뜯긴 다리에 다시 새카만 줄무늬를 가진 산 모기들이 달라붙었다. 발가락과 무릎, 뒷목과 턱, 이마까지 산 모기들의 공격에 속수무책이었다. 숨이 차서 빠르게 걷지도 못했다. 그저 천천히 온몸으로 무언가를 밀어내는 심정으로 한 걸음씩 산을 올랐다.

하산을 하고 내려와 화장실에서 세수를 하고, 휴대폰을 충전했다. 전원이 켜지자 봉희는 화장실 타일에 주저앉아 사과 영상 채널을 켰다.

조회 수 1058. 어떤 경로로 조회 수가 폭발했는지는 모르겠지만, 원장도 알게 된 모양이었다.

– 양봉희 너, 지금 어디야.

부재중 20통에 문자까지 와 있었다.

– 코치님, 진짜 한 방 있어. 연락 좀 줘봐요.

공진표의 문자도 와 있었다. 모두 예상한 반응이었다. 놀랍게도 단식원 식구들의 문자까지 와 있었다.

– 망하려면 너 혼자 망하세요.

오세라였다.

– 당신이 코치 역할 제대로 못해서 이렇게 된 거잖아. 왜 우리 원장님을 모함하는 건데.

날카로운 언어들이 봉희의 온몸을 베는 것 같았다. 댓글도 이미 봉희를 비난하는 말들로 도배 상태였다.

– 왜 그동안은 말 안 했는데?

– 자기도 알면서 그동안 함구한 거잖아.

– 팀원들 발판으로 성공하려다가 망한 거 같으니까 폭탄 터뜨리는 거지.

– 증거도 없이 뭐하는 짓.

이성적이고 논리적인 반박 댓글도 많았다.

– 운남이 걔가 원장님을 모함하려고 했다면?

– 지금 와서 왜, 그동안 뭐 하고.

아닌데, 그런 게 아닌데, 그 말들이 정말인 것만 같은 착각마저 일었다. 무참히 무너질 것 같을 때, 문자 하나가 왔다.

– 코치님, 단식원 망하면 나 백수 되라는 거야? 미워잉.

정미향이었다. 다음 말에 봉희의 코끝이 뜨끈해졌다.

– 나만큼이나 소심한 사람이, 어떻게 이렇게 용기를 낼 수 있어요? 그동안 많이 힘들었겠어요. 나 영상에 좋아요 눌렀어. 아이디는 비밀.

'역대급 관종'과 같은 댓글에 완벽하게 초라했고, 실패했다는 자괴감이 밀려온 것도 사실이었다. 하지만 정미향의 문자가, 정말 그게 뭐라고. 끝까지 가보기로 한 약속을 떠올리게 했다. 끝까지 가보기로 약속하지 않았는가. 실패하더라도 잘 싸우자. 최소한 부끄럽지 않게 살라고. 견딜 수 없는 건 스스로 부끄러워지는 일이었다. 운남을 잃고 알게 된 건 그런 것들이었다.

한 사람의 응원이었다. 봉희는 그 단 하나의 응원이 이렇게 큰 힘으로 작용할 수 있다는 것이 새삼 놀라웠다. 동시에 운남의 목소리가 들렸다. "코치님, 나는." 나는 왜 운남에게 그 한 사람이 되어주지 못했는가. 봉희가 왈칵 눈물을 쏟았다.

하루에도 몇 번씩 후회가 밀려왔다. 조회 수는 기하급수적으로 늘었지만, 그 조회 수가 모든 것을 해결해주지 않았다. 산에 오르고 운동장을 돌며 무릎이 꺾이면 꺾이는 대로 운동장에 무릎을 꿇었다. 과연 이것이 최선이었을까? 차라리 구유리에게 달려들어 운남의 부모님 대신 시원하게 뺨이라도 한 대 갈기는 게 조금이나마 원장에게 스크래치를 내는 일이지 않았을까. 그런 자괴감이 몰려올 때, 그러니까 구유리의 말처럼 자신이 뭣도 아닌 것처럼 느껴질 때 연락이 오기 시작했다.

　─ 나도 약을 받았어요.

　─ 전 그 약, 아직 가지고 있어요.

10. 가장 높이, 오래 뜨는 해

"손님, 도착했어요."

잠깐 눈을 감았을 뿐인데 도착해 있었다. 아까 도시를 벗어나 외곽 도로로 진입하면서부터였다. 좌석에 몸을 말아 웅크리고 창에 기대자 졸음이 쏟아졌다. 3시간 동안 단 한 번도 깨지 않은 숙면이었다. 버스 기사의 목소리에 눈을 떴을 때는 몇 안 되던 승객들도 이미 모두 내린 뒤였다.

"앞에서는 안 보인단 말이죠. 뒤로 와서 확인 안 했으면 이대로 손님 태우고 돌아갔어요."

기사의 타박에 봉희가 급하게 짐을 챙겨 내렸다. 한 번 와본 곳이라 그런지 공간이 익숙했다. 편안함에 가슴이 일렁였다가 다시 무거워졌다. 대기실 벤치에 짐을 부리고 앉았다. 휴대폰을 꺼내어 유리 단식원 관련 기사들을 찾아보았다.

'인기 단식원 대표 구속 수사. 마약 성분이 들어간 식욕 억제제 소지 및 유통 혐의. 제보 줄 이어. 원장과 보건 코치는 긴급 구속 수사. 단식원 대표 고 모 씨 모두 자기가 꾸민 것이라 주장하며 원장의 결백 주장. 대중들 홍 모 연습생 상태 궁금. 아직 회복 정도 알려진 바 없어.'

인터넷에서 떠도는 이야기를 조각조각 살펴보고 휴대폰을 껐다. '코치님, 도착했어요?' 이런 문자를 보내오며 운남이 기다리고 있다면 얼마나 좋을까. 괜한 상상에 쓴웃음이 나왔다. 운남을 찾으러 이곳에 왔을 때만큼이나 막막했다.

– 집으로 갈까.

봉희를 남원행 버스에 올라타게 한 건 운남 휴대폰의 메모장에서 발견한 이 한 문장이었다. '집으로 갈까.' 이 말이 '우리 부모님을 좀 만나줄래요'라는 말처럼 들리기도 했다. 집으로 갈 수 없는 운남을 대신하는 마음으로 남원에 왔다. 자기 때문에 자책감에 시달리고 있을 부모를 만나달라고 운남이 말하는 것 같았다. 그러나 자식을 잃은 부모 앞에 서는 것이 두려웠다. 무슨 말, 어떤 행동을 해야 할지 막막하기만 했다. 하지만 어려운 것을 선택하겠다고 하지 않았는가. 마땅히 그래야 한다고 봉희는 생각했다.

인월로 올라가는 길에도 비는 약하게 계속 내렸다. 버스 유리창의 와이퍼가 이따금 재빠르게 빗물을 닦아냈다. 산속 마을로 향하는 길가에 비를 맞은 식물들이 짙은 초록색으로 울창했다.

"땅이나 쫌 적시고 말 것이구만."

"긍게, 쪼잔허게도 내리네. 하지에 비가 수북이 내려줘야 하는디."

앞자리 할머니들의 대화가 정겨웠다. 버스가 천천히 여원재 도로를 넘어 평지를 달렸다. 두 군데 마을에서 멈췄다가 인월에 도착했다. 하얀 박스 같은 터미널 안으로 버스가 들어갔다. 할머니들이 버스 짐칸에서 열 개도 넘는 비닐 꾸러미를 꺼낼 때까지 기다렸다. 짐을 다 꺼낸 뒤 허리를 펴는 할머니들 옆에서 몸을 한껏 수그려 짐칸 깊숙이 밀려나 있는 캐리어를 꺼냈다.

"옴마, 그 아가씨네."

비슷한 비닐봉지 짐들을 늘어놓고 뭐가 자신의 것인지 가르던 할머니 중 한 명이 봉희에게 알은체했다. 봉희도 눈이 동그래져서는 고개를 꾸벅 숙였다. 운남을 찾으러 왔을 때 숙박을 했던 그곳의 주인 할머니였다.

"그때 눈 땜시 산 못 타서 또 온 거여?"

할머니가 바닥에 부린 짐을 한꺼번에 잡느라 안간힘을 쓰며 말을 이었다.

"바퀴 달린 걸 가지고 나왔어야 혀."

봉희가 할머니의 짐을 나누어 들었다.

"아이고, 아가씨 미안혀서 어쩌까."

짐을 들고 풍년마트까지 왔다. 팔꿈치로 문을 밀자 익숙한 공간이 드러났다. 마트 안은 그때 그대로였다. 할머니의 아침 밥상과 단식원으로 돌아가던 날 비닐봉지에 챙겨준 군것질거리가 떠올랐다.

"방 있죠?"

"주말 아니믄사 걱정할 것이 없지. 매칠이나 있을라고?"

할머니가 계산대 위 사랑방 캔디 갑에서 열쇠 꾸러미를 집어 들었다. 할머니를 따라나서며 숨을 크게 들이마셨다. 숙소 방 문에 도착해 열쇠를 꽂으려던 할머니의 탄식이 터져 나왔다.

"참내, 그때는 뾰쪽 구두 신고 오더니."

할머니의 탄식에 발을 내려다보았다. 단식원 실내화였다. 얼굴이 화끈거렸다.

"담번에는 아조 맨발로 오겄구만."

방문을 열자 묵은내가 훅 끼쳤다. 봉희가 짐을 부리는 동안 할머니가 스니커즈 한 켤레를 들고 나타났다.

"아가씨, 이놈 신소. 발은 대충 맞겄고만. 대전에서 온 아가씨가 잊어먹고 간 것이여. 우리 집 아저씨가 버리라고 하는 걸 여적 놓아뒀어, 내가."

봉희가 하얀 스니커즈를 받아 들었다.

"발꼬락 막어진 거라도 신고 와야지. 이놈 신고도 산은 못 가네. 둘레길이나 슬슬 걸으믄 모를까. 산 갈 생각 말어. 발꼬락이고 발톱이고 절단 난게."

할머니의 잔소리에 그 자리에서 신발을 꿰어 신었다. 조금 컸지만 불편하지 않은 정도였다.

"뭣이든 이렇게 주인이 다 따로 있어."

흡족해하는 할머니를 뒤로하고 밖으로 나갔다. 운남의 부모님을 만나야 했다. 하지만 쉽게 발길이 떨어지지 않았다. 마을 곳곳에 둘레길로 가는 표지판이 보였다. 비는 봉희의 머리카락과 옷을 조금씩 적시며 내렸다. 머리카락에 맺힌 빗방울이 모여 땀처럼 이마를 타고 내릴 때쯤 둘레길 1코스의 초입에 도착했다. 표지판이 없으면 여느 동네 작은 뒷산에 불과한 곳이었다. 비에 젖어 짙어진 흙길을 걸었다.

둘레길 초입에서 얼마 가지 않아 소나무 군락지가 나왔다. 나뭇가지마다 산악회, 동호회의 이름이 적힌 리본이 묶여 펄럭였다. 소나무 숲이 끝나자 좁게 난 길이 나왔다. 가랑비에 옷 젖는다고 할머니가 준 스니커즈가 조금씩 축축해지기 시작했다.

한참을 걸어 들어가자 사람들이 웅성거리는 소리가 들렸다. 관광객들이 몰려 북적였다. 수국 천지였다. 사람들이 다채로운 수국 더미 앞에서 앞다투어 사진을 찍었다. 봉희가 걷다가 한 수국 더미 앞에서 멈췄다. 다른 것들에 비해 색깔이 진하지 않은 연분홍 수국이었다. 모녀 아니면 조카와 이모 정도로 보이는 여자들이 수다를 떨며 사진을 찍어대는 모습을 봉희가 한참을 바라보았다. 빗줄기는 처음보다 굵어졌다. 축축해진 신발은 중간에 웅덩이에 발을 내딛는 바람에 한쪽 신발이 아예 황톳물로 물들었다. 더 걷기는 힘들 것 같았다.

아영 마을로 내려가는 길. 표지판을 보고 중간에 좁게 난 길을 따라 내려왔다. 인월 미을의 옆 마을 정도 되는 소박한 곳이었다. 하릴없이 걷다 보니 초여름의 더위를 식혀주던 비가 멈췄고, 높이 뜬 태양이 비의 흔적을 빠르게 말렸다.

소박한 작은 학교 운동장 끝 벽이 오래된 나무로 무성했다. 연둣빛의 커다란 단풍나무 아래 책 읽는 하얀 소녀상도 보였다. 그 소녀상 옆 바닥에 박스가 여러 개 깔려 있었다. 누군가 쉬어간 모양이었다. 봉희는 그곳에 앉았다. 집으로 갈까. 만약 이곳에 운남이 왔다면, 그랬다면. 그 스산한 도시 변두리의 폐교가 아니라 이 작고 평화로운 나무 그늘에 함께 앉아 있다면 얼마나 좋을까.

운동장을 가로질러 오는 사람이 보였다. 플라스틱 바구니를 든 오른쪽으로 몸이 기울어진 채로 힘을 주고 걸었다. 얼굴 가리개까지 있는 모자를 쓴 것으로 보아 논일을 하러 가는 모양이었다. 왼쪽에 보이는 쪽문이 있는데, 논으로 가는 지름길인 모양이었다.

봉희가 꾸벅 목례를 했다.

"못 보던 아가씨다. 놀러 왔어?"

"아, 네 친구네 집……."

"친구는 어디 가고?"

봉희가 머뭇거리자 아주머니가 플라스틱 바구니를 바닥에 내려놓았다. 그러더니 감자 두 개를 꺼냈다. 봉희 옆에 던지듯 내려놓은 감자에서 김이 올라왔다.

"뜨겁네, 조심히 먹어."

감사 인사를 하기도 전에 급하게 발걸음을 옮겼다. 그러더니 몇 걸음 걷지 않고 다시 되돌아와서는 바구니를 내려놨다.

"노인네 인정 없다 숭볼라, 사람이 둘은 될 텐데. 딱 두 개만 줬네. 자, 더 받어."

손사래를 치며 사양했지만 소용없었다. 결국 야구공만 한 감자 네 알을 받아 들었다. 삶은 감자의 갈라진 부분에서 따뜻한 김과 함께 감자 향이 올라왔다. 며칠째 굶은 봉희는 강렬한 허기를 느꼈다.

"올해 하지 감자네, 포슬포슬하니 맛나. 그리고 본 게 오늘이 하지네."

아주머니에게 인사를 하고 감자를 바라보았다.

"친구는 어디 가고?"

아주머니의 말이 감자 위에서 빙빙 도는 것 같았다. 쉽게 감자를 베어 물 수 없었다. 감자의 열기에 손바닥이 아렸지만, 봉희는 계속 그걸 들고 바라보았다. 구수한 냄새에 위장이 방정맞게 꿀렁거렸다. 어떻게 식욕이 돋을 수 있는가.

감자를 내려놓고 한참을 바라보다가 다시 집어 들었다. 껍질째로 한 입 베어 물자 껍질에 묻은 짭조름한 소금과 담백한 감자가 어우러져 맛이 좋았다. 겉은 포슬포슬하고 부드러웠고, 안쪽을 베어 물자 식감이 쫀득했다. 친구의 몫으로 준 두 개를 남기고, 두 개를 먹었다. 포만감이 올라오고 몸이 노곤해지며 졸음이 쏟아졌다. 눈을 감고 누워 등 아래에서 올라오는 흙냄새를 맡았다. 그 흙냄새와 비슷한 감자의 향이 입안 전체에 떠돌았다. 봉희가 높게 뜬 태양을 가늘게 뜬 눈으로 바라보았다. 별처럼 달린 초록색 단풍잎을 올려다보며, 감자 묻은 손으로 흐르는 눈물 닦아냈다.

정오를 한참이나 지났지만, 태양은 쨍쨍하게 빛을 쏟아부었다. 태양이 가장 높게 뜨고 오래 하늘에 머문다는 시기였다. 여름의 시작이면서 절정이었다. 절정이란 말은 결국 끝이 시작되었다는 말이기도 했다. 그렇다면 끝이니까 또 다른 시절의 시작이기도 한 순간. 그런 순간이 천천히 흘러가는 중이었다. 바람이 불었고, 어리고 싱싱한 초록 단풍잎에 간신히 달렸던 빗방울이 후드득 봉희의 얼굴 위로 떨어졌다.

"코치님, 나는."

운남의 목소리가 더 크게 봉희의 귓가에 맴돌았다.

운동장에 석양빛이 부드럽게 부서졌다. 봉희는 운남과 둘이서 저녁 햇빛에 발그레해진 얼굴을 하고는 누워서 한참 이야기를 했다. 단식원에서 함께 있을 때보다 훨씬 더 많은 대화였다. 봉희가 운남의 어깨를 슬쩍 토닥였다. 운남이 입을 열었다.

"저 때문에 코치님이 곤란해진 거죠?"

"덕분에 아주 오랜만에 단식원 바깥에 나왔죠. 지리산도 와보고."

운남이 희미하게 웃었다. 봉희가 계속 말을 이었다.

"운남 씨 덕분에, 그러니까 운남 씨가 없어지면서 음…… 불편해진 거죠."

운남이 봉희를 향해 고개를 돌렸다.

"단식원과 원장님이 불편해지고. 그리고 나 자신이. 사실 뒷심이 없었던 것도 늘 바깥의 목소리로만 움직였기 때문은 아닐까, 그런 생각도 들었고. 정작 내 목소리를 들어준 적은 없었던 거예요. 그러니까 그런 걸 운남 씨 덕분에 느끼기 시작한 거죠. 계기가 되어준 거예요. 운남 씨가."

"여기는 바깥 소음이 별로 없어요. 바깥의 소리가 없는 곳이니 정말 잘 오신 거네요."

운남의 말이 떨어지자마자 학교 밖 논 쪽에서 맹꽁이 우는 소리가 크게 울렸고, 둘은 웃었다. 운남이 무슨 말을 계속한다. 봉희는 운남이 이야기를 하는 순간에도 마음이 조급했다. 자꾸만 그 새벽이 떠올랐다. 눈이 벌게져 운남의 멱살을 잡았던 순간. 얼굴을 보고 사과를 하고 싶었다.

"운남 씨, 너무 미안해요. 부끄럽고요."

운남은 한동안 말이 없다가 조용히 입을 연다.

"전 사실 그때 코치님이 저에게 어떻게 했는지 잘 기억나지 않으니까. 그냥 내가 짐승 같고, 아무 힘도 없고 패배자 같아서 가슴이 텅 비었던 것만 기억나요. 웃기죠, 어차피 처음부터 죽기 위해 단식원에 들어간 건데. 거기서 또 절망했다는 게. 코치님 나는."

봉희가 운남을 향해 귀를 기울였다.

"코치님, 나는."

"응, 어서 말해요."

"코치님, 나는."

"세상에, 친구 안 왔어? 겁도 없다, 말만 한 처녀가."

아까 감자를 준 아주머니였다.

"바깥서 잠드는 처녀가 어디 있어. 이런 촌이 더 무서운 거 몰라? 저쪽으로 돌아가려다 이상하게 여기로 오고 싶더니만."

꿈에서처럼 석양이 온 마을에 쏟아지는 중이었다. 석양빛을 받은 아주머니의 얼굴이 발그레했다. 아주머니의 머리 뒤로 한 뼘 하늘과 구름이 주황빛으로 물드는 중이었다. 마을을 병풍처럼 감싸고 있는 지리산 줄기는 먼저 어둠이 찾아온 것처럼 까맣게 보였다. 산과 하늘의 경계선은 더 뚜렷했다. 자리를 털고 일어났다. 땅과 하늘이 온통 붉었다. 물이 찬 논 위로 산의 허리춤에 걸린 석양이 거울처럼 붉은빛을 반사하고 있었다. 왔던 길을 복기하며 다시 걸었다. 둘레길 표지판 덕분에 길을 더듬어 찾아갈 수 있었다. 인월 민박집을 향해 걸으며 봉희는 꿈속의 운남을 떠올렸다. 꿈이 너무 생생해서, 정말 운남이 다녀간 것 같은 기분이었다.

꿈이 이리도 생생할 수 있을까. 그렇다면 지금, 이 순간도 꿈이었으면. 눈을 뜨면 운남이 단식원을 빠져나온 그 새벽으로,

아니 그건 욕심이었다. '코치님, 나는' 이 짧은 메일을 보낸 순간으로. 그것도 욕심이라면, 살림산 초입에서 운남을 보았던 그 순간으로 돌아갈 수 있다면 얼마나 좋을까.

"운남 씨."

해가 완전히 넘어가고 산그늘이 짙어진 숲길을 걸으며 조용히 운남을 불렀다. 답이 있을 리 없었다. 아까 수국이 피어 있던 곳까지 왔다.

"운남 씨, 아까 이 수국 앞에서 말이에요. 사진을 찍느라 난리더라고요. 내 또래 되는 여자애가 엄마에게 투덜대는 소리가 들렸어요. '저 할머니들은 왜 저렇게 사진에 목숨을 거는 거야?' 그러니까 그 엄마가 그래요. '놔둬. 매해 여름마다 와봤자 스무 번밖에 더 보겠냐.' 젊은 여자애가 '헐, 뭔가 슬프네' 이래요. 그 엄마가 하는 말이 '야, 너도 한 오십 번 보면 끝나. 그것도 운 좋아야'라는 이야기를 듣는데 멈추게 되더라고요."

이 말을 들은 운남은 뭐라고 답을 할까. 예의 그 낮고 무뚝뚝한 말투로 대답할 것이다.

"어차피 다 죽어가는 중이라는 거네요?"

그러니까 뭔지는 잘 모르겠는데. 나는 그 이야기를 먼저 들었다면 원장에게 더 잘 대들었을 것 같다고 봉희는 말하고 싶었다. 아니, 어쩌면 대들어서 그 말이 들린 것인지도 모르겠다고.

이 말을 운남 씨에게 꼭 전하고 싶다고. 조금 미리 이 말을 전했다면 얼마나 좋았겠느냐고.

둘레길을 벗어나 어두워진 거리를 걸으면서도 꿈속의 운남은 떠나지 않았다. 민박집에 도착해 잠들 때까지 운남의 목소리가 머릿속을 떠다녔다. 죽기 위해 들어간 단식원에서 다시 절망했던 운남. 절망했다는 건, 무언가 꿈꿨다는 것일까. 그런 자각이 일자 마침내 '코치님, 나는' 다음 문장이 완성되었다.

"코치님, 나는 살고 싶었나 봐요."

봉희의 눈이 질끈 감겼다.